KB068894

Respawn

리스폰 7 완결

초판 1쇄 인쇄일 2015년 11월 19일 | **초판 1쇄 발행일** 2015년 11월 23일

지은이 베어문도넛 | **펴낸이** 곽중열 | **담당편집 팀장** 이범수
편집부 신연제 이윤아 김호성 김은경

펴낸곳 (주)조은세상 | 출판등록 제 2002-23호
주소 경기도 연천군 미산면 청정로 1355
TEL 편집부 02)587-2966 | FAX 02)587-2922
e-mail bukdu@comics21c.co.kr

ⓒ베어문도넛 2015
ISBN 979-11-5832-349-3 | ISBN 979-11-5832-061-4(set) | 값 8,000원

Respawn

리스폰

NEO FUSION FANTASY STORY & ADVENTURE

베어문도넛 퓨전 판타지 장편소설

7
완결

Respawn

NEO FUSION FANTASY STORY & ADVENTURE

Respawn

NEO FUSION FANTASY STORY & ADVENTURE

42장.

세뇌 II

42장.
세뇌 Ⅱ

리스폰

퀴르와 악수를 나눈 시우는 일행들을 소개했다.

루리는 마법사, 로이와 에리카는 익시더라고 소개한 것에 반해 시우는 아리에타와 레이나를 소개하며 아무런 말도 덧붙이지 않았다.

단지 이름만 밝혔을 뿐이었다.

그 사실에 퀴르는 수상쩍다는 표정을 지었지만 시우의 태도는 확연했다. 물어도 대답이 돌아올 것 같지 않은 분위기에 퀴르는 캐묻는 걸 포기했다.

시우가 일행을 모두 소개하자 다음은 퀴르 일행의 차례였다.

이들은 엄밀히 말하자면 동료는 아니었다.

저들도 각자의 사연으로 마의 우림을 찾아왔다. 그리고 시우가 그랬던 것처럼 모닥불이 일으킨 연기를 보고 모인 것이었다.

퀴르 일행은 모두 3개의 그룹으로 나뉘었다.

용병 그룹, 기사 그룹. 그리고 그룹이라 하기에는 어폐가 있지만 마법사의 그룹이 있었다.

해가 저물어가는 지금도 마법사는 후드를 깊게 눌러쓰고 있었다. 마법사는 놀랍게도 단신으로 마의 우림을 찾아왔다고 했다.

먼저 6명으로 이루어진 용병 그룹은 각자 용병대장이 퀴르, 또 한 명의 여성 궁수가 헤르아, 검사 셋은 차례로 듀크, 반, 에린이라고 했는데 에린은 여자였다.

그리고 마지막 용병은 여성 마법사였는데 겉으로 보기에는 가장 연장자로 보였다.

그녀의 이름은 아그나였다.

다음은 4명으로 이루어진 기사들이었다.

그들은 정규 기사로 임명은 되었으나 어디에도 선임되지 못한 무소속의 기사들이었다.

그들은 검술 심화 교육당의 졸업생들이었다. 그리고 그들의 졸업 성적은 결코 좋다고 말할 수 없었다.

당연한 일일 수도 있지만 기사를 선임할 왕족 및 귀족들은 보다 실력 있는 기사들을 선임하려 했다. 그리고 그 실력의 기준이 되는 것이 교육당의 졸업 성적이었다.

검술 심화 교육당을 수석, 차석으로 졸업한 기사들은 어디를 가든 열렬한 환영을 받았다. 그리고 남은 기사들은 언제나 팔다 남은 떨이 취급을 받을 수밖에 없었다.

그들, 리서드와 미카드는 그것이 옳지 않다고 생각했다.

분명 귀족들 중에서는 나름대로 괜찮은 실력을 가진 리서드와 미카드를 기사로 선임하려는 자들도 있었다. 그러나 그런 경우에는 리서드와 미카드가 거절했다.

그런 식으로 리서드와 미카드를 선임하려는 귀족들은 하나같이 그들의 졸업 성적을 언급했다. 그들이 임금을 지급하는 기사는 리서드와 미카드 뿐이 아니었으므로 실력이 입증되지 않은 그들에게 고가의 임금을 지불할 생각은 없었기 때문이었다.

귀족들은 또한 기사에게 중요한 것은 임금이 아니지 않느냐고 그들을 설득하려 들었다. 하지만 리서드와 미카드는 오로지 고개를 가로 저을 뿐이었다.

그들도 딱히 임금은 아무런 상관이 없었다.

하지만 그들을 고용하려는 귀족들 중에서 리서드와 미카드의 실력을 높게 사 선임하려는 자가 아무도 없었을 뿐이었다.

그들은 그저 머릿수를 채우려는 생각으로 싼 값에 리서드와 미카드를 선임하려 하고 있었다.

스스로의 실력에 자부심을 가지고 있는 그들에게 그것은 불명예였다.

또한 교육당의 성적 시스템에 부정적인 시선을 가진 자들이기도 했다.

자신들의 진정한 실력은 교육당에서 채점한 성적 따위로는 설명할 수 없다는 것이 그들의 생각이었다.

그래서 그들은 이렇게 직접 스스로의 실력을 입증하기 위해 마의 우림을 찾아왔다.

기사들이 스스로의 실력을 증명하는 수단은 크게 두 가지로 나뉘는데 첫째가 익시더만이 잡을 수 있다고 알려진 카스탄을 사냥하는 것이고 둘째가 드래곤 사냥 임무에 참가하는 것이었다.

원력만 각성했다면 용병이라도 사냥할 수 있는 카스탄과 아무리 급격하게 쇠약해지는 동면중을 노린다지만 반신이라고까지 경외 받는 드래곤 사냥 사이에는 간격이 너무 컸다.

리서드와 미카드는 드래곤 사냥에 덜컥 참가할 정도로 스스로의 실력을 과신하지 않았다.

동면중인 드래곤은 사용할 수 있는 마력량이 제한되어 있지만 그렇다고 약해지는 것은 결코 아니었다. 그리고 그것을 그들은 잘 알고 있었다.

어디까지나 드래곤 사냥은 마력이 고갈된 드래곤이 자멸하는 것이 기본 전략이었다. 그 말은 즉, 마력이 고갈되기 전까지는 드래곤의 마법을 온전히 견뎌내야 한다는 것이었다.

드래곤 사냥의 위험성을 익히 알면서도 그들의 실력을 입증하기 위해서는 드래곤 사냥 밖에 없었다. 그들이 위험을 감수해서라도 드래곤 사냥에 참가해야 하는 걸까 고민하던 그 순간이었다.

마의 우림에서 몬스터가 뛰쳐나왔다는 소식을 들은 것은…….

마의 우림에는 예로부터 고대에 쫓겨난 몬스터들이 살고 있다고 알려져 왔다. 그 고대의 몬스터들은 오랜 세월에 걸쳐 잊혀지면서도 한 편으론 과장되어 왔다.

인간들이 정체를 알 수 없는 것에 공포를 느끼듯이 이제는 어디서도 찾아볼 수 없는 고대의 몬스터에 대해 이럴 것이다 저럴 것이다 소문만 잔뜩 부푼 탓이었다.

그 위세는 카스탄 따위와는 비교할 수 없었다. 즉, 그들의 실력을 입증하기엔 적당한 상대라는 뜻이었다.

그리고 그들을 따라온 수습기사들은 각자 고위 귀족 가문의 자제들이었다.

바이브 벤은 호작위인 바이브 가문의 7번째 아들이었고, 도넌 젤라는 페르시온 황가의 먼 친척으로 용작위 도넌 가문의 5번째 영애였다.

둘 모두 귀한 집에서 태어나기는 했지만 가문을 잇기엔 순위도 너무 떨어지고 이렇다 할 영향력도 없는 전형적인 내놓은 자식들이었다.

심지어는 검을 배우겠다고 나선 이들에게 교육당을 다닐 학비조차 지급하지 않았으니 그들이 가문에서 받는 취급을 알 수 있었다.

그들은 차선책으로 교육당을 졸업한 기사인 리서드와 미카드를 보필하면서 검을 배우기로 약속받았다.

하지만 리서드와 미카드에겐 그들에게 검을 가르칠 생각 따위는 전혀 없었다.

중요한 것은 그들이 귀한 집 자식이라는 사실이었고, 고대의 몬스터를 사냥했을 때 현장에서 그것을 직접 목격하고 소문을 퍼트려 줄 증인이 필요하다는 사실이었다.

리서드와 미카드는 벤과 젤라를 실력을 입증할 증인으로서 마의 우림까지 동행했던 것이다.

그런 복잡한 사정이 뒤얽힌 기사들과는 다르게 용병들의 목적은 단순했다.

고대의 몬스터를 사냥해 그 사체를 연금술사에게 팔아넘기는 것.

즉 돈이었다.

시우는 용병과 기사들의 소개를 전부 듣고 시선을 마법사에게로 옮겨갔다.

마법사는 모닥불 앞에 앉아 묵묵하게 자리를 지키고 있었다.

모닥불을 중심으로 침묵이 흘렀다.

눈치를 보아하니 용병들도, 기사들도 마법사의 이름을 모르는 모양이었다.

"…저기 성함 좀……."

참다못한 용병 마법사, 아그나가 채근했다.

그러나 정체불명의 마법사는 여전히 입을 다물고 있었다.

그런 그녀가 입을 연 것은 그로부터 한참이 지난 뒤의 일이었다.

"…시나……."

마법사는 소녀의 목소리로 그렇게 말했다.

시나를 수준 높은 마법사일 것이라고 추측하고 있던 아그나는 앳된 목소리에 놀란 눈치였다.

그것은 퀴르 일행도 별반 다르지 않았다.

지금까지는 무슨 말을 해도 고갯짓으로만 대답을 해왔기 때문에 퀴르 일행도 그녀의 목소리를 듣는 것은 처음이었다.

그녀에겐 무언가 범접할 수 없는 분위기가 흐르고 있었다.

함부로 대할 수 없는 카리스마와 같은 무언가가.

그 때문에 이들은 그녀의 정체를 파악하지 못하면서도 동료로 받아들였다.

이런 분위기를 가진 자들은 하나같이 뛰어난 실력을 소유하고 있기 마련이었으니까.

그런 그녀가 어린 소녀였다니 놀라는 것도 당연한 반응이었다.

마법사라는 존재는 나이가 많을수록 더욱 큰 힘을 가지고 있는 법이었으니까.

"실례지만 시나 경은 연세가 어떻게 되오이까?"

미카드가 참지 못하고 물었다. 그도 시나의 나이가 적지는 않을 것이라 추측하고 있었다. 목소리는 제법 어리게 들리지만 아직도 미카드는 시나가 고령의 마법사라 생각했다. 때문에 그의 말투도 제법 공손했다.

모닥불을 바라보던 시나의 고개가 미카드를 향해 약간 움직였다.

"그게 중요한가?"

아무런 감정도 담기지 않은 싸늘한 목소리였다.

그에 그 목소리를 듣던 용병 및 기사들이 몸을 움찔 움츠렸다.

그러면서도 마음속으로는 역시나 하는 생각을 품었다.

그녀의 나이가 액면 그대로라면 나이를 숨길 이유가 없다고 생각했던 것이다.

미카드는 밝히기 싫다면 상관없다고 손사래를 쳤다.

무안한지 나뭇가지로 모닥불을 쿡쿡 쑤셨다.

해가 넓디넓은 평야의 지평선 너머로 저물어가고 있었다.

"밤도 깊어가니 슬슬 잘 준비나 할까. 그 전에 야간 경계의 순서를 정하고 싶은데. 미리 말해두지만 귀하신 기사님들이라고 야간 경계에서 빠질 생각일랑은 하지도 마쇼."

당돌한 말이었다. 모닥불을 바라보며 상념에 잠겨있던 리서드와 미카드가 퀴르를 쳐다보았다. 퀴르의 동료 용병들은 금방이라도 시비가 붙을 것 같아 마음을 졸였다. 하지만 리서드와 미카드는 딱히 아무런 생각도 없었다.

"상관없소. 그리고 우리가 아무리 교육당을 졸업한 기사라고 하나 그 출신은 당신네들과 같은 평민이오. 특별 취급은 필요 없소."

리서드의 대답에 미카드도 고개를 끄덕였다.

그에 퀴르는 휘유~! 휘파람을 불고는 만족스런 표정을 지었다.

"거 마음에 쏙 드는 기사님들이구만."

순서는 빠르게 정해졌다.

야간 경계는 밤을 삼등분으로 나눠 하룻밤에 세 명씩 경계를 서기로 했다. 첫째 날과 둘째 날은 용병들이, 그 다음으로는 기사 일행, 시나, 시우 일행 순으로 순서가 결정 났다.

해가 시야에서 사라지고 사위가 어두워져왔다.

빛이 사라지는 것과 함께 소리가 잦아드는 기분이 들었다. 장작 타는 소리와 벌레 우는 소리. 멀리서 들려오는 짐승의 울음소리가 어우러져 분위기를 만들고 있었다.

별이 쏟아질 듯 반짝거린다.

당번을 제외한 용병들은 일찌감치 세워둔 천막에 들어가 등을 붙이고 잠을 청하고 있었다. 기사들은 천막에서 머지않은 곳에서 검술을 연마하고 수습기사들은 그것을 훔쳐보며 흉내를 내고 있었다.

시우는 아이템창에서 천막을 꺼냈다. 애초에 설치된 상태로 넣어둔 천막이었다. 꺼낼 때도 완성된 상태에서 꺼내졌다.

그것을 훔쳐보던 수습기사들은 놀란 눈치였다.

공간압축반지를 이용하면 천막을 휴대하는 것은 간편했다.

하지만 완성된 상태로 넣었다 꺼냈다 하기에는 공간이 부족하다는 것을 알고 있기 때문이었다.

그러나 시우 일행은 그런 수습기사들의 반응에는 일체의 관심도 없었다. 그저 빨리 등을 붙이고 잠을 청하고 싶을 뿐이었다.

천막에 들어가려는 루리와 로이를 붙들었다.

그들의 훈련은 이제 시작이었다. 실력을 키우려면 잠을 줄이고 자투리 시간을 유효하게 사용해야 했다.

특히 시우의 훈련법이 그러했다.

정좌 명상, 직립 명상, 보행 명상, 주행 명상, 전투 명상으로 나뉘는 시우의 훈련은 마력이 누적되는 상태를 항시 유지하는 것을 목적으로 하고 있었다.

로이는 많이 피곤했는지 눈을 부비며 졸리다고 투정을 부렸다. 하지만 루리가 로이를 다독였고 두 남매는 시우가 시키는 대로 선 채로 눈을 감아 명상을 시작했다.

간혹 조는 건지 로이가 비틀거리며 쓰러지려 했지만 결코 쓰러지는 법은 없었다.

그것을 조금 떨어진 곳에서 수습기사들이 지켜보고 있었다.

검을 몇 차례 휘두르던 바이브 벤과 도넌 젤라는 이내 호기심을 참지 못하고 시우에게 다가왔다.

그들은 아직 원력도 각성하지 못했기 때문에 그들보다도 어린 나이에 익시더가 된 루리와 로이에게 관심이 많았다.

그런 남매가 훈련이랍시고 하는 행동이 궁금하지 않을 수 없었다.

"지금 그게 뭐하는 거야?"

"무슨 훈련이지?"

벤과 젤라는 훈련에 몰두 중인 루리와 로이를 놔두고 시우에게 물어왔다.

시우는 순간 그들의 반말에 기분이 나빠질 뻔했지만 이해했다.

시우의 육체나이는 그들과 동갑인 18살이었으니까.

정신적인 연령은 그보다 많았지만 그 사실을 벤과 젤라가 알 길은 없었다.

그렇다고 하더라도 초면에 반말이라니.

귀족이라서 그런 걸까?

시우는 '이래서 귀족들은…….' 하고 고개를 저으며 한숨을 내쉬었다.

"명상 훈련이야. 방해 말고 너희는 너희 훈련을 해."

조금은 차갑게 단호한 느낌으로 말했다.

그러나 그들은 여전히 호기심을 잃지 않은 눈빛으로 참견을 해왔다.

"명상을 하는데 도대체 왜 서서 하는 거야? 명상의 기본은 신체를 최대한 편하게 한 상태에서 오랫동안 집중하는 것이 기본인데."

소년 수습기사 벤의 말은 틀린 말이 아니었다.

일반적으로 마법이든 검법이든 명상이 훈련의 일환이었는데 그 기본은 몸을 편히 하는 것에 있었다.

최대한 깊게 정신을 집중시키거나 그 집중을 오래 유지하기 위해선 당연히 몸이 불편한 것보다는 편한 것이 좋으니까.

마력도 그렇고 원력도 명상을 얼마나 오래 유지하느냐에 따라서 쌓을 수 있는 힘의 양에 차이가 생기니 당연히 명상의 기본으로 편한 몸 상태를 권고하는 것이다.

그러나 시우가 중요시 하는 것은 비단 내력의 축적량만이 아니었다. 내력을 많이 쌓으면 쌓을수록 더욱 강한 힘을 쓸 수 있게 되는 것은 사실이지만 실전에서 그만큼 중요한 것이 바로 내력의 출력과 통제력이었다.

그리고 그 출력과 통제력을 고양시키려면 정신력을 단련하는 것이 가장 좋은 방법이었다.

시우의 명상법은 내력을 축적함과 동시에 정신력을 단련하는 방법이기도 했다.

그러나 시우에게 벤의 의문을 해소시켜줄 이유는 없었다.

시우가 입을 다물고 대답을 않자 벤은 눈살을 찌푸렸다.

아무리 원력을 각성했지만 자신의 또래인 시우가 호작위의 자제인 자신의 말을 무시했다는 사실에 열등감을 느꼈기 때문이었다.

페르시온 제국의 고위 귀족인 바이브 가문의 7번째 아들로 태어난 벤은 열등감에 예민했다.

호작위의 자제라는 높은 신분을 가졌으면서도 순위가 낮다는 이유로 어려서부터 무시를 당해왔기 때문이었다.

벤에게는 시우도 자신을 무시해온 작자들과 똑같이 느껴졌다.

자신이 원력도 각성하지 못한 수습기사니까 무시하고 하찮게 여기는 것이라고 말이다.

벤이 발끈해 언성을 높이려는 순간 젤라가 그를 제지했다.

시선을 돌려 그녀를 바라보니 젤라가 고개를 젓고 있었다.

여기서 사고를 치면 리서드와 미카드에게 버림받을지도 모른다는 충고였다.

그들의 가문은 고위 귀족이지만 그들의 가문은 그들을 위해서 아무런 지원도 해주지 않았다. 당연히 벤과 젤라에게 검을 가르치기로 약속한 리서드와 미카드를 위한 보상도 없었다.

단지 그들은 벤과 젤라가 고위 귀족 출신이라는 사실만 보고 검을 가르치고 있었던 것이다.

그런 만큼 벤과 젤라가 사고를 쳤을 때 어떻게 될지 추측하는 것은 어렵지 않은 문제였다.

벤은 숨을 골랐다.

당장에 시우를 향한 적의가 사라진 것은 아니었지만 감정을 제어할 수는 있었다.

젤라가 물었다.

"너는 같이 훈련 안 해? 아까부터 보니까 너는 이 아이들을 지켜보고만 있는 것 같은데."

귀찮았다.

하지만 벤의 반응으로 보건데 이 이상 무시했다간 더 귀찮은 일이 생길 것 같았다.

시우는 한숨을 푹 내쉬며 대답했다.

"나는 이 아이들의 스승이니까. 나는 이들을 가르치는 중이라고."

그에 벤이 피식 조소를 터트렸다.

"너 따위가? 이들은 이토록 어린 나이에 벌써 원력을 각성한 아이들이라고? 그들의 천부적인 재능을 네가 짓밟고 있는 것은 아니고?"

벤은 진심으로 그렇게 생각했다.

벤이 보기에 시우가 이들을 가르친다며 시키는 일이 아무 의미가 없어 보였다.

이럴 바에는 차라리 그들의 재능을 믿고 하고 싶은 대로 놔두는 편이 더욱 무럭무럭 자라날 수 있지 않을까?

그러나 벤의 조소에도 시우는 진지한 태도로 루리와 로이를 지켜볼 따름이었다.

아무런 대꾸도 없는 시우의 모습에 분한 감정을 감출 수 없었던 벤은 바닥에 침을 뱉으며 등을 돌려 원래 자리로 돌아갔다.

시우와 말을 나누는 것에 쓸데없이 감정 소모를 할 시간은 없었기 때문이었다.

벤도 알고 있었다.

아직 원력도 각성하지 못한 그가 그들의 훈련법에 뭐라고 떠들든 아무런 의미가 없다는 것을.

단지 그것을 알고 있는 만큼 열등감만 사무치도록 깨달을 뿐이었다.

시우를 한 차례 노려본 벤은 검을 휘둘렀다.

어린 나이에 원력을 각성한 루리와 로이, 그리고 시우의 재능을 질투하면서.

혹시 시우와 그에게 가르침을 받는 두 남매에게서 배울 것은 없을지 지켜보던 젤라도 벤의 곁으로 돌아갔다.

아무리 지켜보아도 그들은 의미도 알 수 없는 명상만 계속할 뿐이기 때문이었다.

그로부터 머지않아 가장 먼저 훈련을 마친 것은 리서드와 미카드였다.

내일부터는 몬스터를 사냥할 생각이었기 때문에 오늘은 일찍 훈련을 마치고 몸 상태를 가다듬기로 했던 것이다.

그들은 수습기사들에게 적당히 하고 만전의 몸 상태를 만들어 놓으라고 조언하며 천막으로 찾아들어갔다.

하지만 벤과 젤라는 알겠다고 대답하면서도 밤이 깊어가도록 훈련을 그치는 일이 없었다.

어린 나이로 원력을 각성해 그들보다 뛰어난 재능을 타고났을 것이 틀림없는 루리와 로이도 훈련을 그치지 않았는데 노력만이 해답이라 생각하는 그들이 먼저 훈련을 마칠 수 있을 리가 없었다.

벤과 젤라는 루리와 로이를 상대로 경쟁심을 불태우고 있었다.

그리고 그로부터 2시간 즈음이 지났을 때일까.

두 남매를 지켜보던 시우가 처음으로 입을 열었다.

루리가 처음으로 직립 명상을 30분 이상 유지해 마력을 쌓는 것에 성공했다.

"잘했어. 루리. 하지만 마력이 쌓였다고 긴장을 놓아선 안 돼. 지금의 집중력을 유지해."

직립 명상에 성공한 달성감으로 잠시 흔들렸던 루리의 집중력이 다시 회복되었다.

하지만 시우의 말에 20분간 명상상태를 유지하고 있던 로이의 집중력이 흐트러지고 말았다.

"로이는 직립 명상에 성공할 때까지 못 잘 줄 알아."

"하지만 형아~ 나 졸리단 말이야!"

"조금만 더 힘내. 딱 한 번만 성공하면 푹 자게 해줄 테니까."

로이는 시우의 격려에 칭얼거리면서도 얼마 걸리지 않아 다시금 집중할 수 있게 되었다.

로이는 그로부터 30분이 지난 후 직립 명상에 성공할 수 있었고 명상을 하면서 오히려 잠이 깬 로이는 잠이 안 온다고 칭얼거렸다.

그런 로이가 잠든 것은 천막에 들어가 1분도 채 걸리지 않아서였다.

로이와는 다르게 루리는 지금의 상태를 완전히 체득하려는 생각인지 명상을 깨트리지 않았다.

어쩌면 무아지경에 빠져 시간의 흐름을 잊은지도 몰랐다.

루리가 정신을 차린 것은 해가 떠오를 즈음이 되어서였다.

고작 하룻밤 만에 루리는 26포인트의 마력과 1포인트의 원력을 늘릴 수 있었다.

걸음을 옮기려던 루리의 다리가 후들거려 쓰러질 뻔했다. 그것을 시우가 지탱해 주었다. 루리는 조금 놀란 표정으로 당황하더니 시우의 얼굴을 올려다보며 쓰게 웃었다.

"조금 지치네요."

밤새 서서 명상 상태를 유지했으니 육체 단련이 되어 있지 않던 루리가 지치는 것도 당연했다.

시우는 상태이상회복 마법 큐어와 생명력회복 마법 힐링을 루리에게 걸어주었다.

그것이 루리에게 얼마나 효과적인지는 시우도 알 수 없었다. 하지만 그 효과는 생각보다 뛰어났다. 근육통을 상태이상으로 인식했는지 큐어 마법으로 인해 근육에 쌓여있던 피로물질들이 해소되고 힐링 마법에 의해 근육의 상태가 오히려 훈련을 시작하기 전보다도 뛰어난 상태로 돌아가 있었다.

만약 이 큐어와 힐링 마법을 이용한다면 허약한 루리의 육체 수준을 빠른 시간 안에 몇 단계고 끌어올리는 것이 가능할 것 같다는 생각이 들었지만 일단은 나중으로 미뤄놓기로 했다.

루리가 밤이 새도록 명상을 하는 바람에 오기로 훈련을 마치지 않았던 벤과 젤라는 완전히 곤죽이 되어 있는 상태였다.

명상과 검술을 번갈아가며 훈련하며 체력 관리를 했다지만 밤이 새도록 이어진 훈련은 원력을 각성하지 못한 그들에게 부담이 될 수밖에 없었다.

이내 잠에서 깨어난 리서드와 미카드가 지쳐 쓰러진 벤과 젤라를 발견했다. 그들은 충분히 쉬어 두라는 말을 듣지 못했냐고 못마땅한 눈초리를 보냈다.

오늘부터 고대의 몬스터를 사냥할 생각인데 그들의 증인이 되어줄 벤과 젤라가 이런 상태여선 쓸모가 없다고 생각했기 때문이었다.

벤과 젤라는 크게 기가 죽었다.

아침 식사는 시우와 용병 검사인 에린이 준비했다.

시우는 아이템창 속에서 식재료를 꺼내 요리를 한 것에 반해 용병들은 궁수인 퀴르와 헤르아가 나서서 사냥감을 잡아와야 했다.

시우는 딱 일행들이 먹을 만큼의 음식만 준비했고 에린은 퀴르와 헤르아가 준비해온 식재료로 기사 일행과 시나의 분량까지 식사를 준비했다.

기사 일행이 사절하지 않고 음식을 먹는 가운데 시나만은 식사에서 빠져 홀로 행동하고 있었다.

식사를 모두 끝낸 시우는 당장에 숲에 들어갈 준비부터 했다.

준비를 마치고 숲으로 들어가자고 말하는 시우를 용병들은 이상한 눈초리로 바라보았다.

"지금 무슨 소리를 하는 거야? 당연히 숲의 외곽에서 기다려야지. 마의 숲에 들어가는 게 얼마나 위험한지 모른단 말이야?"

시우는 퀴르의 대답에 인상을 찌푸렸다.

"어차피 당신들은 그 위험을 무릅쓰고 고대의 몬스터를 사냥하러 온 것이 아니었나?"

"그야 그렇지만 우리는 몬스터들이 숲에서 뛰쳐나온다고 해서 찾아온 거라고. 몬스터들이 알아서 나와 주겠다는데 우리가 놈들의 지역으로 들어가서 위험부담을 늘릴 필요는 없지."

시우는 그것도 그렇다고 생각하면서 곤란해 했다.

"소라. 혹시 마의 우림에서 결계는 느껴져?"

하룻밤이 지났지만 숲에서는 아직 한 마리의 몬스터도 뛰쳐나오지 않았다. 혹시 결계가 아직도 유지되고 있는 것은 아닐까하여 물었는데 소라는 고개를 저었다.

"결계는 사라졌어. 정령을 시켜 알아본 바에 의하면 서쪽으로 5킬로미터쯤의 지역은 아직 결계가 유지되고 있지만 이곳에는 더 이상 결계가 쳐져있지 않아."

소라의 말에 의하면 마의 우림을 지키는 결계는 비단 하나로 결속된 것은 아니라고 한다.

마의 우림은 전체 넓이로 따지자면 가장 넓은 토지를 지닌 국가인 페르시온 제국보다도 넓었고 그 모든 지역을 하나의 결계로 지키는 것은 능력적으로도 힘들뿐더러 효율적으로도 무의미한 짓이라는 것이었다.

알테인들은 대륙 중부 곳곳에 퍼져 부족단위로 생활하고 있는데 그런 부족들 중 신령을 만들어 계약한 큰 부족들이 결계를 만들어 유지하고 있었다.

즉, 용병들이 지키고 있는 이 자리는 우연찮게도 결계가 사라져 몬스터들이 출몰할 수 있는 지역이었던 것이다.

시우가 잠시 고민하는 사이 소라의 표정이 심각해졌다.

"왜 그래?"

"서쪽에서 정찰 중이던 정령들이 소멸했어."

소라의 대답에 시우는 묘한 표정을 지었다.

정령은 스스로 가진 영혼의 힘을 모두 소모하면 소멸하기도 한다. 하지만 정령이 스스로 모든 힘을 소모하기로 작정하지 않았다면 정령이 소멸되는 사태는 매우 드문 현상이었다.

가능성이 있는 것은 더욱 강한 정령이 소라의 정령을 소멸시켰다는 것인데 단지 정찰 중이던 정령을 아무 이유도 없이 공격할 알테인은 이 숲에 없었다.

도대체 무슨 일이 벌어지는 거지?

시우가 눈살을 찌푸리는 순간이었다.

숲에서 거대한 포효가 들려왔다.

구워어어어어!

소라가 다급하게 중얼거렸다.

"서쪽의 결계가 소멸되었어."

결계가 사라진 숲에서부터 몬스터들이 몰려나오고 있었다.

"헤헷! 드디어 시작이구만."

퀴르의 조금 긴장한 듯한 그러면서도 기대하는 듯한 목소리가 귓가를 스쳤다.

"넋 놓고 있을 시간이 없다. 모두 전투 준비!"

리서드의 말에 수습기사와 용병들이 무기를 꺼내들었다.

멀리서부터 다가오는 몬스터의 무리들이 느껴지기 시작했다.

시우는 그 몬스터 무리의 너머에서 무슨 일이 벌어지고 있는지 궁금했지만 지금은 일단 몰려드는 몬스터들부터 처리하기로 마음먹었다.

가장 먼저 몰려온 것은 뿔범들이었다.

이마에 기다란 뿔을 달고 있는 뿔범들은 짐승이면서도 몬스터보다도 위험하다고 알려진 놈들이었다.

"흥! 고작 뿔범인가."

"뿔범 따위는 간단히 처리하고 그 너머에 있을 놈들 기대해 보자고."

용병들이 나누는 대화에 시우는 나직이 경고했다.

"이미 기사님들은 느끼신 것 같습니다만, 조심하십시오. 놈들은 평범한 뿔범들이 아닙니다."

"그야 아무리 원력을 각성한 익시더라도 당신처럼 실력이 미숙하다면 뿔범은 위험한 동물이겠지."

용병들 중 반이라 불리는 검사가 비웃듯 내뱉었다.

거기에 대답한 것은 미카드였다.

"체슈 씨의 말이 맞습니다. 긴장하십시오. 놈들은……."

리서드가 뒤를 이어 재미있다는 듯 내뱉었다.

"놈들은 전원 익시드 뿔범이다."

마치 리서드의 말을 기다렸다는 듯 떼를 지어 달려오는 뿔범들의 뿔에 빛이 어리기 시작했다.

아우라의 빛이었다.

그것도 결코 무시할 수 없는 거력을 품은 원력이었는데 50센티미터 가량의 뿔에서 1미터가 더 되는 아우라의 창이 솟아났다.

거기에 놈들이 달려오는 속도는 결코 느리지 않다.

뿔범들은 원력으로 육체를 강화하기 시작했다.

안 그래도 빠른 속도가 더욱 가속되며 제법 멀었던 거리가 순식간에 좁혀오고 있었다.

반은 그제야 사태가 심상치 않다는 것을 깨달았다.

저 속도와 아우라의 뿔.

두 가지가 합쳐지면 말을 타고 달려오는 기사의 창 공격보다도 강력한 위력이 예상되었다.

"과연 마의 우림에서 살아온 짐승이라는 소리인가."

퀴르가 헛웃음을 터트리는 순간에도 시우는 여전히 침착한 상태였다.

오히려 시우는 루리와 로이에게 익시드 뿔범들을 상대로 전투 훈련을 시킬 생각까지 하고 있었다.

검술 연마도 좋지만 사실 실력 증진에 정말 도움이 되는 것은 실전에서 갈고 닦는 것이었다. 완벽한 자세로 허공을 베기보다는 조금은 서툴더라도 위험을 마주하며 적을 베는 것이 훨씬 도움이 된다.

하물며 그것이 원력을 각성한 짐승이라면 그들의 야성에서 뭔가 배울 것이 있을지도 몰랐다.

"[마법의 방패를 이곳에 소환한다. 매지컬 실드.]"

조금 마력을 과하게 담았다.

적어도 뿔범들의 공격을 한 번까지는 막아 줄 수 있는 힘이 마법의 방패에 담겼다.

루리와 로이는 온몸을 감싸는 반투명한 막이 생기는 것을 보고 신기해했다.

"혹여 그 마법이 부서진다하더라도 죽지는 않을 거야. 내가 너희에게 준 기합의 목걸이라면 뿔범들의 공격을 한 번까지는 견뎌줄 테니까."

만약 루리와 로이의 물리 방어력이 높다면 그것이 기합의 목걸이에도 영향을 끼쳐 더 견뎌줄지도 모르지만 루리와 로이의 물리 방어력은 일반인의 기준에서 벗어나지 못했다.

마법의 방패가 부서진 직후 다시 뿔범의 공격을 받는다면 신체의 일부에 바람구멍이 뚫리고 말테지.

"하지만 걱정하지 마. 죽지는 않을 테니까. 그리고 죽지만 않는다면 내가 살려줄게."

시우에게는 생명력회복 마법스킬 힐링도 있었고, 포션도 있었다. 보통이라면 아무리 죽지 않는다고 해도 보통 이런 훈련은 할 수 없다.

포션을 이용해 회복한다고 해도 관통상과 같이 큰 상처는 반드시 후유증을 남기기 때문이었다. 그러나 시우의 마법스킬과 포션의 효용이라면 아무리 크게 다쳐도 아무런 후유증도 없이 완치시키는 것이 가능했다.

시우는 몇 마디 충고라도 해줄까 싶었지만 이미 뿔범의 무리는 지척까지 다가온 상태였다.

"충격에 대비해!"

시우의 고함에 루리와 로이는 물론 용병들과 기사들도 무기를 바투 들고 자세를 바짝 낮췄다.

그리고 그 순간 마법이 터져 나왔다.

"〈근육을 이완시킨다. 근력 저하.〉"

시나였다.

뿔범 무리의 속도가 급격히 떨어지고 몇 마리 뿔범들은 다리가 엉켜 바닥을 굴렀다.

대부분의 뿔범들은 원력을 이용해 시나의 근력 저하 마법에 저항했지만 속도가 떨어지는 것만큼은 어쩔 수가 없었다.

그들의 이마로 솟구친 아우라의 뿔만큼이나 두려웠던 것이 그들의 속도였다. 일단 뿔범들로부터 그것을 빼앗자 위험 부담도 급격히 내려갔다.

시나에게 감사 인사를 할 틈도 없이 뿔범 무리와 격돌했다.

루리와 로이는 시우에게서 배웠던 포스칸 기초 검술의 묘리대로 뿔범의 뿔을 흘려내고 목이나 어깨에 큰 상처를 입힐 수 있었다.

원력의 양은 로이보다 루리가 조금 더 많았는데 로이는 뿔범의 공격에 버티고 선 것에 비해 루리는 주춤주춤 뒤로 물러서고 있었다.

순간적으로 낼 수 있는 근력 자체라면 로이와 루리에게 큰 차이는 없었지만 아직 루리는 몸을 쓰는 법을 터득하지 못했기 때문이었다.

뿔범의 뿔에 맞서는데 정신이 팔려 하체에 힘이 빠져 있었다.

포스탄 기초 검술의 묘리에는 하체를 쓰는 법도 분명 포함되어 있었는데 실전이라 긴장한 탓에 그간 배운 모든 것을 까먹은 듯했다.

이래서 실전 훈련이 중요했다. 훈련과 실전은 다르다.

그러나 한 번 주춤주춤 물러서며 두 번째로 달려든 뿔범의 뿔을 흘려내고 한 마리의 뿔범을 처리한 루리의 표정이 바뀌었다.

넋을 놓고 있다간 제 실력도 못 내보고 뿔범에게 당할지도 모른다는 것을 인지한 것이다. 루리는 심호흡을 하며 명상을 시도했다. 아직은 전투 명상은 무리였다. 마력이나 원력을 회복할 수는 없었다. 그래도 일시적으로 심리적인 안정을 찾는 효과를 볼 수 있었다.

시우는 속으로 감탄하며 충고하려던 입을 다물었다.

루리는 포스칸 기초 검술의 묘리를 모두 떠올려 적확하게 뿔범 무리의 공격에 대응하고 있었다.

뿔범 무리의 일부가 시우 일행을 지나 그대로 달려 나갔다.

로이와 루리는 물론 용병이나 기사들도, 그리고 수습기사들도 어떻게든 무사한 모양이었다.

일행을 가로지른 뿔범들은 더 이상 그들에게 관심이 없다는 듯 널따란 평야를 가로질렀다.

마치 숲에서부터 도망이라도 치는 듯한 모습이었다.

수습기사들이 안도의 한 숨을 쉬는 순간 미카드가 입을 열었다.

"긴장을 놓기엔 아직 일러. 앞을 봐."

아직도 숲에선 수많은 몬스터들이 몰려오고 있었다.

"루리, 로이. 직립 명상을 시작해!"

"지, 지금이요?"

"다음 무리가 몰려들기까지 20초 정도의 여유는 있을 거야. 그 정도면 충분히 원력을 회복할 시간이 돼."

"아, 알았어요."

시우의 지시에 루리와 로이는 전장의 한 가운데서 눈을 감고 정신을 집중했다.

전투로 흥분된 가슴이 침착해지고 머리가 맑아졌다.

20초간 제대로 명상에 집중을 한다고 해도 회복할 수 있는 원력은 2포인트가 전부일 것이다. 하지만 그 2포인트의 원력이 로이와 루리에겐 매우 큰 힘이었다.

"다음은 쟈탄이군."

퀴르의 말에 원력을 전부 회복한 루리와 로이가 눈을 떴다.

"익시드 뿔범보다는 쟈탄이 오히려 쉬울 거다."

시우의 말에 루리와 로이는 고개를 끄덕이며 비교적 느린 속도로 달려오는 쟈탄들의 무리에 맞섰다.

"그런데 체슈. 웬만하면 당신도 몬스터 좀 쓰러트리지?"

멀리서 고함치는 쟈탄의 머리를 저격한 퀴르의 말이었다.

모두가 싸우고 있는데 루리와 로이를 가르치겠답시고 한 발 빠져 있는 모습이 마음에 들지 않았던 모양이었다.

원래 몬스터가 몰려오는 이런 상황에서는 그 누구도 여유를 부릴 수 없다.

하지만 무슨 일인지 익시드 뿔범들은 시우에게 달려들 생각도 하지 않았다. 그 뿐이랴? 파도처럼 밀려오던 뿔범들이 시우만 마주하면 화들짝 놀라며 모세의 기적처럼 갈라졌다.

그 덕분에 시우는 몬스터들이 몰려오는 가운데서도 여유가 넘쳐흐르고 있었다.

확실히 동료들이 모두 몬스터와 싸우는데 혼자서만 서 있기도 심심했던 시우는 허리에 패용하고 뽑아들지도 않았던 리네를 그제야 뽑아들었다.

그리고 동료들에게 영향을 끼치지 않도록 적당히 조절하고 있던 카리스마를 완전히 갈무리했다. 이제부터 달려들 몬스터들은 시우라고 해도 가리지 않고 덮쳐들 것이다.

시우는 원력을 끌어올릴 생각도 않고 그렇게 검을 들고 있었다.

처음 이 세계에 왔을 때 쟈탄과 카스탄은 무서운 적이었지만 지금은 절대 시우의 적이 될 수 없었다.

시우의 기본 방어력은 이제 쟈탄이나 카스탄 따위로 피해를 입을 만큼 만만하지 않았다.

거기에 더해 300레벨 제한의 장비를 착용한 이상에야 아우라도 끌어올리지 않으면 생채기조차 입힐 수 없었다.

다시 한 번 시나의 마법이 작렬했다.

"〈거대한 불길이 치솟아 광활한 대지를 집어삼킨다!〉"

화르륵!

뜨거운 열기가 바람을 타고 실려와 이마를 쓸고 지나갔다.

그아아!

쟈탄들의 비명이 들렸다.

눈앞에 펼쳐진 대지가 완전히 불에 휩싸여 타오르고 있었다.

불길은 사람의 키보다도 높게 치솟고 있었고 그것이 안겨주는 인상은 강렬했다.

이 정도라면 마법사 길드의 마스터 수준의 마법이었다.

마력만 부여되면 결코 꺼지는 일이 없는 마법의 불길은 유지하는 것만으로 제법 많은 마력을 소모한다. 그것을 저토록 뜨겁게, 광활하게 일으킬 수 있는 자는 결코 많지 않았다. 하물며 주문의 완성까지 걸린 시간이 10초도 되지 않았다는 것은 그녀의 출력과 통제력도 녹록치 않다는 것을 뜻하고 있었다.

이성을 잃고 날뛰던 쟈탄들은 지옥 같은 불구덩이를 벗어나기가 무섭게 시우 일행의 검에 목숨을 잃었다.

그 와중에 시우의 검이 빛을 발하자 기사들이 그것을 알아보았다.

"설마 세실강인가?"

리네에서는 포스칸 특유의 문신 모양이 검신 전체에 걸쳐 나타나며 빛을 발하고 있었다.

리서드의 경악성에 수습기사들도 그제야 리네의 정체를 알아보고 놀라워했다.

검을 배우는 사람으로서 세실강에 대해서는 제법 많은 이야기를 들었지만 실제로 보는 것은 처음이었다.

시우는 그들의 감탄과 질투어린 눈빛을 못 본 체하며 쟈탄을 베어 넘겼다.

그와 동시에 그들을 향한 약간의 경계심을 피워 올렸다.

그들은 결코 시우의 상대가 될 수 없었지만 세실강을 손에 넣겠답시고 루리나 로이를 인질로 붙잡으면 곤란했다.

특히 지금처럼 마력의 대부분을 사용할 수 없을 때는 더욱더.

지금은 그런 낌새를 전혀 느낄 수 없었지만 경계해 둔다고 해서 나쁠 것은 없었다.

단지 조금 귀찮을 뿐.

쟈탄 무리가 지나갔다.

역시나 뿔범들이 그랬던 것처럼 시우 일행을 지나친 후로는 뒤도 돌아보지 않고 달아나고 있었다.

다음으로 몰려온 몬스터의 무리는 카스탄이었다.

강력한 완력, 머리를 동체에서 떼지 않으면 죽지 않는 생명력으로 익시더가 아니라면 상대할 수 없다고 알려진 흉악한 몬스터.

카스탄이 까다로운 이유는 그 키가 무려 3미터에 달하기 때문에 목을 베기도 어려울뿐더러 팔이 네 개나 되기 때문에 목을 베기 위해 접근했다간 공격을 허용하기 십상이기 때문이었다.

아직 원력을 각성하지 못한 벤과 젤라가 기사들의 뒤로 물러나는 반면 시우는 루리와 로이의 앞으로 나섰다.

고함치며 몰려오는 카스탄의 무리 중에서 원력의 기운이 느껴진 탓이었다.

시우의 매지컬 실드 마법스킬과 기합의 목걸이가 있으면 이제 막 원력을 각성한 루리와 로이도 카스탄을 쓰러트릴 수 있었다. 하지만 그것은 원력을 각성하지 못한 카스탄을 말하는 것이었다.

카스탄들 중에 원력을 각성한 놈들이 섞여 있다는 것을 알아챈 시우는 일차적으로 위협적인 놈들을 걸러내 루리와 로이의 실력에 적합한 카스탄들만 뒤로 흘려보낼 생각이었다.

시우는 카스탄을 상대하면서도 원력을 끌어올리지 않았다.

300레벨에 도달하며 인간을 뛰어넘은 육체능력을 손에 넣은 시우의 스테이터스와 원력만큼이나 튼튼하고 날카로운 검 리네가 그것을 가능하게 해주었다.

먼저 뻗어오는 팔을 리네로 걷어내고 무릎을 밟아 뛰어오르며 검을 횡으로 그으면 여지없이 카스탄의 목이 하늘을 날았다.

그것은 원력을 각성한 카스탄이라고 해도 크게 다르지 않았다.

원력을 각성한 카스탄의 공격에 당한 용병, 반이 바닥을 굴렀다. 팔 하나가 부러지고 다리는 굽어질 수 없는 방향으로 굽어 있었다.

신체가 절단된 것도 아니기에 포션만 마시면 회복할 수 있는 상처였지만 그 전에 뼈부터 맞춰야 했다. 괜히 아프다고 섣불리 포션을 마시면 평생 불구로 살아야 할지도 몰랐다.

퀴르가 당장에 뛰어가 팔을 살폈다. 팔은 상태가 나쁘지 않았다. 깔끔하게 부러져 이대로 포션을 마셔도 괜찮을 정도였다. 문제는 다리였다. 뼈가 으스러져 아무리 공을 들여 뼈를 맞춰도 완벽한 회복은 기대하기 어려웠다.

아마 평생 다리를 쓸 때마다 위화감이 드는 것은 막을 수 없겠지.

용병 인생에는 치명적이지만 죽지는 않을 것이다.

퀴르는 반에게 자신의 눈을 보라고 고함치고는 이상한 방향으로 접힌 다리를 곱게 폈다.

반은 비명을 질렀지만 퀴르의 손은 과감했다.

다음 몬스터가 몰려오고 있었다.

퀴르도 익시더인 만큼 이번에 몰려오는 놈들은 카스탄보다 위험하다는 것을 깨닫고 있었다.

아마 그들이 기다리고 있던 고대의 몬스터일 것이다.

시간을 낭비하고 있을 여유가 없었다.

퀴르는 반에게 힘을 빼라고 말한 직후 다리 근육이 이완되는 순간을 노려 다리를 당기며 뼈를 맞췄다.

"끄아아악!"

끔찍한 비명이 하늘로 치솟고 반이 기절했다.

퀴르는 반의 뺨을 때려 정신을 차리게 만들고 포션을 입에 흘려 넣어 주었다. 포션에는 마취 성분이 포함되어 있기 때문에 반의 상태가 빠르게 호전되었다.

"싸울 수 있겠어?"

"아, 아아."

반이 비틀거리며 자리에서 일어났다.

다리는 여전히 불편한 모양이었지만 적들은 기다려주지 않았다.

다음으로 몰려오는 몬스터들은 시우도 처음 보는 놈들이었다.

머리는 물소를 닮았는데 이족 보행을 하는 놈들이었다.

둥글게 말려 자란 뿔, 검은 털로 뒤덮인 전신은 카스탄과 비교해도 부족함이 없는 근육질로 뒤덮여 있었다.

지성이 있는 건지 허리에 가죽을 둘러 국부를 가리고 있었고 그들의 손에는 하나같이 나무 몽둥이가 들려있었다.

하체는 네발짐승 특유의 역관절에 발굽을 달고 있었다.

키는 쟈탄과 카스탄의 중간 즈음인 2.5미터 정도 되어 보였다. 때문인지 겉으로 보기에는 카스탄보다 약하다는 인상이 강했다. 그러나 실력이 경지에 든 이들이라면 알아챌 수밖에 없는 기운이 놈들의 체외를 넘실거리고 있었다.

"언퍼드!"

퀴르가 외쳤다.

놈들은 언퍼드라 불리는 몬스터였다.

원래는 수인족으로 구분되던 놈들이기도 했는데 그 이유가 상체뿐이긴 하지만 인간을 닮았으며 놈들이 다소나마 말을 할 줄 알기 때문이었다.

그러나 놈들은 너무나 야성적이었다. 말을 할 줄 알기는 하나 대화가 통하지 않았다. 이성보다는 본능에 따르며 배가 고프면 인간을 죽여 그 고기를 먹는 것도 망설이지 않았다.

결국은 몬스터로 재구분되며 고대의 몬스터들과 함께 마의 우림으로 내쫓긴 놈들이었다.

놈들의 힘이 가시적으로 드러나기 시작했다.

언퍼드 특유의 불길한 아우라가 전신에서 흘러넘쳤다.

보랏빛 아우라로 물든 나무 몽둥이가 위협적이었다.

언퍼드는 선천적으로 원력을 쓸 줄 아는 몬스터였다.

즉, 시야 가득 몰려오는 언퍼드 전원이 익시더라는 소리였다.

퀴르가 화살에 원력을 담아 쏘았다.

화살에 담긴 원력은 퀴르의 손을 떠나는 순간부터 급격히 그 힘을 잃기 시작했지만 그것보다도 빠르게 언퍼드를 향해 날아갔다.

퍼억!

언퍼드가 몽둥이를 들어 화살을 막았다.

"이 정도로는 소용도 없군."

퀴르의 안색이 좋지 않았다.

하지만 포기할 생각은 없는지 퀴르는 화살을 시위에 먹이고 힘을 모으기 시작했다.

출력이 약해 단시간에 강한 위력을 낼 수는 없었지만 놈들이 근접할 때까지 시간을 들여 기운을 모으면 적어도 한 놈 정도는 쓰러트릴 수 있을 것 같았다.

퀴르의 화살에서 뿜어져 나오는 아우라의 빛이 서서히 강해지기 시작했다.

그런 퀴르의 뒤를 따라 용병들도 각자의 무기에 원력을 담기 시작했다.

가장 먼저 공격을 선보인 것은 시나였다.

"〈멈춰라!〉"

그것은 압도적은 마력에서 뿜어져 나온 권능이었다.

시우 일행을 향해 달려들던 언퍼드 몇이 그 자리에 굳어 동작을 그쳤다.

그러나 멈춘 것보다도 많은 언퍼드들이 여전히 달려들고 있었다.

그러나 시나의 주문은 거기서 그치지 않았다.

"〈근육을 이완시킨다. 근력 저하.〉〈깊은 잠에 빠져들어라.〉〈너희 마음 깊은 곳에 잠재된 공포를 이끌어낸다.〉"

언퍼드들의 동작이 굼떠지고 몇몇이 돌연 잠에 빠져 픽픽 쓰러졌다. 또 몇몇은 공포에 휩싸여 옆에서 달리던 언퍼드들을 공격하거나 방향을 돌려 도망치기 시작했다.

엉망진창이었다.

그럼에도 시나의 주문은 그칠 줄을 몰랐다.

호흡 방해 마법, 환각 마법, 독 안개, 마비, 디버프의 축제였다.

그 끝을 장식한 것은 다시 한 번 피어오른 대규모 화염 마법이었다.

아무리 시나가 인외급 마법사라지만 이번에는 아무래도 무리를 한 모양인지 그녀의 작은 어깨가 들썩이며 숨을 고르고 있었다.

불구덩이를 헤치고 나온 언퍼드들은 제정신이 아니었다.

퀴르가 먼저 화살을 쏘았다.

퀴르는 언퍼드의 몽둥이에 화살이 막힐 것까지 감안하여 그가 할 수 있는 최대 위력의 화살을 쏘았다.

언퍼드는 그것이 무안할 정도로 아무런 저항이 없었다.

퀴르에 담긴 강력한 원력은 언퍼드의 머리를 박살내었다.

그나마 위안이라면 화살에 담긴 힘이 워낙 강한 탓에 그 한 발로 셋이나 되는 언퍼드를 쓰러트렸다는 것이었다.

용병 마법사 아그나가 언퍼드들에게 공격 마법을 쏟아 부었고, 뒤이어 기사들이 달려 나가 언퍼드들의 멱을 따기 시작했다.

간혹 언퍼드들의 몽둥이가 무작위로 휘둘러졌지만 리서드와 미카드의 실력으로 충분히 회피할 수 있는 정도였다.

기사들이 달려 나간 탓에 언퍼드들에게 노출된 벤과 젤라는 화들짝 놀라며 소라와 리나에게 보호받고 있는 아리에타와 레이나의 곁으로 다가왔다.

아무리 제정신이 아니라지만 수습기사인 그들로서는 아우라를 줄기줄기 뿜어내는 언퍼드를 상대할 수 없었다.

벤과 젤라는 소라와 리나의 보호를 받으면서 그제야 그들 못지않게 활약하는 에리카를 보고 감탄했다.

에리카는 그들보다도 어린 나이임에도 불구하고 리서드나 미카드 못지않은 아우라를 몸에 두르고 있었다.

시우가 앞서나와 언퍼드를 처리한 덕분에 뒤로 흘려보낸 수는 몇 되지 않았지만 루리와 로이도 각자 두 마리의 언퍼드들을 처리할 수 있었다.

사방이 몬스터들의 시체로 가득했다.

그러나 아직도 몬스터의 파도는 끝이 나지 않았는지 거대한 포효가 들려왔다.

나무가 우지끈 꺾이고 수풀 너머로 거대한 그림자가 얼핏 보이기 시작했다.

"도무지 끝이 나질 않는군."

이미 원력을 8할 이상 소모한 퀴르의 말이었다.

마법사 아그나를 제외하면 이미 용병들은 싸울 수 있는 상태가 아니었다. 그나마 시나가 자신의 역할을 똑똑히 한 덕분에 크게 다친 이는 없어보였다. 아그나도 힘을 온존할 수 있었다.

벤과 젤라가 살아있는지 확인한 리서드가 피식 웃음을 터트렸다.

"그래도 이게 마지막인가 보군. 언퍼드로는 성에 차지 않았는데 잘 되었어."

벤과 젤라의 시선을 다분히 의식한 대사였다.

아무리 언퍼드가 선천적으로 원력을 다루는 몬스터라지만 시나의 마법에 취한 녀석들을 상대로는 제 실력을 뽐낼 수가 없었다.

이대로는 돌아갈 수 없다고 생각한 리서드에게 새로운 몬스터의 등장은 반가울 정도였다.

"당신들은 나서지 마시오. 이번 몬스터는 한 마리뿐인 듯하니 우리 둘의 힘만으로 사냥해 보겠소. 혹시 이론이 있소이까?"

퀴르는 고개를 저었다.

"어차피 우리는 이미 싸울 수 있는 상태가 아니오. 사냥감을 빼앗기는 것 같아 아쉽긴 하지만 흔쾌히 양보하겠소."

퀴르의 대답에 리서드는 만족스러운 표정으로 고개를 끄덕였다.

그는 이어 시우를 바라보았다.

"그만 두는 것이 좋아 보입니다만."

"당신들의 목적도 몬스터의 사체이오? 그렇다면 우리가 사냥한 쟈탄이나 카스탄, 언퍼드의 사체를 양보할 생각도 있소. 우리에게 필요한 것은 우리의 실력을 증명할 강한 몬스터의 사체! 저 놈의 사체만 얻는다면 다른 것은 아무런 필요가 없소."

리서드의 말에 시우는 한숨을 푹 내쉬었다.

"당신들의 실력으로 저 몬스터는 무리라는 소리입니다."

리서드의 눈썹이 찌푸려졌다.

자존심에 상처를 입은 것이다.

무슨 목적으로 이곳에 찾아왔는지는 모르겠지만 입은 옷이나, 세실강으로 만든 무기나 특이한 동료들의 모습을 보고 리서드는 시우를 귀한 집 자식이겠거니 하고 있었다.

때문에 몬스터를 사냥하기 전에 먼저 양해를 구했더니 돌아온 소리가 저런 헛소리니 기분이 좋을 리가 없었다.

하지만 시우의 말에 대꾸한 것은 리서드가 아니었다.

"네놈이 알면 얼마나 안다고 그런 소리를 하지? 리서드 경과 미카드 경은 네놈이 실력 운운을 할 수 있을 정도로 녹록하신 분이 아니야!"

벤의 말이었다.

그 옆에서는 젤라도 동의하듯 고개를 끄덕이고 있었다.

기껏 충고해 줬지만 그들에게는 시우의 말을 충고로 받아들일 생각이 전혀 없었다.

시우는 죽일 듯이 노려보는 리서드와 벤의 모습에 두 손들어 손바닥을 보여주었다.

"다툴 생각은 없었습니다. 하지만 굳이 싸우시겠다고 하신다면 죽지만 마십시오. 죽지만 않는다면 반드시 살려드리겠습니다."

시우는 그렇게 말하며 더 이상 할 말이 없다는 뜻으로 한 걸음 물러섰다.

끝까지 지지 않고 헛소리를 지껄이는 시우의 모습에 리서드는 여전히 불쾌했지만 뜻하던 바는 이룰 수 있었기에 더 이상 신경 쓰지 않기로 했다.

"미카드. 더 싸울 수 있지?"

"당연하지."

두 기사는 검에 아우라를 피워 올리며 이제 막 숲을 빠져나오는 거구의 몬스터를 향해 달려 나갔다.

몬스터의 모습은 언퍼드와 닮아 있었다.

물소의 머리, 털로 뒤덮인 근육질의 몸, 역관절의 다리.

단 털의 색깔이 검붉은 빛을 띠고 있었고 키 또한 언퍼드와는 비교도 할 수 없이 컸다.

5미터를 넘어가는 거구, 손에 들린 것은 정체를 알 수 없는 거대한 뼈.

뜨거운 콧김을 뿜어낸 놈의 눈은 붉게 충혈 되어 있었다.

구워어어어어!

놈이 포효를 내지르자 퀴르가 주춤주춤 뒷걸음을 쳤다.

그나마 퀴르는 나은 편이었다.

반과 듀크, 헤르아, 에린. 퀴르와 아그나를 제외한 모든 용병들이 서있던 자리에 풀썩 주저앉고 말았다.

그들 전원이 익시더라는 점을 감안하면 놀라운 힘이었다. 단지 포효만으로 익시더를 제압했다는 뜻이니까.

그나마 시우가 놈의 포효를 상쇄시킨 덕분에 그의 뒤로 정렬해 있던 동료들은 놈의 포효로부터 무사할 수 있었다.

리서드는 웃었다.

"그래. 이 정도는 되어야 사냥할 맛이 나지."

익시더를 포효로 제압할 정도의 몬스터.

이런 놈을 사냥하는데 성공한다면 그들의 실력을 증명하는데 큰 도움이 될 것이 틀림없었다.

리서드는 미카드와 시선을 교환했다.

아무리 리서드라도 이런 놈을 혼자서 사냥할 생각은 없었다.

하지만 미카드와 함께라면 충분히 쓰러트릴 수 있다고 생각했다.

그렇게 확신했다.

그리고 신호를 주고 받은 리서드는 미카드와 함께 뛰쳐나갔다.

그 순간 놈이 손에 들고 있던 거대한 뼈를 휘둘렀다.

후우웅!

그것은 거구에 어울리지 않은 빠른 동작이었다.

공격을 회피할 틈도 없이 휘둘러져 오는 공격에 리서드와 미카드는 검으로 맞서려 들었다.

그 때 어디선가 하얀 빛이 터져 나왔다.

그것은 리서드나 미카드가 반응하기도 전에 거대 언퍼드과 휘둘러 오는 몽둥이와 부딪혀 폭발을 일으켰다.

퍼엉!

거대 언퍼드가 주춤주춤 물러섰다.

"놈의 공격에 맞서지 마십시오! 모든 공격을 피해내지 못한다면 결국 죽음에 이르고 말 것입니다."

리서드는 시우의 능력이 자신이 생각하고 있었던 것 이상이라는 점에 놀랐지만 그것 이상으로 화가 났다.

"우리들의 싸움에 끼어들지 마시오! 이것은 우리의 실력을 증명하기 위한 싸움이오!"

그리고 리서드는 다시 거대 언퍼드를 향해 달려들었다.

놈은 시우가 날려 보낸 원력탄을 맞받아친 충격을 아직도 해소하지 못하고 있었다.

그것은 기회였다.

이런 형태가 되길 원하지는 않았지만 몸은 반사적으로 반응했다.

리서드와 미카드의 검에서 3미터는 됨직한 아우라가 뿜어져 나왔다.

그리고 리서드와 미카드는 성공적으로 거대 언퍼드의 어깨에 공격을 꽂아 넣을 수 있었다.

그러나 거대 언퍼드는 멀쩡했다.

전신에서 솟구치는 방대한 원력이 리서드와 미카드의 공격에 대항하고 있었다.

"이럴 수가!"

"이건 말도 안 돼!"

그 순간 거대 언퍼드의 몽둥이가 휘둘러졌다.

리서드와 미카드는 바로 회피 동작으로 들어갔지만 거대

언퍼드의 몽둥이는 그것보다 빨랐다.

퍼버억!

리서드와 미카드가 몽둥이에 맞아 10미터가 넘는 거리를 날아갔다. 그것은 바닥에 떨어지고 나서도 멈추지 않았다. 한참을 뒹굴던 기사들이 멈췄을 때는 피를 울컥 토해내고 있었다.

그들이 입고 있는 갑옷이 움푹 찌그러져 있었다.

혹시 모를 충격에 대비해 갑옷에 아우라를 불어넣고 있었지만 아무런 소용이 없었다.

거대 언퍼드의 원력은 두 기사의 원력을 상회하고 있었던 것이다.

어떻게든 움직이려고 바들바들 떨던 기사들의 움직임이 그쳤다.

살아만 있으면 어떻게든 해줄 수 있었을 텐데, 죽어서는 시우도 어쩔 수가 없었다.

"꺄아악!"

"리서드 경! 미카드 경!"

젤라가 비명을 지르고 벤이 그들의 이름을 불렀다.

그러나 대답은 돌아오지 않았다.

거대 언퍼드가 두 시신을 바라보고 있었다. 이내 그들의 죽음을 확신했는지 그들을 향한 관심을 잃었다.

"다음은, 누가, 덤비겠느냐."

후욱! 콧김을 내뿜으며 놈이 말했다.

기분이 좋지 않았다.

뒤에서 보조해주면 기사들로 충분히 상대가 가능할 거라 생각했는데 그렇지 않았다.

거대 언퍼드는 시우의 생각보다 강했고, 기사들은 시우의 생각보다 굼떴다.

아무리 잘 아는 사이는 아니라지만 사람이 죽는 모습에 기분이 좋을 리는 없었다.

시우가 걸어 나갔다.

퀴르가 두 눈을 크게 뜨고 어쩔 생각이냐고 물으려 했지만 그 순간 퀴르의 두 눈이 더욱 커졌다.

시우의 검, 리네에서 10미터도 넘는 길이의 아우라가 뿜어져 나왔기 때문이었다.

그것은 시우가 거대 언퍼드에게 다가갈수록 조금씩 크기가 줄어들었다.

기운이 약해진 것은 아니었다.

그 거대한 아우라가 압축되고 압축되어 더욱 날카롭고 단단하게 변해가고 있었다.

거리가 50미터까지 가까워지자 시우가 도약했다.

땅을 한 번 박차는 순간 시우의 몸이 지면을 스치며 순식간에 50미터의 거리를 좁혔다.

이미 인간의 한계를 넘어선 육체능력을 원력으로 강화한 효능이었다.

그러나 거대 언퍼드의 반응도 결코 늦지 않았다.

이제는 2미터 가량으로 줄어든 시우의 아우라와 거대 언퍼드의 몽둥이가 격돌했다.

두웅!

거력이 맞부딪힌 충격으로 바닥에 파문이 일었다.

바닥을 딛고 서있던 자들이 주춤할 정도로 큰 충격이었다.

그리고 그것으로 끝이었다.

다음 순간 거대 언퍼드가 들고 있던 몽둥이는 손목채로 허공에 떠있었다. 빙글빙글 회전하는 손목이 미처 바닥에 닿기도 전에 다음 공격으로 발목을 잘라버렸고 놈이 무기를 들지 않았던 반대쪽 손을 움직이자 그것을 어깨부터 잘라버렸다.

"가, 강하……!"

리네가 거대 언퍼드의 목을 스치고 지나갔다.

놈의 목에 생겨난 붉은 실선에서 꼬르륵 거품이 일어나더니 거대 언퍼드의 목이 떨어져 나갔다.

수습기사들은 물론이고 용병들도 그 자리에 굳어버렸다.

기사들이 손수무책으로 당한 몬스터를 저토록 간단히 쓰러트리다니?

퀴르는 지난 기억들이 떠오르자 어처구니가 없어 저도 모르게 헛웃음을 터트리고 말았다.

저런 실력자를 앞에 두고 지금까지 비웃고 무시했던 것은 도대체 누구란 말인가?

시우는 리네를 휘둘러 묻은 피를 떨쳐내고 칼집에 수납했다.

"이제부터 당신들은 어쩔 생각입니까?"

퀴르가 시우의 목소리에 화들짝 놀랐다. 자신에게 말을 걸줄은 몰랐기 때문이었다.

"…어쩔 생각이라니?"

"우리는 지금부터 숲에 들어갈 생각입니다. 따라오시겠습니까?"

"마의 우림을? 우리가? 되었소. 이제 고대의 몬스터라면 진저리가 나오."

퀴르는 말뿐만 아니라 부르르 몸서리를 쳤다.

"그럼 무사 귀환을 기원하겠습니다. 귀로는 숲에서 뛰쳐나온 몬스터들로 가득한 모양이니 말이죠."

시우의 말에 퀴르는 깊게 한숨을 내쉬었다.

그러면서 힐끗 시나를 바라보았다.

만약 그녀가 용병들과 함께하면 돌아가는 길이 좀 더 편해질 것 같았다.

"나는 따라가겠다."

그런 시나의 모습에 퀴르는 더욱 깊은 한숨을 내쉬었다.

"우, 우리도 따라갈게요."

젤라의 말이었다.

옆에서 그녀를 놀란 얼굴로 바라보던 벤도 이내 굳게 다짐한 표정으로 말했다.

"우리도 따라가겠어요."

말투부터 존대로 바뀌어 있었다.

시우는 용병이 그들을 데려가 주길 바랐지만 벤과 젤라는 끝까지 따라가겠다고 고집을 부렸다.

더 이상 설득하기 귀찮아진 시우는 그들을 없는 사람 취급하며 일행에게 내력을 회복하라 일렀다.

시우는 싸우면서도 원력을 회복할 수 있었지만 그것은 알테인에게도 힘든 재주였다.

원력을 회복할 시간이 필요했다.

특히 많은 기운을 소모한 시나는 모든 마력을 회복하기까지 많은 시간을 필요로 했다.

그렇게 잠시 휴식을 취한 시우 일행은 곧장 마의 우림으로 진입했다.

숲은 고요했다.

마치 살아있는 생물이 더 이상 남아있지 않은 것 같았다.

그러나 그 많은 몬스터가 뛰쳐나오고도 아직도 많은 몬스터들이 수풀 사이로 숨어있었다. 단지 평소와는 다른 분위기에 몬스터들도 긴장을 하고 있을 따름이었다.

마치 은신법을 배운 암살자와 같이 어둠 속에 숨어 숨을 죽인 몬스터들이 시우 일행을 지켜보고 있었다.

아마 평소와는 다른 분위기를 느꼈기 때문일 것이다.

시우도 그것을 느꼈다.

알테인의 숲이라면 짧은 기간이나마 시우도 지내본 경험이 있었다.

그곳은 생명이 넘치는 장소였다.

그러나 지금은 달랐다.

뭐가 달라진 거지?

그런 의문에 해답을 준 것은 소라였다.

"정령들이 보이지 않아."

그렇다. 마의 우림에 존재하는 모든 자연에는 풍부할 정도의 정령들이 노닐었다. 그런 정령들이 지금은 보이지가 않았다. 원래 자연 속의 정령은 보이지 않는 것이 정상이지만, 시우는 바람의 신령인 리카와 계약을 맺은 엄연한 정령술사였다.

그런 그가 정령을 보지 못할 리가 없었다.

그 탓인지 마의 우림은 마치 죽어가는 듯했다.

죽은 듯이 조용했다.

샤아아!

그 순간 덮쳐온 뱀의 목을 단번에 베어버렸다.

원력을 각성해 스스로의 기척을 숨길 줄 아는 거대 독사였다. 하지만 알테인들의 은신도 간파하는 시우가 독사 따위의 기척을 놓칠 리가 없었다.

"결계를 치고 있던 마을로 안내할 수 있겠어?"

"아마 이쪽일 거야."

소라가 앞장서 길을 안내했다.

잔뜩 겁을 집어먹은 짐승과 몬스터들이 간혹 시우 일행을 덮쳐왔지만 시우가 나설 필요도 없었다.

불과 몇 개월 전까지만 하더라도 소라는 알테인들의 마을을 지키는 숲지기였다. 어째선지 이 숲에선 정령들이 아무런 응답도 해주지 않았지만 정령이 없어도 이 정도 짐승들은 소라의 역량으로 능히 상대가 가능했다.

그때였다.

시우가 바람의 정령을 발견한 것은.

그리고 바람의 정령과 눈이 마주치는 그 순간, 그리 멀지 않은 곳에서 은밀한 기척이 느껴졌다.

알테인들이었다.

정확히는 마을의 수호를 담당한 숲지기들이었다.

허공을 부유하는 바람의 정령들이 하나 둘 늘어나고 숲지기들의 기척이 시우 일행을 중심으로 100미터까지 접근해왔다.

시우가 걸음을 멈추었다.

숲지기들의 기척을 느끼는 것은 오로지 시우뿐이었다.

심지어는 숲지기로 활동했던 소라조차도 그들의 기척은 감지하지 못했다.

단지 시우의 시선을 따라 고개를 돌리고 바람의 정령을 발견한 뒤에야 사태를 파악했다.

"왜 그래요?"

의문을 표한 것은 젤라였다.

"숲지기다."

"숲지기?"

시우의 대답에 젤라는 되물었다.

알테인들의 문화에 대해 관심이 많은 자가 아니라면 숲지기는 낯선 단어였다.

물론 알테인들에 대해 잘 알지 못하는 젤라는 그것이 뭔지 알 수 없었다.

다만 반응을 보인 것은 시나였다.

흠칫 몸을 떨며 고개를 들어 주변을 경계하는 것을 보니 숲지기가 무엇인지 알고 있는 눈치였다.

그러나 시우는 대답해 주지 않았다.

집중을 해야 했다.

아무리 시우가 숲지기들의 기척을 느낄 수 있다고 하지만 지금 느껴지는 모든 숲지기들을 적대하고 무사할 수는 없었다.

적어도 마력과 원력의 대부분이 봉인된 지금은 그랬다.

만약 그들이 기습이라도 시도하면 시우를 제외한 일행들은 무방비하게 공격을 맞아줄 수밖에 없을 것이다.

숲지기들의 공격을 예측하고 막아낼 수 있는 것은 일행 중에 시우뿐이었고, 그나마도 정신이 흐트러지면 기척을 놓칠 정도로 숲지기들의 은신은 뛰어났다.

잠시 대화라도 시도해 볼까 고민하던 시우가 선택한 것은 리카를 소환하는 일이었다.

알테인들은 어째선지 신령이라 불리는 최고위 정령을 숭상했다.

물론 정령은 알테인들의 친구이며 협력자였지만 그것을 감안해도 알테인들이 신령을 상대로 보이는 경의는 이해하기 힘들 정도였다.

아이템창을 열고 도트로 이루어진 리카의 초록빛 아이콘을 터치하자 바람으로 이루어진 여인이 모습을 드러냈다.

숲지기들로부터 경악과 적의가 느껴진 것은 바로 그 순간이었다.

시우가 의문을 느끼기도 전에 시우 일행을 감시하던 바람의 정령들이 공격을 시도했고 뒤늦게 그것을 감지한 시나가 마력으로 이루어진 방어막을 쳤다.

하지만 애초에 바람의 정령들의 공격 시도는 무산될 수밖에 없었다.

촤락! 손에 들고 있던 부채를 편 리카가 부채를 부쳤다. 아름드리나무조차 토막 낼 날카로움을 담은 바람이 힘을 잃고 흩어졌다.

그뿐만이 아니었다. 방금 전까지만 하더라도 시우 일행을 향해 적의를 드러내던 바람의 정령들이 까르르 웃으며 리카의 곁으로 모였다.

숲지기들의 영향력을 벗어나 리카의 수중에 떨어진 것이었다.

시우는 그제야 의문을 느낄 수 있었다.

신령을 숭상하고 섬기는 알테인들이 어째서 바람의 신령인 리카를 보고 적의를 느낀단 말인가?

시우가 의문을 느끼는 것과 동시에 어둠 속에서 한 남성이 모습을 드러냈다.

숲지기들 가운데 가장 은밀한 기척을 가진 알테인이었다.

"너희는 누구냐. 정체를 밝혀라."

적의 가득한 말이다.

그런 그가 암습을 가하지 않고 모습을 드러낸 것은 신령인 리카를 향한 경의의 표시였다.

적의와 경의. 일견 서로 섞일 수 없을 것 같은 감정을 사내, 숲지기장은 동시에 느끼고 있었다.

거기에 응답한 것은 시우가 아니었다.

소라가 먼저 나서고 그 뒤를 따라 에리카가 다가갔다.

"저는 푸른 바람 부족의 숲지기장 사라스의 여식 소라라고 합니다."

"저는 은빛 눈꽃 부족의 생존자인 에리카라고 합니다."

광휘 불꽃 부족의 숲지기장 파르는 눈살을 찌푸렸다.

"알테인?"

그의 시선이 소라와 에리카의 등허리로 향했다.

망토에 가려 잘 보이지는 않았지만 그녀들에게 날개가 없다는 것쯤은 한눈에 알 수 있었다.

하지만 분명 파르는 푸른 바람 부족의 숲지기장인 사라스를 안다. 그리고 그에게 소라라는 이름의 딸이 있다는 것도 알고 있었다.

"너희는 알테인으로 보이지 않는데?"

파르의 의문은 당연한 것이었다.

소라가 뒤를 돌아 시우를 보았다.

아마 목걸이를 벗어도 되겠냐고 허락을 구하는 것이겠지.

사실 그녀들이 시우에게 그런 의견을 구할 필요는 없었다.

당연히 시우가 그녀들을 말릴 권한도 없었다.

"마음대로 해."

시우의 대답에 소라가 방긋 웃으며 손을 목걸이로 가져가 그것을 풀었다.

그러자 마법의 힘으로 모습을 감추고 있던 아담한 날개가 소라의 등허리에서 존재를 드러냈다.

벤과 젤라는 물론이고 시나마저 그녀들이 알테인이었다는 사실에 놀라는 눈치였다.

파르가 신음을 흘리며 고개를 끄덕였다.

그러나 여전히 적의는 사라지지 않았다.

"푸른 바람 부족의 알테인이 이곳에는 무슨 일로 찾아왔지?"

파르가 다시 묻고 소라가 대답하려 했지만 시우가 제지했다.

"잠깐 다음 질문은 우리 차례야. 너희야 말로 왜 우리를 적대하는 거지?"

"당연하지. 너희는 외부인이고 우리는 숲지기다. 침입자를 막는 것은 숲지기의 본분이야."

"하지만 알테인들은 신령을 숭상할 텐데? 하지만 너희는 리카를, 신령을 보자마자 적의를 불태우며 공격해왔어. 도대체 이유가 뭐지?"

파르는 시우의 질문에 은은히 타오르던 적의의 불길을 키우며 이를 빠득 갈았다.

"우리 부족의 신령께서 살해당했기 때문이다."

"뭐? 하지만 그게 신령을 적대할 이유는……."

"신령에게 말이지."

시우는 입을 다물었다.

하긴 신령을 죽일 만한 힘을 가진 것은 드래곤이나 같은 신령 정도일 것이다.

당장에 시우만 하더라도 리카를 죽일 수 있냐고 자문한다면 고개를 갸웃할 것이다.

시우는 그제야 마의 우림에서 벌어지고 있는 일들을 어렴풋이나마 이해할 수 있었다.

결계를 만들고 유지하는 신령들이 죽고 있다.

그것도 마의 우림에서 벌어지는 일을 보건데 하나 둘 정도의 이야기가 아니었다.

마치 마의 우림을 지키는 모든 결계를 부수기라도 할 것처럼 순차적으로 모든 신령들이 죽어나가고 있었다.

하지만 도대체 누가? 왜?

파르는 은빛 머리칼을 찰랑이는 에리카를 노려보며 입을 열었다.

"그것은 은빛 머리칼을 지닌 알테인이었다."

시우는 눈을 동그랗게 떴다.

그것은 세리카였다.

그것은 무척이나 갑작스러웠다고 한다.

여느 날과 다름없이 나뭇잎 사이로 쏟아지는 포근한 햇살에 나른한 기분을 느끼던 파르는 나뭇가지 위에 앉아 눈을 감고 재잘거리는 정령들의 잡담을 엿듣고 있었다.

그러던 어느 순간 요정들의 목소리가 깨끗이 사라졌다.

의문을 느끼고 감았던 눈을 뜬 파르의 눈앞에는 은빛의 머리칼을 가진 알테인이 있었다.

파르는 화들짝 놀랐다.

숲지기장 파르는 광휘 불꽃 부족 제일의 은신술을 자랑하고 있었고 또한 은신을 간파하는 능력으로도 마을 제일의 실력을 자랑하고 있었다.

그런 그의 감각을 속이고 이토록 가까운 거리까지 접근할 수 있는 알테인은 없었다.

적어도 파르는 그렇게 생각하고 있었다.

상대가 인간이 아닌 동족이라는 사실에 그나마 다행이라고 안심하면서도 파르는 숲지기장이라는 본분에 어울리게 정령들을 소환해 대비하려 했다. 그러나 파르는 다시 한 번 놀랄 수밖에 없었다.

상대는 셋이나 되는 신령을 부리고 있었기 때문이었다.

불의 신령, 대지의 신령, 물의 신령.

숲지기장이라는 직책은 장로를 제외한 부족 제일의 실력자가 차지하는 자리였다. 파르가 다룰 수 있는 정령의 수도 만만치 않았다. 하지만 파르는 정령을 소환하는 족족 상대에게 빼앗길 수밖에 없었다.

신령은 자신과 동계열의 속성을 지배할 수 있는 능력이 있었고 파르가 신령의 영향에서 벗어나 다룰 수 있는 정령은 오로지 바람의 정령밖에는 없었던 것이다.

그러나 파르가 소환한 바람의 정령으로는 신령들의 영향력에 지배된 정령들을 감당하는 것도 벅찼고 파르 본인의 실력으로는 단 하나의 신령조차 감당할 수 없었다.

파르는 빠르게 제압당해 정체불명의 알테인에게 끌려갔다.

그녀가 향한 곳은 바로 광휘 불꽃 부족의 마을이었다.

그녀는 파르를 바닥에 내팽개치고 마을의 중앙으로 향했다. 그런 그녀의 주위로는 셋이나 되는 신령들이 호위를 하고 있었다. 아무도 그녀를 건드릴 수 없었다. 건드릴 생각조차 하지 않았다.

그리고 마을의 중앙에 떠올라 그녀는 외쳤다.

"억압받는 동족이여! 일어나라. 수아제트님께 협력하여 기존의 세상을 파괴하고 알테인을 위한 자유로운 세상을 만들자!"

"정말로, 그녀가 그렇게 말했다고요?"

시우는 파르의 말에 그렇게 묻지 않을 수 없었다.

만약 저 말이 사실이라면 사태가 심각해도 보통 심각한 것이 아니었다.

그러나 가만히 생각해보면 이해는 된다.

세뇌된 세리카는 어찌되었든 수아제트의 명령에 절대적인 충성을 바치지만 세뇌란 게 늘 그렇듯이 자신의 행동을 합리화할 동기가 필요했다.

수아제트는 세리카에게 그 동기를 부여해준 것이다.

알테인을 사냥하는 인간 사회를 파괴하고 알테인이 자유롭게 생활할 수 있는 새 사회를 구축하자고 속삭인 것이다.

그녀의 무의식에는 인간을 향한 사무친 원한이 있었다.

가족을 잃고 고향을 잃고 날개를 잃었다.

시우의 도움으로 날개를 되찾게 되면서 그런 마음 속 앙금이 조금은 풀렸을지 모르나 그 짧은 시간으로 모든 것을 털어내기에는 너무도 깊은 원한이고 증오였다.

수아제트는 그것을 이용한 것이었다.

파르는 계속해서 이야기했다.

알테인들의 입장에서는 인간이고 드래곤이고 다 똑같은 작자들이었다.

정령을 만들고 부리는 기술은 드래곤에게도 불가능한 일이었고 그 재주를 탐내는 드래곤도 결코 적지는 않았다.

인간에 의해 스러진 목숨만큼 드래곤에 의해 스러진 목숨도 결코 적지 않았다.

광휘 불꽃 부족은 그 불신을 외쳤지만 그 알테인은 마냥 망가진 축음기처럼 '수아제트님은 다르시다. 그분을 따르면 알테인을 위한 새로운 세상이 열릴 것이다.'고 소리칠 뿐이었다고 한다.

그런 세리카의 광기어린 모습에 나선 것은 광휘 불꽃 부족의 장로였다.

그는 신령을 소환하는데 성공한 실력 있는 정령술사였다. 하지만 세리카에게는 셋이나 되는 신령이 있었다.

장로는 그래도 승산이 있을 거라고 생각했다.

세리카는 아직 어렸다. 그런 그녀가 셋이나 되는 신령을 거느린다고 하지만 본신의 능력이 오랜 세월 스스로를 단련해온 장로 자신에 비할 바는 아니라고 판단했던 것이다.

그러나 그것은 오산이었다.

세리카는 광휘 불꽃 부족의 그 누구보다도 뛰어난 힘으로 장로를 단숨에 제압했다.

그리고 장로의 신령을 살해했다.

광휘 불꽃 부족의 마을 사람들도 장로에게 조력하고 싶었지만 그들은 신령들이 다스리는 헤아릴 수도 없이 많은 정령들을 헤쳐 그들에게 다가가는 것조차 불가능했다.

"어리석은 작자들. 너희도 똑같구나. 똑같이 아둔하고 미련해."

그런 말을 남긴 세리카는 마을을 떠나갔다. 영혼의 분신인 신령을 잃고 쓰러진 장로를 포함해 단 한 명의 알테인도 죽이지 않고.

리카에게선 그녀가 거느리던 신령들과 비슷한 냄새가 난
다.

파르는 그렇게 말하며 시우를 노려봤다.

당연하지. 리카는 세리카가 만든 네 번째 신령이니까. 지
금은 그녀의 영향력을 벗어나 시우와 계약하고 있지만 원래
는 세리카의 영혼을 찢어 만들어진 분신과 같은 존재였다.

"이제 대답해. 도대체 너희는 왜 이곳에 온 거지?"

파르가 양손에 아우라를 피워 올리며 물었다. 그러나 시우
는 대답하지 않았다.

대신 얼굴을 찌푸리고 서쪽을 바라보았다.

그리고 마치 약속이라도 한 것처럼 지진이 일어났다.

콰오오오!

짐승과 몬스터들의 포효가 터져 나오고 정령들의 기척이
하나 둘 사라지기 시작했다.

결정적으로 은은하게 느껴지던 신령의 기척이 사라졌다.

결계가 파괴된 것이었다.

"지금은 급해서, 대답은 나중에 하지."

시우는 리카를 불러서 일행과 함께 하늘로 떠올랐다.

파르의 멀어지는 목소리가 무어라고 떠들었지만 시우의
귀에는 들리지 않았다.

'세리카 도대체 뭘 하고 있는 거야.'

리카를 타고 이동하는 벤과 젤라는 매우 놀랐다. 그리고 시나도 놀라고 있었다. 하지만 놀라는 이유는 달랐다.

벤과 젤라는 리카를 타고 날아가는 경험에 놀라고 있었지만 반면 시나는 리카가 등장하는 순간부터 이미 놀라고 있었다.

"당신, 도대체 정체가 뭐지?"

그녀를 힐끗 보았다. 후드에 가려있던 그녀의 턱이 살짝 드러났지만 이내 시선을 돌렸다.

시우가 아무런 반응도 없자 시나가 다시 물었다.

"어떻게 인간이 신령과 계약을 맺고 있는 거지? 아니, 설마 알테인인가?"

그러고 보니 시우가 거대 언퍼드와 싸울 때가 생각났다.

기사들이 위험에 빠졌을 때, 시우는 원력을 쏘아냈다. 제법 지쳐있었기 때문에 그 과정을 자세히 지켜보지 못한 시나는 돌멩이에 원력을 담아 던졌겠거니 넘어갔지만 지금에 와서 생각해보면 시우가 아우라를 통제하는 능력은 인간의 기준을 아득하니 초월하고 있었다.

그렇게 생각하면 앞뒤가 맞는다.

시우가 알테인이면 그 초월적인 아우라 통제능력과 신령과 계약해 다루고 있다는 사실도 납득할 수 있었다.

"저는 분명한 인간입니다."

시우는 오해하는 시나에게 그렇게 대답했다.

그러나 시나가 그것으로 납득할 수 있을 리가 없었다.

시나가 그 문제를 더 캐묻기 위해 입을 여는 순간 리카는 바닥으로 추락했다.

아직 날아오른 지 1분도 되지 않았건만 목적했던 알테인의 마을에 도착했던 것이다.

그곳에는 마을을 지키고 숨겨주던 정령의 결계가 이미 사라져 있었다.

알테인들은 저마다 바람의 정령을 소환해 불과, 물과, 대지의 정령들을 상대하고 있었다. 역부족이었다. 지금 상대하는 불과, 물과, 대지의 정령들은 그들이 소환한 친구고 가족이었다.

아무리 적에게 조종당하고 있다지만 간단히 그간의 정을 끊고 친구를, 가족을 죽일 수 있을 리 없었다.

아니, 숲지기들은 이미 피눈물을 흘리는 마음으로 그렇게 하고 있었지만 도무지 상대가 될 수 없었다. 숫자에서 너무 큰 차이가 났다. 속성도 상극이었다. 바람의 속성은 방어적 성향이 강했고 무엇보다 불의 정령을 상대로 힘을 빼앗기고 있었다.

그런 절망적인 상황에서 바람의 신령이 마을에 침입했다.

시우를 적의 지원군이라고 생각했는지 좌절의 고함과 체념의 표정을 지었다.

그러나 시우는 그런 알테인들에게는 관심이 없었다.

지금 시우에게 관심이 있는 것은 오로지 마을 중앙에 떠올라 이 마을의 장로와 결계를 만들고 있던 신령과 다투는 알테인의 정체였다.

그리고 그녀의 정체는 추측했던 대로 세리카였다.

"세리카."

시우는 입을 열었지만 작은 목소리는 여기저기서 터져 나오는 비명과 고함에 휩쓸려 사라졌다.

"세리카!"

목소리를 높였다.

그녀에게 닿도록 목청이 터져라 외쳤다.

"세리카! 세리카!"

그러나 세리카는 시우를 바라보지 않았다.

더 다가가야 했다.

시우는 리네를 뽑아들었다.

착각한 알테인들이 비장한 표정을 지으며 시우를 공격하려 들었지만 어느새 시우의 몸을 둘러싼 리카가 알테인들의 공격으로부터 시우를 지켜주었다.

시우는 방어를 리카에게 맡기며 안심하고 아우라를 통제했다.

힘을 낭비할 수는 없었다. 시우는 세리카의 얼굴을 직접 확인하면서 냉정을 잃었지만 그렇다고 이성을 잃은 것은 아니었다. 실시간으로 실행되고 있는 리젠이 시우에게 냉정을 되찾아 주었다. 그로 인해 내린 판단은 어쩌면 세리카과 전투를 벌이게 될 수도 있다는 사실이었다.

세리카는 셋이나 되는 신령을 부릴 뿐 아니라 본신의 능력도 대단했다. 단적으로 세리카의 원력은 인간 최고 수준인

손터 가레인의 원력을 압도적으로 능가하고 있었으며 그 통제력에 있어선 비교조차 불가할 정도였다.

반면 시우는 가레인과 다툴 때에 비교해서 그 힘이 극도로 약해졌다. 승산을 점치기 어려웠다.

일단 세리카에게 접근하기 위해서는 앞길을 막아서는 정령들부터 처리해야 했다. 시우 사이에는 셀 수도 없이 많은 정령들이 있었다. 그 모든 정령들을 가르고 세리카에게 접근하기 위해선 웬만한 힘으로는 역부족이었다.

여기서 요구되는 것은 극도의 통제력이었다. 최소한의 원력으로 최대의 효과를 발휘해야 했다.

시우가 집중했다.

50포인트 가량의 원력을 리네에 담아 집중했다.

검과 앞길을 가로막는 정령들과 시우 본인의 몸 상태를 제외한 모든 것을 잊었다.

알테인들의 비명이, 고함이 더 이상 들려오지 않았다.

시우를 지켜주던 리카의 기척조차 느껴지지 않았다.

모든 정신이, 영혼이 검극의 한 점에 집중되었을 때, 시우는 리네를 휘두르며 영혼을 해방시켰다.

수십의 정령들이 소멸하고, 수백의 정령들이 당장 전투불능 상태에 빠졌으며, 수천의 정령들이 그 힘의 폭풍 속에서 견뎌내지 못하고 사방으로 튕겨나갔다.

리네의 검극이 향한, 시우의 아우라에 노출된 공간이 순식간에 깨끗해졌다.

시우는 전신에 밀려드는 피로감을 무시하고 리카의 도움을 받아 세리카의 곁으로 날아갔다.

세리카는 이 부족의 장로로 보이는 알테인과 전투를 벌이고 있었다.

시우는 그 가운데에 끼어들었다.

세리카와 장로는 갑작스런 불청객의 난입에 일단 손을 거둘 수밖에 없었다.

"세리카!"

시우가 외쳤지만 세리카는 얼굴을 찌푸릴 따름이었다.

"…세리카? 그게 누구지?"

시우는 입을 다물었다.

세리카가 세뇌를 당한 것은 익히 알고 있던 사실이었다.

어쩌면 그 과정에서 정신이 이상해졌을 수도 있고, 기억에 혼란이 왔을 수도 있다고 짐작도 하고 있었다.

그러나 그럼에도 불구하고 그런 세리카의 반응은 시우에게 충격적이었다.

"너는 누구지? 보아하니 알테인은 아닌 듯한데 신령을 부리고 있구나. 게다가 으음? 그 신령은……."

세리카는 리카에게서 뭔가 느끼는 것이 있는 모양이었다.

그럴 수밖에. 리카는 세리카에게서 찢겨져 나온 영혼의 조각이었다.

시우는 입을 열었다.

세리카가 이미 수아제트의 세뇌 마법에 당했다는 것은 알고 있다.

하지만 모든 정신 마법은 저항이 가능했다.

시우가 수아제트의 악몽 마법에서 깨어난 것처럼 영혼의 힘으로써 저항하는 것이 가능했다.

시우도 가능했다. 세리카라고 불가능할리 없었다.

"정신 차려, 세리카! 도대체 여기서 뭘 하고 있는 거야?"

세리카는 시우의 말에 불쾌하다는 표정을 지었다.

"내 이름은 세리카가 아니다. 수아제트님께서 지어주신 내 이름은 레테르. 동족 알테인과 나의 주군이신 수아제트님을 위해 싸우는 전사다."

스스로를 레테르라 소개한 세리카는 장로를 상대하면서도 뽑지 않았던 레이피어를 뽑아들었다.

언젠가 시우가 선물해준 그 레이피어였다.

"아니야. 네 이름은 레테르가 아니야. 세리카. 기억나지 않아? 그 레이피어도 내가 선물한 물건이라고!"

그러나 세리카에겐 더 이상 시우와 대화를 할 생각이 없었다.

세리카는 막무가내로 원력을 끌어올려 시우에게 휘둘렀다. 세리카와 싸우던 장로는 어느새 둘이나 되는 신령들을 상대하고 있었다.

세리카의 레이피어에서 아우라가 뿜어져 나왔다.

화살이나 돌, 매개체에 원력을 담아 던지는 것이 아닌 온전한 빛의 덩어리가 날아왔다.

도저히 감당할 수 있는 힘이 아니었다.

세리카는 작정하고 100포인트나 되는 원력을 날려 왔다.

이 일격으로 끝내버릴 생각.

막으려고 작정하면 막을 수 있겠지만 시우는 회피동작으로 들어갔다.

저 공격을 막는데 원력을 더 소모했다가는 그 다음 공격을 견뎌낼 수 없을 것이라는 견적이 나왔기 때문이었다.

그러나 시우가 그것을 피하기가 무섭게 원력의 덩어리, 원력탄은 곡선을 그리며 재차 시우를 노려왔다.

물건에 원력을 담아 공격하는 것과의 차이가 여기에 있었다.

숙련된 알테인들은 원력을 원격으로 조종할 수 있다. 장거리 공격이 가능할뿐더러 그것을 피한다고해도 의미가 없다.

시우는 리카에게 생각을 전해 그녀를 왼손에 깃들게 만들었다. 하늘을 나는 것은 마력으로 충분했다. 리카가 왼손에 깃드는 즉시 전력을 다해 날아오는 원력탄을 튕겨냈다. 시우의 원력은 일절 사용하지 않았지만 시우는 다치지 않고 원력탄을 튕겨낼 수 있었다.

리카가 지닌 원력이 다소 줄었지만 앞으로 지금 같은 공격을 5번은 더 튕겨낼 수 있을 것 같았다.

아무리 리카라도 그 이상을 무리일 것이다. 무리를 하면 원력을 전부 소모한 리카는 소멸하고 만다.

시우는 세리카가 튕겨나간 원력탄의 궤적을 수정하기 전

에 마력을 끌어올려 주문을 외웠다.

"[모든 상태이상 효과를 회복한다. 큐어!]"

대상은 세리카. 시우의 기대는 이것으로 세리카에게 걸린 상태이상 세뇌를 풀 수 있지 않을까 하는 것이었다. 세리카에게 걸린 마법이 보통 마법이 아닌 만큼 마력의 소모가 클지도 모르지만 시우가 정말 창조주에게 선택된 성자이며 이 스킬들이 시우에게 허락된 신의 권능이라고 한다면 고작 반신에 불과한 드래곤의 마법을 해제시키는 것도 가능할 터였다.

그러나 세리카는 너무나도 간단히 마법을 저항해냈다.

신의 권능이라고 거창하게 말하지만, 마법은 마법이었다. 마력을 상회하는 힘이 있으면 저항하는 것도 가능했다.

이 경우 세리카는 막강한 정신력과 소량의 원력으로 견뎌냈다.

마법에 저항하기 위해 정신이 팔린 만큼 시우가 튕겨 보낸 원력탄은 허공에서 분해되어 사라졌지만 시우는 아무런 성취감을 느낄 수 없었다. 느끼는 것은 오로지 허탈감뿐이었다.

아니, 하지만 방법이 없는 것은 아니었다.

세리카를 제압해 상태이상회복 포션을 먹이면 세뇌는 풀릴 것이다. 포션의 효과는 '절대'다. 저항은 불가능했다.

목표가 정해지자 시우는 허탈감을 털어낼 수 있었다. 느끼는 것은 오로지 비장감뿐이었다.

세리카가 잠시 머리를 흔들며 정신을 바로잡았다. 제정신을 차린, 아니 광기를 되찾은 세리카는 분노했다.

"네놈! 나에게 무슨 짓을 했지?"

"널 제정신으로 돌리려 했을 뿐이야!"

시우의 대답에 세리카는 레이피어를 바투 들었다. 원력탄을 투척했을 때와는 다소 다른 자세였다.

시우에게 세리카의 정신을 흐트러뜨릴 수단이 있는 만큼 집중력이 필요한 원력탄은 원력의 낭비로 이어질 수 있었다. 다소 위험을 감수해서라도 근접해서 싸우는 쪽이 나을것이라 판단한 것이었다.

"나는 제정신이다!"

마지못해 세리카의 레이피어를 정면에서 맞선 시우는 신음을 흘렸다.

왼손을 뻗어 리카의 힘으로 원력을 깎아내고 간신히 레이피어를 흘려냈다. 하지만 세리카의 공격은 전력이 아니었다. 적당히 힘을 뺀 공격이었고 여력이 있다는 소리는 재차 공격이 가능하다는 소리였다.

시우가 급하게 리네를 휘둘렀다. 원력을 급하게 불어넣었다.

세리카의 레이피어에 담긴 힘이 생각보다 약하다는 것을 간파한 시우의 천부적인 감각이 있었기에 가능한 대응이었다.

시우는 지금 이 순간만큼 창조주가 부여해 준 검술의 재능에 감사한 적이 없었다.

하마터면 이마 정중앙에 바람구멍이 뚫릴 뻔했다.

하지만 위기상황은 아직 회피하지 못했다.

첫 찌르기보다 강한 두 번째 찌르기를 막아내고 두 번째 찌르기보다 강한 세 번째 찌르기가 날아오고 있었다.

시우는 왼손을 뻗었다. 그리고 왼손에서 뿜어져 나간 바람이 세리카와 시우 사이의 간격을 넓히고 강렬한 방어벽을 만들어냈다. 바람의 장벽이었다. 신령이 만들어낸 바람의 장벽은 원력을 통한 공격마저 막아낸다.

하지만 세리카는 소용없다는 듯이 압축되어 있던 원력을 길게 늘여 시우를 찔러왔다.

그것은 바위를 쪼개는 송곳처럼 단숨에 바람의 장벽을 쪼개며 시우의 어깨를 노리고 날아왔다.

그러나 잠시의 시간을 버는데 성공한 시우는 본능적으로 몸을 비틀어 공격을 피해냈다.

왼손을 휘감아 돌고 있는 리카의 상태가 좋지 못하다는 것을 느낄 수 있었다.

바람의 장벽에 구멍이 뚫리면서 제법 많은 원력을 소모한 것 같았다.

'조금만 더 참아줘.'

'저는 신경 쓰지 말아요. 부디 세리카를 구해줘요.'

시우는 리카의 각오를, 그녀의 감정을 직접적으로 전해 받으면서 이를 악물었다.

리카는 스스로의 죽음을 감수하고 있었다.

도대체 시우는 왜 리카의 죽음을 감수하면서까지 세리카와 싸워야 한단 말인가?

"제정신 차려! 제발 정신을 차리란 말이야, 세리카! 왜 이런 짓을 하는 거야? 네 입으로 말했잖아! 동족인 알테인을 위해서 싸운다고! 그런데 왜 알테인을 지키는 신령들을 살해하는 거야!"

세리카의 눈이 조금 커졌다.

"그건……."

세리카가 순간 동작을 멈췄다.

그러나 이내 생각하는 것을 그만둔 것처럼 분노를 표출하며 재차 레이피어를 찔러왔다.

"수아제트님의 명령이다! 수아제트님은 알테인을 억압하는 인간들을 멸망시키고 알테인들을 위한 세상을 만들어 주신다는 대업을 가지고 계신다. 그를 위한 계획이니 어쩔 수 없잖아! 알테인이란 작자들은 미련해! 놈들이 좀더 내 말에 귀를 기울인다면, 그리고 그 힘을 수아제트님을 위해 사용한다면 내가 직접 신령을 살해할 일도 없었을 거라고!"

세리카의 검은 거칠었다.

그녀의 검은 알테인 특유의 무술과는 달랐다.

알테인들은 무기를 쓰지 않는다. 그들에게 무기는 정령이고 원력이다.

반면 세리카는 어려서 마을을 잃었고 인간들의 틈바구니

에서 살아남기 위해 검을 들고 용병으로서 살아왔다.

그녀가 익힌 검술은 살기위해 스스로 익힌 실전검술이었다.

매우 빠른 찌르기는 일격 일격이 세련되어 항상 목숨을 끊기 위해 급소를 노려왔다. 그러면서도 거칠어 광포한 위력을 품고 있었다.

용병이었던 그녀가 상대하는 것은 대부분이 몬스터였다.

몬스터들의 생명력은 가공하여 찌르기 따위로는 쉽게 죽일 수 없었고 세리카는 그 단점을 폭풍 같은 기세의 원력으로 보완했다.

아름다우면서도 위압적인 은빛 폭풍이 휘몰아쳤다.

시우는 그 모든 공격을 피해내면서도 전신에 상처를 입기 시작했다.

시우의 방어력은 메인 장비의 방어력이 합쳐지면 웬만한 익시더는 원력으로 공격해도 상처를 입히지 못할 만큼 대단했다.

그러나 시우는 지금 몸을 스치고 지나가는 바람결에 상처를 입고 있었다.

모든 공격은 완벽하게 피해냈다. 하지만 그 여파가 시우의 피부를 갈기갈기 찢고 있었다. 도대체 원력을 어떻게 다루면 저렇게 되는 건지 알 수 없었다.

하지만 당하고만 있을 수는 없었다.

시우의 전신이 붉게 물들었다.

만약 세리카의 상대가 시우가 아니었다면, 그는 지금쯤 과다출혈로 목숨을 잃고 말았을 것이다. 그러나 시우의 생명력은 반지 효능을 더해 1,710포인트에 달하고 있었으며 여기에 기합 액세서리 세트 효과를 더해 3,710포인트를 확보하고 있었다.

벌써 500포인트나 되는 생명력을 잃었지만 반대로 말하면 아직 3,200포인트나 되는 생명력이 남아있었다.

"수아제트는 널 이용하고 있을 뿐이야! 분명 그는 인간들과의 전쟁을 준비하고 있지만 정말 그 전쟁이 끝났을 때 그가 약속을 지킬 거라고 생각해?"

"닥쳐! 수아제트님을 모욕하지 마라!"

세리카의 공격이 투박해졌다.

시우는 그 기회를 놓치지 않았다.

그 투박한 공격을 고의로 몸으로 받으면서 리네를 휘둘렀다.

몸속을 헤집는 폭풍에 격통을 느꼈지만 그래봐야 지금처럼 투박한 검으로는 시우의 생명력을 모두 깎아낼 수는 없었다.

세리카는 서둘러 회피동작으로 들어갔다. 그녀는 불의 정령을 이용해 하늘을 날고 있었고 그들의 반응은 바람의 정령보다 느렸다.

세리카는 반 박자 늦게 원력을 다리로 뿜어냈지만 시우의 공격을 완벽하게 피해낼 수는 없었다.

세리카의 앞섶이 순식간에 붉게 물들었다.

공격에 성공했지만 시우는 오히려 마음이 아팠다.

하지만 이것은 기회였다.

세리카가 급하게 뒤춤에서 포션을 꺼내들었지만 시우는 이 기회를 놓치지 않았다.

시우는 모든 마력을 동원해 인력을 발생시켰다.

인외급의 마력으로 순수하게 모든 물질을 끌어당기는 인력은 순간적으로 어마어마한 중력을 발생시켰다.

세리카는 갑작스러운 중력에 포션을 놓쳤다. 그것은 중력의 중심에서 퍽! 하고 깨져버렸다. 세리카는 그것을 보면서 다리로 원력을 뿜어내며 중력에 저항했다.

반면 시우는 높은 중력을 발생시키면서 동시에 원력을 전신으로 돌렸다.

핏줄을 타고 흐르는 혈액이 어마어마한 중력에 한 곳으로 쏠리는 것을 막았다. 그것은 결코 쉽지 않은 고도의 통제력을 필요로 했으며, 일시적으로 공격능력을 잃게 했지만 반드시 필요한 일이었다.

그러나 세리카에게는 그토록 어마어마한 중력이 가해지면 어떤 현상이 일어나는지 알 수 있을 리가 없었다.

시우와 같은 대처를 하지 못한 세리카는 피가 역류하고 한쪽으로 쏠리며 어지러움을 느꼈다. 심장이 더욱 강하게 펌프질을 했지만 혈액은 뇌까지 흘러가지 못했다.

이내 시야가 까맣게 변하고 세리카는 순간적으로 정신을 잃었다. 정신력으로 이겨낼 수 있는 종류의 마법이 아니었다. 이것은 물리적으로 어쩔 수가 없는 현상이었다. 뇌는 반드시 산소를, 혈액을 필요로 하니까.

세리카의 기절을 확인한 시우는 마력을 흩어 마법을 취소하고 원력을 이용해 도약했다. 그렇게 세리카에게 접근한 시우는 아직 상황을 파악하지 못하고 초점 잃은 눈을 뜨기 시작한 세리카의 목을 한쪽팔로 조르기 시작했다.

세리카가 정신을 차리고 반항했다. 원력을 줄기줄기 뿜어내며 시우의 전신이 걸레처럼 너덜너덜해졌다. 하지만 아이템창을 연 시우는 포션을 연달아 터치하며 세리카의 반항에 견뎌냈다.

포션을 꺼내 마시는 것이 아닌 이상 빼앗기거나 포션병이 깨질 염려는 하지 않아도 되었다.

오래 가지 않아 세리카는 완전히 정신을 잃고 말았다.

시우는 한숨을 내쉬었다.

그러나 아직 휴식을 취할 수는 없었다.

세리카를 제압해 한숨은 돌렸지만 아직 셋이나 되는 신령과 그 신령들에게 조종당하는 수많은 정령들이 남아있었다.

시우는 재차 포션을 사용했다.

생명력을 완전 회복하고 이번에는 마력 차례였다.

일반적으로 24만이나 되는 마력을 회복하기 위해서는 67시간이나 되는 명상을 요구했지만 시우에겐 상관없는 이야기였다.

Respawn

NEO FUSION FANTASY STORY & ADVENTURE

43장.
알테인들

리스폰

시우는 잠시 고민했다.

세리카의 신령들은 어떻게 하는 것이 좋을까.

최선은 세리카가 제압된 것을 보고 알아서 물러서 주는 것이었지만 신령들은 그런 것은 신경도 쓰지 않았다.

본디 정령들은 자아가 있다. 그것은 고위의 정령일수록 더욱 강했는데 신령쯤 되면 그 자아는 본바탕이 되는 계약자의 영혼과 동등하며 오랜 세월에 거쳐 더욱 깊어진다.

세리카의 신령들은 태어난 지 얼마 되지 않았지만 그들의 자아는 인간과 비교해도 결코 뒤떨어지지 않았다.

하지만 이미 신령들도 세리카와 함께 세뇌된 모양이었다.

자아가 있었다면 그들을 만들어준 계약자의 위험에도 불구하고 저토록 저돌적으로 싸울 수는 없는 법이다.

흡사 신령들에게는 자아도 감정도 남아있지 않는 것처럼 느껴졌다.

시우는 결정을 내렸다.

더 이상 시간을 끌어봐야 피해만 커질 뿐이다.

신령들은 감정이 없는 만큼 세리카의 명령에 충실해 알테인들은 해치지 않았지만 장로의 신령이나 바람의 정령들을 상대로는 하등 거리낌도 없이 살수를 펼치고 있었다.

시우는 불의 신령을 향해 다가갔다.

이 마을의 장로가 계약한 신령은 물의 정령이었다. 물의 정령과는 상극이면서 바람의 정령을 상대로는 절대적인 힘을 발휘할 수 있는 신령이 알테인 부족들을 상대하고 있었던 것이다.

장로와 물의 신령은 세리카의 신령들을 상대로 동등하게 싸우고 있었으니 불의 정령을 시작으로 차례로 세리카의 신령들을 쓰러트린다면 문제없이 처리하는 것이 가능할 것 같았다.

시우는 이미 지쳐버린 리카에게 휴식을 명하며 24만 포인트의 막대한 마력을 줄기줄기 뿜어냈다.

불의 신령은 말하자면 열과 빛이라는 에너지를 통제하는 정신체였다.

시우는 드라고니스를 통해 자신의 모든 마력을 냉기로 전환하여 다스렸다.

불의 신령은 시우의 냉기에 대항하여 주위의 바람을 집어삼켰다. 시우를 돕겠답시고 부족의 알테인들이 바람의 정령을 지원 보냈고 그 바람의 정령들을 집어삼켜 불길을 더욱 크게 키우고 있었다.

"모두 물러나! 도움은 필요 없어!"

시우는 사납게 외쳤다.

도움은커녕 방해가 되는 실정이었으니 당연했다.

그 거친 목소리에 찔끔 놀란 알테인들이 정령을 거두자 불의 신령은 휘하에 들어온 불의 정령들을 부려 주위의 나무를 불태우려 들었다.

그러나 아직은 우기가 계속되고 있었고 신령 본인은 시우의 냉기 마법을 상대하느라 제대로 힘도 못 쓰는 상황이었다. 불은 쉽게 붙지 않았고 설사 붙더라도 바람의 정령을 이용한 바람으로 쉽게 끌 수 있었다.

불의 정령을 정면에서 상대하기는 무리였지만 어설프게 나무에 붙은 작은 불을 끄는 것은 바람의 정령으로도 충분했다.

불의 정령은 결국 모든 열기를 잃고 빛만이 남아있었다.

시우는 전투를 벌이며 제법 차오른 원력을 느꼈다. 리네에 원력을 불어넣으며 급속 전진해 불의 신령을 베었다.

열기를 잃은 불의 신령은 빛의 정령이라 할 수 있었지만 그렇다고 빛처럼 빠른 것은 아닌 모양인지 그 일격으로 모든 원력을 소모하고 목숨을 잃고 말았다.

그 다음은 간단했다.

세리카의 신령들을 견제하는 장로와 그의 신령에게 조력하여 조금 힘을 더해주는 것만으로 힘의 균형은 간단히 무너졌다.

"뉘신지는 모르겠습니다만 감사합니다. 그대들이 아니었다면 페리오가 죽어 이 일대의 결계가 무너질 뻔했습니다. 저는 이곳 붉은 하늘 부족의 장로 기슈라고 합니다. 그대들은⋯⋯."

장로는 정체를 밝히라고 눈치를 주었지만 시우는 그저 입을 다물 뿐이었다.

어느새 시우의 일행들은 모두 시우의 주위로 모였다. 그리고 그 주위를 알테인들, 붉은 하늘 부족이 둘러싼 형태가 되어 있었다.

정황상 시우는 그들의 위기 사태를 도운 은인이었지만 붉은 하늘 부족과 시우 일행 사이에는 미온한 공기가 흐르고 있었다.

아직 전투의 흥분이 가시지 않은 상태고, 위기 사태를 도왔다는 사실만으로 알테인과 인간 사이의 골이 갑자기 사라지지는 않았다.

게다가 시우 또한 아직 리네를 칼집에 꼽지 않은 상태였다.

"⋯정체를 밝히기 어려우시다면 굳이 강요하지는 않겠습니다. 자, 이제 그 알테인을 우리에게 넘기십시오. 그녀는 우리 알테인을 배신한 역적. 알테인의 문제는 알테인들 사이에서 해결하겠습니다."

장로 기슈가 천천히 시우에게 다가왔다.

시우는 늘어트리고 있던 리네를 들어 기슈를 겨눴다.

붉은 하늘 부족의 알테인들은 물론이고 시우의 동료들도 긴장했다. 금방이라도 전투가 벌어질 것 같은 상황이었다.

시우는 세리카와 그녀가 다루는 신령들을 쓰러트릴 정도로 강했지만 붉은 하늘 부족의 모두를 상대로도 무사할 수 있으리란 확신은 할 수 없었다.

분명 붉은 하늘 부족은 고작 세리카 한 명에게 속수무책으로 당했지만 그것은 그녀에게 셋이나 되는 신령이 있었기 때문이었다.

시우에게는 바람의 신령인 리카가 있었지만 바람은 불에 약할뿐더러 이미 지쳐있기도 했다.

"세리카는, 넘겨드릴 수 없습니다."

기슈의 눈썹이 꿈틀거렸다.

"그러고 보니 당신은 그녀를 아는 눈치였죠."

기슈의 체내에서 원력이 들끓는 것이 느껴졌다.

시우를 의심하는 모양이었다. 만약 의심하는대로 시우의 정체가 그들의 적이라면 언제든 실력을 발휘할 수 있도록 준비했다.

기슈는 알테인 특유의 은밀함으로 그런 낌새를 감추었지만 시우에겐 아무런 소용이 없었다.

"혹시 그녀와 무슨 관계인지 여쭤도 되겠습니까? 말은 골라서 하셔야 할 겁니다. 그 대답 여하에 따라서 당신들의 처우가 변하게 될 테니까요."

기슈가 말을 마치자 주위로 수많은 정령들이 떠올랐다.

이번 전투로 살아남은 불과, 물과, 대지의 정령들이었다.

시우가 바람의 신령을 다루는 것을 알기 때문에 바람의 정령은 소환하지 않았다.

"…그녀는 제 친구입니다."

시우의 대답에 좌중이 술렁였다.

친구이자 가족이었던 정령을 잃은 알테인은 흥분하여 당장이라도 공격을 개시할 기세였다. 그러나 장로는 신중했다. 시우의 말에서 느껴지는 침울한 어조에 의문을 느꼈다.

시우는 그런 주위의 분위기는 신경도 쓰지 않았다.

친구, 친구…….

그 말을 입안에서 굴리던 시우는 피식 웃음을 터트렸다.

"아니지. 비록 그녀가 더 이상 저를 기억하지 못한다 하더라도 그녀는 제 가족입니다."

시우는 세리카와 함께 살고 싶어서 적지인 대륙 남부를 샅샅이 뒤지고 다녔고 자신의 목숨을 담보로 위험한 적인 수아제트를 유인해내려 했었다.

오로지 그녀와 함께 살고 싶어서 알덴브룩 제국이라는 거대한 적과 맞서 싸우려 했고 그것을 위해 페르시온 제국과 손을 잡기 위해 대륙 북부로 넘어왔다.

아무리 친한 친구라도 같이 살고 싶다고는 생각하지 않는 법이다.

시우에게 그녀는 이미 가족이었다.

같이 살아가고 싶은 그런 가족이었다.

"기억하지 못한다?"

기슈가 의문을 표하자 시우는 한숨을 푹 내쉬며 어디부터 설명해야 할지 고민했다.

그리고 천천히 이야기를 풀었다.

드래곤의 함정에 빠져 스스로 아가리로 뛰어든 멍청한 사냥꾼들과,

능력도 없으면서 드래곤을 사냥하려 했던 검은 머리의 소년과,

그 소년을 구하기 위해 스스로를 희생한 소녀의 이야기를.

"장로님은 저 이야기를 믿습니까?!"

"놈들은 정령살해자의 동료들입니다!"

"역적은 규율로 다스려야합니다!"

맞다! 맞아!

소란이 일어났다.

분위기가 미온하다 못해 살벌해져갔다.

그럼에도 불구하고 실제로 행동에 나선 알테인이 없는 이유는 기슈라는 이름의 알테인이 붉은 하늘 부족의 권력을 휘어잡고 있기 때문이었다.

알테인에게 신령을 소환해 계약했다는 것은 그만큼 의미가 깊은 일이었다.

기슈가 손을 들고, 물의 신령 페리오가 사방으로 물줄기를 뿜어냈다.

찬 물을 끼얹으니 들끓던 열기가 단박에 식었다. 물에 빠진 쥐 꼴이 되어 불만스러운 표정을 지었다.

"진정하십시오. 우리들은 지금 부족의 은인을 상대하고 있습니다. 그의 친구가, 가족이 우리에게 해를 끼쳤다고 하나 그가 우리의 위기를 구해준 것에는 변함이 없습니다."

붉은 하늘 부족의 알테인들이 거의 동시에 날개를 퍼덕였다. 불만의 표시였다. 뭐라고 말은 하지 못했지만 본능적인 감정의 표출까지 억제하진 못했다.

"하지만."

기슈는 단호한 목소리로, 하지만 부드러운 눈빛으로 시우를 바라보며 말했다.

"그분이 우리 붉은 하늘 부족을 공격해온 것도 부정할 수 없는 사실. 그녀에게 해를 끼칠 생각은 없으니 결론이 날 때까지 그녀의 신병을 우리에게 맡겨주실 수는 없습니까?"

시우의 눈빛이 흔들렸다.

"하지만."

그녀의 죄가 죄인 만큼 무사히 해방될 리가 없었다.

어떤 형식으로든 죗값을 치러야 할 것이다.

알테인의 규율이 얼마나 엄한지는 알 수 없으나 종족을 배

반한 역적의 죄가 가벼울 리가 없었다. 하물며 그 죄가 붉은 하늘 부족에 한한 이야기도 아니고 마의 우림 전역에 이르러 수많은 신령들을 살해하고 결계를 부수고 다녔으니 죄가 더욱 깊어질 수밖에 없었다.

물론 세리카 본인은 동족인 알테인을 위해 한 행동이라 주장했지만 말이다.

기슈는 시우의 곁으로 더 다가와 바람의 정령까지 동원해 시우에게만 들릴 목소리로 말했다.

"걱정하지 마십시오. 그녀가 드래곤에게 세뇌 당했다는 사실을 근거로 최대한 처분을 가볍게 만들겠습니다. 다만 민심을 다스리기 위해서라도 지금은 얌전히 붙잡히는 그림을 만들고 싶을 뿐입니다."

시우는 기슈의 눈을 똑바로 바라보았다.

그의 체내에서 들끓던 원력은 어느새 잠잠해져 있었다.

그는 시우를 믿었고 지금 하는 말에서도 거짓의 낌새는 느낄 수가 없었다.

시우는 고개를 끄덕였다.

"알겠습니다."

시우는 기슈의 제안을 수락하며 아이템창을 열어 팔찌를 네 개나 꺼내들었다.

그것은 특별 제작된 내력 봉인 팔찌였다.

원래는 사로잡은 적국의 고위인사용으로 제작된 물건으로 신체의 자유를 구속하지 않으며 상대의 내력을 봉인하는 팔찌였다. 시우는 세리카가 세뇌되었다는 사실을 아는 순간 암시장을 통해서 이 물건을 미리 구해놓았다.

시우는 세리카의 양 손목은 물론 양 발목에도 그것을 모두 채웠다. 하나 둘 정도로는 세리카의 압도적인 원력은 봉인할 수 없을 것이다. 세 개면 충분할지 모르나 안전하게 네 개를 모두 채웠다. 이로써 정신을 차리더라도 탈출은 시도할 수 없을 것이다.

"그녀의 상처를 돌봐도 되겠습니까?"

시우가 묻자 기슈는 세리카의 상처를 살피더니 고개를 주억거렸다.

"그 정도는 상관없겠죠."

시우는 다시 아이템창에서 두 개의 포션을 꺼내들었다.

하나는 세리카의 상처를 치유해줄 생명력 회복 포션, 다른 하나는 세리카의 세뇌 상태를 치료해줄 상태이상회복 포션이었다.

시우는 그 두 개의 포션을 차례로 세리카의 몸에 뿌렸다.

효과는 바로 나타났다.

그녀의 찢겨진 옷 사이로 갈라진 살결이 보였다. 그 살결이 순식간에 봉합되더니 이내 많은 출혈로 회색빛을 띠던 세리카의 피부가 활기를 되찾았다.

시우는 두 번째 포션을 마저 뿌린 뒤 반지를 만져 세리카의 상태를 확인했다.

세리카 Lv.108

생명력 (227/227)

마력 (6/6) [봉인 효과 적용 중.]

원력 (77/381) [봉인 효과 적용 중.]

상태이상– 세뇌, 기절

스르륵.

세리카의 상태이상 부분이 [세뇌, 기절]에서 [없음]으로 변경되었다.

게다가 세리카가 정신을 잃고 있던 것도 [기절]이라는 상태이상이었으므로 상태이상회복 포션을 사용하면서 그녀가 정신을 차리고 있었다.

바들바들 세리카의 눈꺼풀이 떨렸다.

시우는 기대어린 눈빛으로 눈을 뜨는 세리카를 지켜보았다.

세리카는 약간 정신이 없는 듯했다. 눈을 뜨고 몸을 일으키고 약간은 겁을 먹은 듯이 주위를 둘러보았다.

눈을 뜬 그녀의 주위로는 기슈를 비롯한 알테인들이 둘러싸 그녀를 노려보고 있었다.

"세리카?"

시우가 그녀를 불러보았지만 그녀는 아무런 반응도 보이지 않았다.

시우는 그녀에게 더 다가가 그녀의 어깨를 붙잡고 다시 한번 불렀다.

"세리카. 내가 누군지 알겠어?"

그러자 그녀는 창백하게 질린 얼굴로 시우의 손길을 피했다.

"다, 당신은 누구죠? 여기는 어디에요? 도대체 무슨 일이……."

그리고 그녀의 얼굴은 더욱더 창백하게 질려갔다.

"아무것도 기억나지 않아."

그녀는 본인의 이름조차 기억하지 못했다.

시우에게 세리카의 반응은 충격이었다.

수아제트의 세뇌 마법만 풀리면 어떻게든 문제가 해결될 것이라 생각했다. 시우가 믿을 수 있는 것은 그것밖에 없었다. 그런데 정작 세뇌가 풀리고 보니 그녀의 기억은 돌아오지 않았다.

그녀의 정신은 넷이나 되는 신령을 만들기 위해 갈기갈기 찢기면서 이미 약해질 대로 약해져 있었다. 그런 그녀의 정신을 세뇌하기 위해 수아제트는 악몽 마법을 수개월에 걸쳐 전개했고 세리카는 견뎌냈다.

하지만 견뎌냈다는 사실이 좋지 않았다. 결국 그녀의 영혼이 임계점에 도달하는 순간 세리카의 영혼은 박살이 나고 말았다.

세뇌 마법을 푸는 것으로 그녀가 수아제트의 영향을 받는 것은 막을 수 있었지만 이미 잃어버린 기억을 되찾거나 박살난 영혼을 되돌릴 수는 없었다.

시우는 어찌할 바를 몰랐다.

지금까지 살아오면서 지금처럼 당황한 적은 처음인 것 같은 기분마저 들었다.

머릿속이 텅 빈 시우가 한 행동은 세리카를 끌어안는 것이었다.

겁을 먹은 그녀를 위로하겠다거나 그녀를 가엽게 여기고 한 행동은 아니었다.

시우가 그렇게 하고 싶었다.

그것은 오히려 시우 자신을 위로하는 행위였다.

미안했다. 괴로웠다.

세리카를 끌어안은 시우의 눈에서 눈물이 흘러넘치려고 했다.

시우의 품안에서 당황하는 세리카가 느껴졌다.

시우는 억지로 눈물을 눌러 참고 세리카에게서 떨어져 나왔다.

"도대체 무슨 짓을 한 거죠? 그녀의 태도가 변한 것처럼 느껴집니다만……."

장로 기슈가 더 이상 참지 못하고 질문을 던졌다.

시우는 잠시 감정을 추스른 뒤에야 겨우 대답할 수 있었다.

"…그녀에게 걸려있던 세뇌 마법을 풀었습니다만 그간의 기억을 전부 잊어버린 모양입니다. 세뇌 마법이 걸리기 전의 기억은 물론, 세뇌 마법에 걸린 이후의 기억도 모두……."

기슈가 눈살을 찌푸렸다.

"그건, 좋지 못한 선택이었군요. 그녀에게 수아제트라는 드래곤에 대한 기억이 남아 있다면 그것을 이용할 방법은 얼마든지 있었을 텐데요."

시우는 기슈에게 눈을 부라렸다.

그의 말이 시우에겐 세리카를 이용하기 위해서라도 그녀를 세뇌의 영향 하에 나뒀어야 했다는 말로 들려왔기 때문이었다. 그러나 기슈에게 악의는 전혀 없었고 심호흡을 하며 냉정을 되찾은 시우도 기슈의 말이 옳다고 생각했다.

적어도 수아제트가 어디있는지만 알아낼 수 있었다면 그것은 시우에게도 큰 도움이 되었을 것이다.

세리카만 되찾으면 수아제트가 어떻게 되든 알 바는 아니라고 생각하고 있었지만 지금은 생각이 많이 바뀌었다.

"하지만 저도 이렇게 될 줄은 몰랐습니다. 어차피 세뇌의 영향 하에 있었다면 그녀가 수아제트에게 손해될 정보를 말할 가능성은 전무 했고, 설마 세뇌 마법이 풀리는 것만으로 세뇌 후의 기억까지 전부 사라질 줄은 몰랐으니까요."

시우의 대답에 기슈는 길게 한숨을 내쉬었다.

"어쩔 수 없군요. 일단 그녀는 저희 붉은 하늘 부족에서 구속하고 있겠습니다."

구속이라는 말에 세리카가 기슈를 경계하는 것이 느껴졌다.

겁을 먹는 것이 느껴졌다.

시우는 그런 세리카에게 다가가 말했다.

"걱정하지 않아도 돼. 내가 곁에 있을게."

경직된 세리카의 몸에서 긴장이 풀렸다.

세리카는 잠시 고민했지만 시우의 얼굴을 바라보며 고개를 끄덕였다.

✤

시나는 일련의 과정을 지켜보면서 시우의 정체에 대해서 의문을 느끼지 않을 수 없었다.

하지만 이것은 그녀에게 기회이기도 했다.

그녀는 처음부터 알테인과의 조우를 목표로 하고 있었다.

처음 마의 우림에서 몬스터가 뛰쳐나오기 시작했다는 소문을 듣고 어쩌면 알테인들의 결계가 무너졌을지도 모른다고 판단했고 지금이라면 과거의 어느 때보다도 안전하게 알테인과 접촉하는 것이 가능할지도 모른다고 생각했다.

마의 우림에 알테인들의 신령이 결계를 치고 있다는 사실은 아는 사람이 몇 없는 알테인들의 비밀이었지만 시나는 이미 오랜 세월에 걸쳐 알테인들을 연구하며 그러한 사실을 알고 있었다.

벤과 젤라의 목소리가 들려왔다.

"도대체 체슈 경의 정체가 무엇이기에 알테인들과 함께 행동하고 있는 걸까? 알테인들은 인간의 적이잖아?"

벤의 말에 젤라는 한숨을 푹 내쉬었다.

"어째서 알테인이 인간의 적인데? 알테인을 적대하는 것은 인간의 일방적인 해석이라고. 옛날부터 알테인들은 무욕의 종족으로 알려졌고 실제로도 그들의 영역에 침범하지만 않으면 적대행위를 보이지도 않았어."

"하, 하지만 그렇다고 인간과 알테인이 친하다는 것도 아니잖아? 실제로 알테인들이 인간을 좋지 않게 생각하기도 하고."

"그거야 뭐."

사실이었다.

그리고 벤이 사고방식이 인간들의 알테인을 보는 일반적인 관점이기도 했다.

그것은 평범한 사람들이 인간이 알테인을 상대로 어떠한 일들을 범해왔는지 모르기 때문에 생긴 편견이기도 했다.

인간은 알테인을 대상으로 약탈과 방화, 납치 행위를 일삼아 왔고 그런 인간들을 상대로 알테인이 편한 마음을 가질 수는 없는 법이다. 그것을 젤라는 알고 있었지만 그것은 머릿속에 담아두고 더 이상 입을 열지 않았다.

젤라도 인간이었고, 어쩌다보니 벤의 말투를 지적하고 들었지만 알테인을 감싸고 돌 생각은 없었기 때문이었다.

이 이야기를 계속하면 인간의 추악한 일면에 대해 이야기하지 않을 수는 없으니 젤라도 더 이상 거기에 대해 이야기하고 싶은 마음은 없었다.

"그것보다 체슈 경이야."

젤라는 화제를 돌렸다.

"그러고 보니 가문에서 이런 이야기를 들은 적이 있어."

"너희 가문에서 말이야? 분명 너희 가문이라면……."

페르시온 황제의 먼 친척이자 용작위인 도넌 가문이었다.

"광룡 수아제트와 검은 머리의 악마에 대한 이야기 말이야. 너도 호작위쯤 되는 귀족 자제라면 들어본 적이 있을 것 아냐?"

"아니, 난……."

벤은 들어본 적이 없었다.

그는 말 그대로 가문에서 내놓은 자식이고, 벤도 그런 입장을 뒤집을 생각은 없었으니까.

단지 자신의 가치를 입증하고 싶었기 때문에 검만을 수련해왔다.

젤라는 한심하다는 표정을 지었다.

젤라는 자신의 입장에 만족하고 안주한 적은 없었다. 언제든 기회가 생긴다면 그것을 잡아채기 위해 최소한의 노력을 아끼지 않았다.

물론 벤이 자신의 입장에 만족하고 안주하고 있냐고 묻는다면 그것은 아니었지만 벤과 젤라의 가장 큰 차이는 실제로 행동하고 있느냐 아니냐의 차이였다.

용작위나 되는 가문의 영애인 젤라가 평민도 쉽사리 들어갈 수 있는 교육당에 입당하지 못하고 미카드의 수습기사가 되어야 했던 이유도 여기에 있었다.

젤라가 포기하지 않았기 때문에.

하위 순위의 귀족 자제가 힘을 가진다면 그보다 높은 순위의 형제자매는 그를 견제하지 않을 수 없다. 막말로 자신보다 높은 순위의 형제자매를 모두 암살하면 용작위의 차기 후계자가 될 수 있는 것이니까.

그런 의미에서 젤라가 마의 우림에 가기 위해 준비하는 미카드의 수습기사가 된 것도 마의 우림에서 죽어버리라는 형제자매들의 뜻이 담겨있기도 했다. 낮은 순위임에도 포기하지 않는 젤라를 견제하기 위해서.

어쨌든 그렇기 때문에 젤라는 들어본 적이 있었다.

광룡 수아제트와 그에 대항하는 악마의 이야기를.

젤라가 입을 열어 그 이야기를 꺼내자 그것을 엿듣던 시나의 표정이 바뀌었다.

✛

세리카는 감옥에 갇혀 있었다.

원래 붉은 하늘 부족의 마을에는 감옥이라는 시설이 없었기 때문에 나무의 정령을 이용해서 새로운 건물을 만들 수밖에 없었다.

그렇게 만들어진 건물은 두꺼운 나무도 둘러싸인 세리카만을 위한 감옥이었다.

목재이기 때문에 화제나 안전성에 문제가 있어 보였지만

급한 대로 구색을 갖추기 위해서는 어쩔 수가 없었다.

필요하다면 금속의 정령을 이용해 새로운 감옥을 지을 수도 있었다. 하지만 시우가 세리카에게 채운 내력 봉인 팔찌의 효능이 뛰어나기도 했고 기슈는 그런 일에 힘을 소모하고 싶지 않았기에 그것으로 만족했다.

지금은 마을의 피해를 복원하는데 힘을 쏟아도 부족한 상황이었다. 특히 정령이 죽어 버린 알테인들은 새로운 정령을 만들어 계약을 해야만 했는데 정령을 새롭게 만드는데 들어가는 힘과 노력도 무시할 수 없는 수준이었다.

시우는 그 감옥 앞에 앉았다.

별다른 대화는 없었다.

그녀는 아직도 시우를 경계하는 중이었고 시우가 먼저 이야기를 꺼내지도 않았다.

단지 어둡고 답답한 이곳에서 나무줄기로 된 창살 너머로 시선을 나누면서 쪼그려 앉아 시간을 보낼 뿐이었다.

그녀와 대화를 나눈 것은 그녀가 감옥에 갇힌 직후 이름을 물었을 때뿐이었다.

세리카는 시우의 이름을 물어왔고, 시우는 거기에 대답해 줬다.

그리고 더 이상의 대화는 없었다.

시우가 그녀에게 말했던 것처럼 시우는 그저 그녀의 곁을 지키고 있을 따름이었다.

그러나 언제까지나 그러고만 있을 수는 없었다.

다른 부족에서 붉은 하늘 부족을 찾아오고 있었다.

처음은 파르였다.

광휘 불꽃 부족의 장로는 신령을 잃은 충격으로 몸져누웠기 때문에 숲지기인 파르가 부족을 대표하여 붉은 하늘 부족을 방문했다.

그뿐 아니라 세리카에게 신령을 살해당한 각 마을에서 세리카를 찾아왔다.

시우는 세리카를 에리카에게 맡기고 감옥을 빠져나오려고 했다.

"저, 잠깐!"

세리카는 당황한 모습으로 감옥의 창살에 달라붙어 시우를 불렀다.

시우는 세리카를 돌아보았다.

세리카는 잠시 머뭇거렸지만 입을 열었다.

"도, 돌아올 거지?"

"응. 걱정하지 말고 기다려 줘."

시우는 감옥을 빠져나왔다.

감옥에서 벗어난 시우를 기다리고 있는 것은 수많은 부족의 장로 및 숲지기장들이 기다리고 있는 회의장이었다.

이 자리는 세리카의 처분에 대해서 이야기를 하기 위한 자리로 시우는 세리카의 대변인으로서 그 자리에 참가했다.

시우를 보는 눈빛이 결코 좋지 않았다.

"먼저 대변인은 대답하시오. 도대체 그녀의 목적은 무엇이었지? 갑자기 미쳐버려서 동족인 알테인의 멸망이라도 획책하려 했단 말이오?"

시우는 뭐라고 대답하면 좋을까 고민했다.

시우는 본인의 말주변이 좋지 않다는 것을 잘 알고 있다. 그럼에도 불구하고 세리카를 대변하기 위해 이 자리에 앉은 이유는 이것이 위기임과 동시에 기회였기 때문이었다.

시우는 장로의 질문에 대답하지 않고 도리어 질문했다.

"여러분들은 지금 이 숲 바깥에서 무슨 일이 벌어지고 있는지 알고 계십니까?"

이 자리는 세리카의 죄를 묻기 위한 자리이기도 했지만 반면에 마의 우림을 지배하는 알테인들의 권력자들이 모인 자리이기도 했다.

Respawn

NEO FUSION FANTASY STORY & ADVENTURE

44장.

봉기

리스폰

"대변인은 말을 돌리지 마십시오. 질문은 죄인의 범죄 의
도였소! 지금 이곳 알테인의 숲에 문제가 발생했는데 바깥에
서 일어나는 일이 무슨 관계란 말이오?"

장로가 벌떡 일어나며 외치는 소리에 시우는 즉각 대꾸했다.

"관계는 있습니다."

시우의 단호한 목소리에 좌중이 조용해지자 기슈가 헛기
침을 흘렸다.

모두의 시선이 기슈를 향했다.

"일단은 그의 이야기를 들어보기로 합시다."

시우에게 질문을 던진 장로는 선 자리에서 시우를 노려보
더니 털썩 자리에 앉았다.

이 마을은 붉은 하늘 부족의 마을이었고 기슈는 이 자리에 모인 장로들 중 유일하게 신령과 계약을 맺은 알테인이었다. 이 자리에 모인 장로들은 하나같이 세리카에게 신령을 살해당했으니까.

실력이 있으니 시간만 주어진다면 다시 신령을 새롭게 만들어 계약을 맺을 수도 있었지만 그것은 빨라도 수개월에서 늦어지면 몇 년이나 걸리는 일이었다.

그런 만큼 기슈의 발언권은 이 자리에 모인 그 누구보다 강할 수밖에 없었다.

"현재 인간들은 전쟁을 벌이고 있습니다."

그 한 마디에 벌써부터 코웃음을 치는 알테인이 있었다.

"인간이 언제는 전쟁을 벌이지 않던 때가 있던가."

숲지기장들이 비웃고 장로들도 결코 기분 좋은 표정은 아니었다.

"…아주 큰 전쟁입니다."

시우는 그렇게 분위기를 다시 잡았다.

"대륙전체가 휘말린 전쟁이고 그 전쟁은 지금도 계속되고 있습니다. 세력은 마의 우림을 사이에 두고 북과 남으로 나뉘었으며 남부 세력은 성룡이라 자처하는 드래곤 아래 통일되어 지금도 북 대륙을 노리고 있습니다."

그제야 알테인들의 표정이 조금씩 변하기 시작했다.

전쟁이라는 단어에는 아무런 위기감도 가지지 않던 그들이 드래곤이라는 말이 나오자마자 자세를 고쳐 잡고 심각한 표정을 지으며 주위의 알테인들과 속닥거리기 시작한 것이었다.

"문제는 마의 우림이, 알테인의 숲이 그 두 세력 사이에 끼어있다는 사실입니다. 전쟁을 주도하는 남 대륙 세력은 그것을 번거롭게 생각하고 있으며 조만간 알테인의 숲을 처리할 계획을 세우고 있습니다."

"뭐?"

"알테인의 숲을 처리하다니 그게 무슨 소리인가!"

"드래곤들이 우리들의 숲을 노리고 있다는 말인가?"

소란이 일어났다. 하지만 그것은 기슈의 주도하에 금방 잦아들었다.

"드래곤들은 습한 우기가 끝나고 비교적 건조해지는 건기를 노려 마의 우림을 불태울 계획을 세우고 있습니다. 그렇게 길을 내야만 압도적인 전력으로 하여금 전쟁을 주도할 수 있다고 판단했기 때문이죠. 세리카가 이곳에 보내진 것도 그 계획의 일부인 것으로 추측됩니다. 여기서, 다시 처음의 질문에 대답하자면 그녀는 마룡 베네모스와 뜻을 함께하는 광룡 수아제트의 세뇌 마법에 조종되고 있을 뿐입니다. 신령들을 죽이고자 한 것은 광룡 수아제트의 뜻이었지 그녀의 의지가 아니었습니다."

소란은 완전히 잦아들 생각을 하지 않았다.

시우가 계속 이야기를 하는 도중에도 그 소란은 계속해서 커져만 갔다.

이미 그들의 머릿속에는 세리카에 대한 것은 아무것도 남아 있지 않았다.

건기가 되면 이 숲을 불태울 생각이라고?

건기까지는 앞으로 2개월도 남지 않은 상황이었다. 고작 2개월 만에 살해당한 신령을 복구하기는커녕 마을의 피해를 회복하기에도 빠듯한 시간이었다.

"어디, 어디를 불태우겠다는 소리지?"

장로들 중 한 알테인이 하얗게 질린 얼굴로 물었다.

"어디라 하심은?"

"남 대륙 세력이라고 했던가. 그들이 아무리 이 숲을 불태울 작정이라지만 모든 지역을 남김없이 태우는 것은 불가능할 터. 분명 안전한 지역이 있지 않겠나. 불태워 사라질 지역을 미리 예측할 수만 있다면 분쟁은 피할 수 있지 않겠느냐는 말이다!"

그 말이 그럴 듯하게 들렸는지 다수의 장로들이 시우를 바라보았다.

분명 그의 말이 옳았다.

숲은 넓다. 그야말로 제국의 땅덩이와 동등할 정도로 광활한 숲이었다.

그들이 전쟁을 위해 길을 뚫는다 하지만 모든 숲을 불태울 수는 없는 법이다.

그렇다면 그 길을 내어주고 전쟁을 피하는 것이 영리한 대처일 수도 있었다.

그러나 시우는 이해할 수 없었다.

"그것으로 정말 괜찮겠습니까?"

"괜찮냐 아니냐의 문제가 아니지 않소! 드래곤이 관여되었다면 우리에게 선택권은 없소. 그들은 존재 자체로 자연재해와 같은 존재. 피하는 것만이 답이란 말이오!"

시우는 정말로 이해할 수 없었다.

시우는 항상 의문이었다.

마의 우림에는 알테인들이 모여 사는 마을이, 부족이 셀 수도 없이 많았다.

요즘도 중 대륙이 아닌 다른 곳에서 사는 알테인들은 인간들의 핍박을 받아가며 살고 있다. 불과 십여 년 전 습격을 받아 멸망한 세리카와 에리카의 부족, 은빛 눈꽃 부족이 그러했다.

하지만 중 대륙, 마의 우림에 숨어사는 알테인들은 평화를 누리고 있었다.

몬스터와 함께 이 숲에 갇힌 알테인들의 수는 극히 적었다. 무욕의 종족인 알테인들은 종족번식 속도도 느렸지만 오랜 세월이 흐름과 함께 그 수는 천천히 불어났다.

그리고 오늘날, 알테인들의 수는 헤아릴 수 없이 증가했다.

알테인들은 부족 단위로 모여 살았는데 한 부족에 적게는 10가구에서 많게는 30가구가 모여 살았다. 이 자리에 모인 알테인들은 그런 부족을 대표해서 찾아온 자들이었다.

한 부족이 평균적으로 20가구라고 가정하고, 한 가구가 4명이라고 가정할 때, 이 자리에 모인 50여 부족이 모이기만 해도 무려 그 수가 4,000명이나 된다는 소리였다.

심지어 그들은 모두가 원력을 각성한 전사이며 정령을 다룰 줄 아는 정령술사였다.

그런 힘이 있는데 힘을 합칠 생각은 하지도 않고 도망칠 생각부터 하다니?

시우는 그 문제가 어디에 있는지 짐작할 수 있었다.

알테인들은 무욕의 종족이고 조화의 종족이다. 주변 환경에 따라서는 피에 굶주린 짐승이 될 수도 있고 나무 열매만 따다 먹는 초식동물이 될 수도 있었다.

그러나 알테인들은 숨어산 세월이 너무나 길었다.

만약 인간들이 이렇게 숨어서 살았다면 전쟁을 일으켜도 헤아릴 수도 없이 많은 전쟁을 일으켰을 것이다.

땅, 권력, 식량을 욕심내 그것을 빼앗고 더욱 누리기 위해서.

그러나 알테인은 인간과 달랐고 그들은 그런 것을 욕심내지 않았다. 땅이 부족하면 부족이 이동했고, 권력따위를 탐내는 알테인은 존재하지 않았다.

식량이 부족할 일은 더더욱 없었다. 나무의 정령을 부려 나무열매는 얼마든지 손에 넣을 수 있었다.

알테인들은 숨어사는 생활에 이미 너무 익숙해지고 만 것이다.

특히나 드래곤이 적이라면 더 가늠할 것도 없었다.

어디까지나 장로나 숲지기장의 머릿속에 있는 것은 부족 단위의 힘이었고 하나의 부족, 고작해야 백 명 정도 되는 알테인으로는 드래곤은커녕 인간들의 군대조차 상대할 수 없었다.

"잘 생각해 봐요. 과연 당장의 위험을 피한다고 될 문제인지. 드래곤들은 이 세계를 평정할 생각이에요. 인간이 주도하는 세계를 손아귀에 넣고 뒤흔들 생각이라고요. 그들이 과연 인간들을 평정한 뒤, 알테인들을 가만히 둘까요?"

시우가 대답을 요구하듯 좌중을 훑어보았지만 거기에 대답할 수 있는 자는 없었다.

하지만 방법이 없잖아. 어쩔 수 없는 일이야.

그런 김빠지는 목소리만이 조용하게 흘러 다닐 뿐이었다.

"숲을 버려요. 정령으로 소식을 전해 모든 알테인을 소집해요. 힘을 합쳐요. 그리고 들고 일어나는 거예요."

시우가 해답을 털어놓자 알테인들은 조용히 시선만 나눌 뿐이었다.

딱히 시우의 의견이 해결법이 될 거라곤 생각하지 않는 모양이었다.

"그렇게 모인다고 한들 과연 드래곤을 상대로 싸울 수 있을까?"

어느 숲지기장의 의문에 시우는 대답했다.

"알테인의 힘만으로 드래곤을 상대하는 것이 두렵다면 어느 한 세력에 가담해서 싸우면 돼요. 드래곤들은 믿을 수 없어요. 실제로 당신들의 신령을 살해한 것도 드래곤의 짓이에요. 그러니 북 대륙 세력에 협력해 다 같이 남 대륙 세력에 맞서 싸우는 거예요."

"우리가? 인간과?"

지금까지 천적이라고 생각했던 인간과 힘을 합친다는 사실에 회의감이 드는 모양이었다.

"제가 도울 거예요."

세리카의 죄를 묻기 위한 자리였던 이번 회의는 흐지부지 끝을 맺었다.

그들에게는 좀 더 시간이 필요했다. 대화가 필요했다. 확신이 필요했다.

하지만 그들에게 주어진 시간은 결코 많지 않았다.

결국 그들은 어떤 형태로든 대답을 낼 수밖에 없으리라.

✢

알테인들이 가장 먼저 한 일은 시우의 말이 사실인지 확인하는 것부터였다.

일단 회의장에서는 그 말이 전부 진실이라고 가정하고 듣긴 했지만 사실 모든 말을 여과 없이 받아들이기에는 너무나도 큰 사건이었다.

바람의 신령인 리카만큼은 아니더라도 고위의 정령이라면 이동속도도 빠르고 지금이라면 동원할 수 있는 정령의 수도 많았다.

그 결과 알테인들은 많은 것을 알 수 있었다.

첫째로 드래곤들이 인간들과 힘을 합쳐 남 대륙을 통일했다는 것이 사실임을 깨달았다.

둘째로 남 대륙의 깊은 숲속에 숨어 사는 알테인 부족과 연락이 닿지 않는다는 사실을 깨달았다. 그것은 위기의식으로 이어졌다. 그들이 그랬던 것처럼 우리도 그렇게 되지 않으리란 법은 없었으니까.

셋째로는 남 대륙 전역에 걸쳐 정령들이 침입할 수 없는 구역이 제법 많다는 사실이었다.

어디까지나 알테인들을 경계한 드래곤들의 수작으로 영체가 통과할 수 없는 결계를 곳곳에 쳐놓은 것이었다.

시우의 말처럼 정말로 숲에 불을 지르려는 것인지 까지는 진실을 알 수가 없었지만 적어도 그들이 전쟁을 벌이기 위해 벼르고 있다는 사실은 똑똑히 알 수가 있었다.

당연히 그들이 북 대륙과 전쟁을 벌이려면 마의 우림은 사라져야만 했다.

물증은 없어도 심증은 확실하다는 분위기가 알테인들 사이에 퍼지기 시작했다.

그렇게 의심하고, 확인하고, 대화하고, 다시 의심하며 시간만 흘러가는 가운데 시우는 감옥에서 세리카와 시간을 보내거나 훈련을 하는 것으로 시간을 보내고 있었다.

수습기사인 벤과 젤라는 체슈가 '검은 머리의 악마'라는 사실을 깨닫고 막무가내로 시우의 제자로 들어왔다. 처음부터 그럴 생각으로 시우를 따라오긴 했지만 동면중인 드래곤도 아니고 온전한 드래곤과 단신으로 싸우는 실력자라는 것을 알고 나니 더욱 절실해졌던 것이다.

그들은 시우에게 훈련받는 루리와 로이 남매의 훈련에 껴서 시우가 하는 말을 엿들었다.

루리와 로이의 훈련은 대체로 명상 훈련이었지만 가끔씩 포스칸 기초 검술과 포스칸 상급 검술을 가르치기도 했기 때문에 벤과 젤라는 잠시도 시우의 곁을 떠나려하지 않았다.

실제로 그러한 방법으로 한 달 사이에 실력이 부쩍 늘었으니 효과는 부정할 수 없었다.

가장 의외였던 것은 시나였다.

그녀는 마치 벤과 젤라에게 감화 받은 것처럼 시우에게 가르침을 요구했다.

벤과 젤라가 그랬던 것처럼 시우의 곁을 졸졸 따라다니며 제자가 되겠다고 자청했던 것이다.

물론 시우는 들은 척도 하지 않았지만 그런 일이 한 달이나 이어지자 더 이상은 견딜 수가 없었다.

마침 시우의 주위에는 아무도 없었다.

루리와 로이는 오늘의 훈련을 끝내고 잠이 들었고 시우는 자신의 훈련을 위해 벤과 젤라를 따돌린 상태였다.

시우의 원마력이 봉인된 지 벌써 한 달이 지났지만 시우는 아직 그것을 되돌릴 방법에 실마리조차 잡지 못한 상태였다.

알덴브룩과의 전쟁을 한 달 앞둔 시우는 조바심을 느끼며 최근에는 제법 무리를 하고 있었다.

그야말로 폭주의 가능성까지 염두에 두고 할 수 있는 모든 실험은 자신의 몸에 행했다.

시우는 그것이 위험하다는 자각이 있었다. 자신의 몸에는 물론 주위의 사람들까지 휘말릴 가능성이 있었다. 때문에 시우는 항상 훈련을 할 때면 마을에서 벗어나 인기척이 드문 곳에 찾아오고는 했다.

세리카의 곁에서 너무 멀리 떨어질 수는 없었기 때문에 행동반경은 그렇게 넓지 않았다. 덕분에 시나에게 발견되고 말았다.

"도대체 왜지? 시나 당신은 충분히 강해. 새삼 내게 마법을 배울 필요가 없을 정도지. 당신 스스로도 느끼고 있을 거야. 당신은 이미 인간이 도달할 수 있는 마법의 한계치에 닿아있다고."

사실을 말하자면 그 이상이었지만 시우는 시치미를 떼고 그렇게 말했다. 그녀가 언데드라는 사실을 그녀는 아직 비밀로 하고 있었고 시우도 딱히 그것을 아는 체하고 싶지 않았기 때문이었다.

시나는 입을 다물었다.

그녀는 워낙 과묵했기 때문에 이런 모습은 익숙했지만 평소의 침묵과는 조금 다른 느낌이었다.

그녀는 고민하고 있었다.

그리고 고민이 끝난 순간 그녀는 말했다.

"나는 인간이 아닙니다."

시나는 시우의 반응을 기대하듯 입을 다물었지만 시우는 아무런 반응도 보이지 않았다.

"역시나."

오히려 시우는 그 뒤를 이어 튀어나온 말에 반응했다.

"역시나? 역시나라니?"

"당신도, 언데드인 거죠?"

시우는 어처구니가 없었다.

"뭐? 왜 그렇게 생각한 거지?"

"그야 당연하죠. 당신에게서 느껴지는 마력은 분명 인외의 경지. 어쩌면 저 이상의 마력을 가지고 있을지도 모르니까요."

시우는 깜짝 놀랐다.

"그걸 느꼈단 말이야?"

"평상시에는 전혀 느낄 수 없어요. 하지만 한 달 전, 당신이 세리카라는 알테인과 싸울 때는 확실히 느껴졌어요."

시우는 감탄했다.

드래곤조차도 시우가 지닌 마력을 전부 파악하지 못했다. 아무리 전투시라고 해도 말이다. 그것을 그녀가 해냈다는 것은 그녀의 마법에 대한 재능은 드래곤을 앞선다는 소리였다.

"그 마력으로 볼 때 당신은 인간이 아니에요. 너무 뻔한 사실이죠. 그렇다고 제 눈에는 당신이 유사인종으로 보이지도 않았어요. 그렇다면 남은 답은 두 가지죠. 당신이 인간으로 둔갑한 드래곤이거나, 인간을 포기하고 죽음을 회피한 언데드이거나."

시나의 추측은 훌륭하게도 빗나갔지만 시우는 굳이 지적하지 않았다. 시나는 아직도 숨기는 것이 있을 것 같았다. 그러니 시우를 언데드라고 생각하고 동료의식을 느끼는 그녀를 이용하기로 한 것이다.

"그래서? 내가 당신보다 많은 마력을 품은 언데드니까 가르침을 요청했다 그건가? 하지만 이해하지 못하겠는데. 언데드라면 시간이야 얼마든지 있잖아? 굳이 내게 가르침을 요하지 않아도 시간만 있으면 언제든지……."

시나는 후드를 벗어 넘겼다.

그녀의 외모는 생각보다도 더 어렸다.

얼굴만 봐서는 로이와 비슷한 연령대가 아닐까 싶었다. 그것은 놀라운 일이었다. 마법사의 언데드화 마법은 고난이도의 마법이다. 마력은 드래곤 하트나 마석 따위에서 얼마든지 끌어 쓸 수 있다지만 그 어린 나이로 언데드화를 쓸 수 있다는 것은 그녀의 재능이 진짜였다는 증거였다.

거기에 더해 그녀의 육체는 깨끗한 상태였다.

그녀가 품은 마력은 백년 드래곤 마력이었다. 단순 계산으로 인간이 그만한 마력을 얻으려면 120년은 걸린다. 그 기간

동안 그녀의 육체는 썩지 않았다.

이는 그녀가 언데드화 마법을 사용했을 때 이미 생명력 회복 마법도 익혔다는 의미였다.

언데드화 된 마법사는 빠르게 생명력을 잃어간다. 육체는 썩어가고 뜯겨나가며 결국에는 뼈밖에 남지 않는다. 물론 죽지는 않는다. 언데드화는 죽음을 회피한 상태니까. 영혼을 이승에 묶어둔 상태니까.

육체가 썩는 현상을 방지하기 위해선 회복 마법이 필수였다.

신관의 성법이나 포션의 존재도 아무런 도움이 되지 않는다. 성력은, 특히 생명과 죽음을 관장하는 세일라와 베헬라는 언데드의 존재를 용서치 않으니까.

그리고 회복 마법은 매우 고난이도의 마법이었다. 성법으론 간단하게 사용하는 마법이지만 그걸 마법으로 하긴 결코 쉽지 않았다.

그녀는 추정 12세의 나이로 언데드화 마법과 회복 마법 모두를 마스터했다는 의미였다.

"당신도 언데드라면 아실 거예요. 언데드화 마법은 자칫 불노불사의 마법으로 착각받기 쉽지만 결국에는 거기에도 제한 기간은 있다는 것을."

그랬던가? 시우는 몰랐지만 아는 체를 했다.

시우가 아는 언데드화 마법은 매우 고난이도의 마법이라는 정도뿐이었다.

솔직히 시나 같은 언데드가 있다는 생각도 해보지 못했다.

시우가 만나본 언데드는 수아제트의 탑을 오르면서 몇 번 본 것이 전부였으니까.

"저는 14세의 나이로 언데드화 마법을 사용했어요. 그리고 지금 제 나이는 152세예요. 거의 한계에 도달했어요. 앞으로 10년을 버틸 수 있을지 어떨지……. 하하, 언데드화에 제한 기간이 있다는 것은 정말 오산이었어요."

그녀는 쓰게 웃고 말을 이었다.

"앞으로 10년이면 저는 점차 이성을 잃기 시작할 거예요. 하지만 저는 아직 목적을 달성하지 못했어요. 제게는 시간이 더 필요해요. 목적을 달성하기 위해 언데드가 되었는데 이렇게 끝나는 건 참을 수 없어요. 그래서 체슈에게 가르침을 요청한 거예요."

시우는 시나의 설명을 듣고도 어째서 자신에게 가르침을 요청한다는 것인지 이해를 할 수가 없었다.

시우가 말이 없자 시나는 계속해서 말했다. 그녀는 전혀 반응이 없는 시우의 모습에 조바심을 느끼고 있었다.

"당신의 모습은 16세에서 18세 정도의 나이로 보여요. 아마 그쯤 되어서 언데드가 되신 거겠죠. 저와 크게 다를 바 없는 나이죠. 그럼에도 불구하고 당신이 지닌 마력은 저를 넘어서요. 저보다 더 오래 언데드가 되어 있으셨다는 뜻이겠죠. 당신은 분명 그 비결을 알고 있을 거예요. 언데드화의 제한 기간을 늘리는 비결을."

시나는 드디어 말을 그쳤다. 시나는 간절한 눈빛으로 시우를 바라보고 있었다.

절로 안타까운 마음이 솟아났다. 당연하지만 시우는 그런 비결따위는 알지 못한다. 그는 언데드가 아니니까. 그러나 시우는 아직 자신이 언데드가 아니라는 사실을 밝히지는 않았다.

그녀는 많은 것을 말했지만 기껏해야 자신이 언데드라는 사실과 어떤 목적을 위해 언데드화의 제한 기간을 늘리고 싶다는 것을 말했을 뿐이었다.

그녀는 아직도, 아직 더 많은 것을 숨기고 있었다.

시우는 의문이 들었다.

"그런데 너는 왜 이곳을 찾아왔지? 내가 보기에 네 목적이 이곳에 있을 것 같지는 않은데 말이야. 그렇다고 고대 몬스터의 사체라도 팔아 한 몫 잡아보겠다는 생각은 아닐 거고. 숲에 따라 들어왔다는 것은 알테인에게 볼 일이 있다는 뜻인가?"

"그 말 대로예요. 저는 언데드화의 제한 기간이 영혼과 연관 관계가 있다는 사실을 알아냈어요. 언데드화가 시작되는 순간부터 육체는 썩어가기 시작하고 영혼은 붕괴를 시작하죠. 그 영혼이 긴 세월 속에서 닳고 닳아 결국에는 이성을 잃고 마는 거예요. 짐승처럼 방황하며 본능대로 살아갈 뿐이죠. 그것을 깨닫는 순간 저는 제 영혼을 회복할 수단을 찾기 시작했어요. 영혼을 강화할 수단을 찾기 시작했어요. 그리고 찾아냈죠. 영혼을 다루는 종족이 있다는 사실을."

알테인이었다.

정령은 말하자면 무생물에 생명을 깃들어 탄생하는 영체였다. 영혼이었다. 그러니 정령을 만들 줄 아는 종족이라면 어쩌면 영혼을 회복하거나 강화할 수단도 알고 있지 않을까? 시나는 그렇게 생각했던 것이다.

그래서 찾아온 이 숲에서 시나는 본 것이다.

자신보다 오래 살아온 것으로 추측되는 언데드가 아무런 문제도 없이 활동하는 모습을.

물론 그것은 시나의 착각일 뿐이었지만 정황만으로 판단하기에는 그런 착각을 하더라도 어쩔 수 없었다.

"당신은 알테인들과 함께 행동하고 있었어요. 그것만으로 제게는 충분했죠. 당신은 분명 알테인들에게 영혼을 강화하는 비법을 전수받았을 거예요. 제 말이 맞나요?"

시우는 대답하지 않았다.

시나가 원하는 것이 영혼의 단련이라면 그것은 시우가 도와줄 수 있을지도 몰랐다. 결국 영혼이라는 것은 원력과 같으니까.

하지만 시우는 아직 알 수 없는 것이 있었다. 시우는 이 질문의 대답을 듣고 시나를 도울지 말지 결정하기로 마음먹었다.

"그렇다면 네 목적이라는 것은? 도대체 뭘 이룩하겠다고 인간을 포기하고 언데드가 되려고 한 거지? 아무리 어렸다 하더라도 언데드의 삶이 순탄치 않을 것이라는 것은 너도 잘 알고 있었을 텐데."

세일라와 베헬라 교단의 이야기였다.

그들은 주로 사이비 교단이나 이단자들을 처단하는 것이 주목적이었으나 자신들의 교리를 정면에서 부정하는 언데드들도 결코 용서하지 않았다.

어딘가에서 언데드가 출몰했다는 소식이 들리면 세일라와 베헬라 교단은 병력 지원을 아끼지 않았다.

시나의 눈빛에 살기가 어렸다.

그녀의 외모는 앳되었지만 실제로는 152년을 살아온 고령자였다.

그런 그녀가 품은 살기는 겉모습에 상관없이 아득한 느낌이 있었다.

"드래곤이에요."

그녀의 눈빛에는 비단 살기만이 들끓는 것은 아니었다. 슬픔이 있었다. 그리고 그 슬픔을 집어 삼킬 듯이 거대한 증오가 불길처럼 넘실거렸다.

"마룡 베네모스, 놈은 나의 원수예요."

시나의 말에 따르면 그녀는 8세의 나이에 베네모스의 습격을 받았다고 한다.

베네모스가 그녀를 노린 것은 아니었고, 그녀가 사는 마을이 베네모스에 의해 파괴당했다. 일방적인 학살이었다. 당시엔 그 누구도 베네모스가 폭주한 이유를 알 수 없었지만 그것은 머지않아 드러났다.

페르시온 제국의 종속국 중 하나인 아스키드 왕국에서 제국에는 비밀로 드래곤 사냥을 계획하고 실패로 끝났던 것이다.

자신을 공격했다는 사실에 분노한 베네모스는 자신의 탑과 가장 가까운 도시를 습격했다. 그 도시는 드래곤 사냥꾼들과는 아무런 상관도 없는 도시였다. 베네모스도 그것을 알았지만 신경 쓰지 않았다. 이것은 단지 본보기였으니까. 자신을 공격하면 도시를 파괴하겠다는 본보기.

그리고 그 마을이 바로 시나가 사는 마을이었다.

시나는 그 습격으로 부모와 오빠와 여동생을 잃었지만 살아남았다.

어떻게 살아남았는지 기억에도 없을 정도로 도시는 난장판이었다.

그리고 페르시온 제국에서 보낸 원조가 도착했다.

기사와 마법사들이 음식과 생필품을 잔뜩 실어 찾아왔다.

시나는 그 와중에 마법사의 눈에 띄어 제자가 되었다.

처음 1년은 죽은 듯이 지내며 스승이 가르쳐주는 것만 기계처럼 머릿속에 처박았다.

그리고 사건은 다시 터졌다.

베네모스가 다시 도시를 파괴한 것이었다.

시나를 비롯한 난민들을 도와주러 찾아온 기사와 마법사들이 드래곤 사냥팀을 꾸려서 다시 한 번 베네모스 사냥에 도전했던 것이다.

대외적인 발표는 인간들이 사는 도시를 습격한 드래곤을 용서할 수 없다는 이유였다. 이번 사건을 목격했을 다른 드래곤들을 견제하고 경고하는 의미에서도 필요한 일이긴 했지만 황제가 허락한 것은 아니었다.

공적을 쌓아 타국의 원조라는 하찮은 임무에서 벗어나고 싶었던 원조팀의 리더가 마음대로 저지른 일이었다.

시나의 스승은 여기서 죽었다.

그리고 베네모스는 3개의 도시를 파괴했다.

시나는 제국의 지원팀에 고용되어 파괴된 도시들을 순회하며 물자를 나르고 난민들을 도왔다.

엉망이었다.

1년간 아무런 감정도 없이 살아왔던 시나의 가슴속에 슬픔과 증오의 불꽃이 불붙었다.

그때부터 시나는 미친 듯이 마법을 수련했다. 원래부터 재능도 있었고 시나의 스승이었던 사내가 잘 가르쳐뒀던 것도 있어서 시나는 빠르게 강해졌다.

그러나 인간의 힘에는 한계가 있었다. 수년을 벼르며 언데드가 되겠다고 각오한 시나는 마침내 14세가 되던 해 목적했던 언데드가 될 수 있었다.

언데드만 된다면, 오랜 시간이 걸릴지언정 언젠가는 드래곤을 상대로 동등한 위치에서 싸울 수 있을 거라고 믿었던 것이다.

물론 현실은 그렇지 않았지만 말이다.

"제가 당신에게 가르침을 청한 이유도 그 때문이에요. 광룡 수아제트와 그에 대항하는 악마의 이야기. 당신은 이미 드래곤과 대등하게 싸울 수 있어요. 그리고 저와 마찬가지로 드래곤을 향한 증오를 가지고 있었죠. 그게 제가 알테인이 아닌 당신을 제 스승으로 선택한 이유예요."

시우는 시나의 말을 들으며 한숨이 나왔다. 답답한 이야기였다.

인간의 이기심으로 드래곤을 습격하고 드래곤은 습격 받았다고 상관도 없는 인간들을 학살하고, 누가 잘했다고 할 수 없는 이야기였다.

시나의 증오심은 베네모스의 입장에서 보자면 적반하장으로 보이겠지.

그러나 시우는 시나를 탓할 수 없었다.

결국 시우도 세리카를 저 꼴로 만든 수아제트를 향해 증오심을 품고 있었으니까. 그 원인이 본인에게 있음을 알고 있어도 이것만은 이성으로 가늠할 수 없는 문제였다.

"먼저 안타깝지만 당신의 추측은 틀렸습니다."

시우는 말투를 바꾸고 그렇게 말했다.

지금까지는 '너' 라고 호칭하며 반말을 하고 있었던데 반해 지금은 극존칭을 사용했던 것이다. 지금까진 그녀의 추측에 어울려 주기 위해 반말을 사용했지만 그녀는 시우로선 상상하기도 힘든 세월을 살아온 사람이었다.

그녀의 외모는 둘째 치고 말이다.

그러나 시나는 시우의 변화에는 별로 신경 쓰지 않았다.

거기까지 신경을 돌리기에는 시우의 말이 품고 있는 뜻이 의미심장했다.

"그것이 무슨 뜻이에요?"

"당신의 추측과는 다르게 저는 언데드가 아니라는 소리입니다."

시나의 눈이 동그랗게 커졌다.

"뭐? 아니, 그럴 리가 없어요. 하지만 당신은……."

"예. 분명 저는 인외급의 마력을 품고 있죠. 하지만 저는 유사인종도 아니고 언데드도 아니에요. 하물며 드래곤은 절대 아니죠. 인간입니다. 저는. 그저 많은 마력을 소지했을 뿐인 인간."

시나는 당혹스러웠다.

인외급의 마력. 다른 호칭도 많은데 인간들이 굳이 많은 마력을 뜻하는 명사에 인외급이라는 이름을 붙인 것은 인간이 도달할 수 없는 경지라는 의미로 경외의 뜻을 담아 지은 것이다.

시우는 인간들이 인간으로선 결코 도달할 수 없는 경지에 인간의 몸으로 도달했다고 말하고 있었다.

하지만 시우의 말이 거짓이라는 생각은 전혀 들지 않았다.

그럼 어떻게 된 일일까?

시나가 흔들리는 눈빛으로 물었다.

"그럼 실제 연령은……?"

시우는 잠깐 고민했다.

정신적인 나이를 알려주는 것이 좋을까, 아니면 신체 나이를 알려주는 것이 좋을까.

그 고민에 시우는 피식 웃고 말았다.

24세의 최시우는 그 날 게임을 하다가 죽었다.

지금 여기에 있는 것은 체슈였고, 체슈의 나이는 18살이었다.

시우는 그렇게 하자고 생각했고 지금까지도 그렇게 말해 왔다.

"18살입니다."

시나의 흔들리던 눈빛이 멎었다.

거짓말!

시우의 대답에 시나는 그렇게 생각할 수밖에 없었다.

인외급의 마력을 가진 인간. 그것이라면 시나도 충분히 가능성이 있다고 생각해왔다. 마력의 한계라는 것은 굳이 말하자면 수명의 한계였다. 수명의 한계만 극복한다면 인외급의 마력을 가지는 것은 얼마든지 가능했다. 하지만 18살의 나이로 인외급의 마력을 손에 넣는다? 그것은 불가능했다.

"하지만 당신이 가진 제한 시간의 한계를 극복하는 계기를 제가 줄 수 있을지도 모르겠습니다."

시나는 이런저런 생각을 하다가 시우의 말을 듣고 제정신을 차렸다.

도대체 무슨 농담을 하려던 생각인지는 모르겠지만 그거면 충분했다. 시우에게 영혼을 강화할 수단만 전수받을 수 있다면 실제로 그의 나이가 18살이라 하더라도 상관은 없었다.

"그거면 됐어요. 충분해요! 그러니 절 제자로 받아주세요!"

시우는 고개를 끄덕였다. 그걸 본 시나의 얼굴도 밝아졌다. 시우는 그녀의 사정을 전부 듣는 순간 이미 그녀를 제자로 받아들이기로 마음을 굳혔다.

그녀는 거짓말을 할 수 있는 종류의 인간이 아니었다.

그녀가 지금까지 과묵했던 것은 그녀 스스로가 거짓말을 잘 하지 못한다는 것을 알고 있기 때문이었다.

게다가 시우는 조바심이 났다.

남은 한 달 동안 봉인된 원마력을 되찾을 수 있을지 없을지 알 수 없었다.

아니, 되찾을 수 없을 것이라는 생각이 강했다.

여기서 그녀의 도움을 받을 수 있다면 시우는 좀 더 수월하게 드래곤을 상대할 수 있을 것이다.

하지만 시우는 그것을 대가로 요구하지 않았다. 그녀의 목적은 애초에 증오스러운 드래곤들을 사냥하는 것에 있었다.

"저는 알덴브룩 제국과 전쟁을 치를 생각입니다."

시우가 그 말을 꺼내기가 무섭게 시나가 고개를 조아렸다.

"그럴 것이라고 생각했어요. 제가 돕겠습니다. 스승님."

시우는 스승님이라는 칭호에 귓가가 간지러웠지만 슬쩍 웃고 말았다.

시우는 먼저 시나에게 원력을 각성할 필요성에 대해 설명했다.

그리고 시나는 이미 그것을 알고 있었다.

영혼과 원력 사이에는 긴밀한 연관관계가 있다는 것은 매우 극소수만 알고 있는 사실이었지만 시나가 그 극소수에 포함되어 있던 것이다.

"저도 원력을 각성하기 위한 노력은 해봤어요. 영혼과 원력의 연관관계에 대해 알게 된 것은 50년 정도 전의 일이었어요. 그때부터 여러 익시더들의 조언을 받으면서 노력을 해왔지만 실마리조차 잡을 수가 없었죠."

시우는 시나의 노력을 익히 짐작했다.

인간이 원력을 각성하기 위한 가장 좋은 방법은 죽음의 위기에 처하는 것이다.

그것을 50년 전에 알았다고 하니 적어도 50년의 세월을 죽음과 함께 해왔다는 소리였다.

하지만 그렇게 생각해보면 정말 우스운 소리가 아닐 수 없었다. 그도 그럴 것이 그녀는 언데드가 아니던가? 죽음과 가장 먼 존재인 그녀가 원력을 각성하기 위해 죽음과 함께 해왔다니.

어쩌면 그래서일지도 모른다.

그녀가 언데드라서 원력을 각성하지 못했을 가능성도 있었다.

　물론 수아제트의 탑에서는 원력을 사용하는 언데드도 있었지만 그들은 모두 생전에 원력을 각성한 언데드였다. 보통이라면 절대 알 수 없는 사실이지만 타겟팅을 통해 대상의 정보를 읽을 수 있는 시우는 그 사실을 잘 알고 있었다.

　그 말을 숨기지 않고 하자 시나의 표정이 시무룩해졌다.

　그것은 그녀도 가정하고 있었던 모양이었다.

　시우는 일단 그녀의 상태부터 확인해 보기로 했다.

　일단은 그녀의 영혼이 어떤 상태인지부터 알아내야 정확한 대답을 할 수 있을 테니까.

　영혼을 읽는다는 시우의 말에 시나는 잠시 당황했지만 고개를 끄덕였다. 그녀는 이미 시우를 스승으로 섬기고 따르기로 정했다. 게다가 원력을 각성하기 위해 반드시 필요한 일이라면 무엇이든 할 수 있었다.

　시우는 시나의 어깨에 손을 얹어 그녀의 체내에 원력을 쏟아 넣었다. 원마력이 봉인된 이후로 처음 하는 시도였기 때문에 조금은 원력이 부족한 감이 있었다. 하지만 과거에도 몇 번 해본 경험이 있었기 때문에 시우는 조금 요령을 부려 그녀의 영혼을 체크했다.

　그녀의 영혼은 너덜너덜해져 있었다. 육체를 떠나려는 영혼을 마법의 힘으로 억지로 붙잡아둔 상태였기 때문에 상처를 입은 상태였다.

하지만 그것은 문제가 아니었다. 신령을 만들기 위해 스스로의 영혼을 찢은 세리카와 비교하면 새 발의 피도 되지 않았다.

진짜 문제는 그녀의 영혼이 변질되어 있다는 사실이었다.

전체로 따져봤을 때 90퍼센트 이상이 변질되어 있었다.

영혼은 각자의 상태가 있었다. 모든 종은 창조주의 의지에 따라 약간의 차이가 있었다. 인간은 인간 특유의, 포스칸은 포스칸의, 알테인의, 수인족의, 드래곤은 드래곤 특유의 영혼을 가지고 있었다.

지금 시나의 영혼은 인간의 영혼이 아니었다. 적어도 인간의 영혼이라 부를 수 있는 것은 아직 변질되지 않은 10퍼센트 미만의 적은 양이었다. 그 외의 부분은 더 이상 인간의 것이라 할 수 없는, 처음 보는 종류의 영혼으로 변해 있었다.

아마 이것이 언데드의 영혼이겠지.

시우는 원력을 거둬들이고 고민에 빠졌다.

이건 불가능하다. 변질된 영혼을 원래대로 고친다. 말이야 쉽지만 그것은 신의 영역이었다.

심각한 표정으로 홀로 고민에 빠진 시우에게 시나가 물었다.

"제 영혼은 어떤가요?"

시우는 사실을 숨기지 않았다.

"이미 대부분의 영혼이 변질되어서 인간의 영혼이라고 부를 수 있는 부분은 1할도 되지 않습니다. 만약 그것을 원력으로 각성하고 완벽하게 관리할 수 있다면야 적어도 더 이상의 악화는 막을 수 있을 것 같습니다만……."

시우는 흐음 하고 잠시 인상을 찌푸렸다.

"사실을 말하자면 지금의 상태로 각성해도 괜찮을지 확신을 할 수 없습니다. 원력을 각성했는데 만약 변질된, 언데드의 영혼이 각성한다면 오히려 언데드화를 가속시킬 수 있습니다."

원력을 각성했는데 그것이 인간의 영혼을 사용한 것이라고는 확신할 수 없지 않은가. 만약 언데드의 영혼을 각성하고 그것이 강화되면 남은 인간의 영혼은 금세 언데드의 영혼에 먹혀버리고 말 것이다.

말하자면 원력을 각성하는데 성공한다고 해도 다시 거기서 인간의 영혼이 각성할 확률은 1할도 되지 않는다는 소리였다.

"상관없어요. 그것이 마지막 수단이라면 취할 수밖에요. 어차피 제게는 10년이라는 시간밖에 남아있지 않아요. 10퍼센트의 확률로 그 시간을 늘릴 수 있다면 해볼 만한 도박이에요."

시나는 비장하게 말했지만 이내 한숨을 푹 내쉬었다.

"문제는 남은 10년 안에 과연 원력을 각성할 수 있느냐는 것이에요. 아무리 스승님의 가르침을 받는다지만 무려 50년의 노력 속에서도 원력을 각성할 수 없었어요. 어쩌면 제 변질된 언데드의 영혼이 원력의 각성을 방해하는 것이 아닌지 모르겠어요."

"그거라면 문제없습니다."

"예?"

"저는 원력을 강제로 각성시키는 방법을 알고 있으니까요."

시나는 놀라지 않을 수 없었다.

시나는 50년이나 원력을 각성하기 위해 노력해왔다. 처음 10년 동안은 의심도 없이 위험 속에 몸을 던지며 원력을 각성하기 위한 노력을 아끼지 않았다.

하지만 아무리 죽음의 위험을 뛰어넘어도 원력을 각성하지 못하자 시나는 노력을 계속함과 동시에 다른 방법을 찾기 시작했다.

적어도 검의 명가라는 곳에서는 빠르면 16세의 나이로 원력을 각성한다고 하니 뭔가 그곳만의 비법 같은 것이 있을 것이라고 생각했던 것이다.

이를테면 약물 요법이라거나.

약물로 영혼을 자극한다는 것이 조금 우습게 들리기는 하지만 실제로도 많은 가문에서 영혼을 자극하기 위한 수단으로 독을 사용한다는 사실을 시나는 알고 있었다. 때문에 그런 원력을 각성하기 위한 용도의 약이 있다고 해도 이상하지 않다고 생각했던 것이다.

그리고 다시 20년 쯤 지났을 때 시나는 유명한 검술 가문에서 원력 각성제를 빼돌릴 수 있었다. 그러나 그것은 시나에게 아무런 효용도 없었다. 단지 그것을 복용하자 몸이 무지하게 아프고 정신이 나른해 죽을 것 같은 상태를 한 달이나 보낸 뒤에야 약기운이 사라졌을 뿐이었다.

그 외에도 시나는 원력을 각성할 수 있다는 온갖 편법을 연구하고 수집했지만 실제로 효용이 있는 것은 아무것도 없었다.

그럼에도 시우는 말하는 것이다. 자신은 원력을 각성시킬 수 있다고.

"제 제자인 루리와 로이를 아시죠? 그들도 불과 한 달 전에 제가 원력을 각성시켜 줬습니다."

시나는 12살이라고 자신을 소개했던 로이를 떠올리고 고개를 끄덕였다.

언젠가 기회가 된다면 그에게 어떻게 원력을 각성했냐고 물을 작정이었다. 그런데 알고 보니 스승의 손길을 받았을 줄이야.

시나는 쓰게 웃었다.

"여러 가지로 정말 스승님과 만나게 되어서 다행이에요."

시우도 웃었다.

"언젠가 저와 만난 것을 후회하실 지도 모릅니다. 드래곤과의 전쟁은 지겹다고 말이죠."

"그럴 일은 없으니 지금 바로 시작하죠. 과정은 얼마나 걸리죠?"

"순간입니다. 10분도 채 걸리지 않을 거예요."

시나는 다시 한 번 감탄했다. 그리고는 얼굴에서 웃음기를 지웠다.

"만약 제가 잘못돼서 인간의 영혼을 잃게 된다면, 뒤처리는 스승님께 맡기겠습니다."

이성을 잃게 되는 순간을 말하는 것이었다.

무려 백년 드래곤 마력을 가진 그녀가 이성을 잃고 날뛰게 되면 적지 않은 피해가 발생할 것이다. 그것을 막을 수 있는 사람은 많지 않았다.

"그것은 걱정하지 마십시오. 당신은 그저 원력을 각성하는 과정에 집중하세요."

시우도 진지하게 대답했다.

시나는 그제야 안심할 수 있었다.

"저는 시나라고 불러주세요, 스승님."

"예. 시나."

시우는 시나를 바닥에 앉히고 정신을 집중했다.

원마력이 봉인된 지금은 타인의 몸속에 원력을 불어넣는 것만으로 꽤나 부담이 컸다. 그 상태에서 상대의 영혼을 자극하고 원력을 각성시켜 주려면 시우라 하더라도 부담이 되었다.

그러나 루리와 로이와 다르게 시나는 오랜 세월을 살아온 만큼 정신력 하나는 훌륭했다. 게다가 마법의 단련도 극도로 이뤘으니 원력의 각성에서 폭주하게 될 일은 없을 것이다. 그것만은 안심이었다.

시우는 시나의 몸속으로 기어들어간 자신의 원력을 통제하여 시나의 영혼으로 유도했다. 영혼은 계속해서 유동하며 움직이고 있었다. 인간의 영혼과 언데드의 영혼이 물위에 뜬 기름처럼 둥둥 떠다녔다.

시우는 그 인간의 영혼 부분을 자극할 생각이었다.

시우의 생각처럼 일이 잘 풀릴 것이라는 확신은 없었지만 적어도 최소한의 노력은 아끼지 않을 생각이었다.

시우의 전신에서 식은땀이 흘러나오기 시작했다.

처음 시우가 10분이면 충분하다고 했던 장담은 금방 깨졌다.

시나를 앉히고 시우의 원력을 체내에 불어넣은 지 20분가량이 지났다. 그리고 시우는 마침내 시나의 영혼을 자극하기 시작했다.

날카롭게 벼른 원력의 바늘로 위협하듯 인간의 영혼을 쿡쿡 찔러댔다.

시나가 그것을 느끼고 몸을 움찔 떨었다.

그것을 기점으로 그녀의 전신에서 빛이 뿜어져 나왔다.

기분 나쁜 느낌의 보랏빛 아우라였다.

"스승님!"

시나는 긴장했다.

아우라의 색깔은 개개의 차이다.

새하얀 시우와 같은 아우라가 있다면 붉거나 푸르고 심지어는 보랏빛도 있는 법이다. 그러나 시나는 긴장하지 않을 수 없었다.

그녀의 변질된 영혼이 각성될 확률은 무려 9할이나 되었다. 어쩌면 이 아우라의 빛은 그 부분이 각성하게 됨으로써 뿜어져 나오는 빛일 수 있었다.

그러나 시우는 후우! 벅찬 숨을 내뱉으며 이마의 땀을 훔쳤다.

"성공입니다. 인간의 영혼이 각성됐어요."

시나는 기쁨에 벅차 시우를 끌어안았다. 시우는 잠시 당황했지만 이내 시나를 마주 안아주었다. 겉으로는 태연했어도 속으로는 마음고생이 심했던 모양이었다.

그 뒤로 시우는 세 명의 제자를 가르쳤다.

시우의 제자가 된 시나를 보면서 벤과 젤라가 왜 우리는 제자로 받아주지 않느냐며 성화였다. 전보다 더 졸졸 따라다니는 시간이 길어졌고 투정도 심해졌다.

시우는 고민했지만 이내 그들도 제자로 받아주기로 결정했다.

귀찮았던 것도 있지만 무엇보다 황제의 먼 친척뻘이라는 젤라의 직함에 관심이 있었다.

알테인들은 이미 힘을 합치기로 결론을 짓고 정령을 이용한 통신망을 구축해 실질적으로 중부 대륙에 존재하는 모든 알테인들에게 소집령을 내린 상태였다.

소집령을 받은 알테인들은 대부분이 긍정적인 대답을 회신해왔다.

간혹 우리와는 상관없으니 숲을 떠나려면 너희끼리 가라는 부족도 있었지만 이미 설득당한 부족의 장로들이 몰려가서 설득했다.

그 이면에서는 시우가 활약했다. 약간의 협박을 향신료로 첨가했던 것이다.

"전쟁이 끝난 후를 생각하셔야 할 겁니다. 분명 인간들은 알테인들의 도움을 기억할 겁니다. 어쩌면 종족간의 오랜 분쟁에 막을 내리고 협정 속에서 알테인들은 평화와 자유를 손에 넣을지도 모르겠죠. 하지만 그 협정이 인간의 도움을 저버린 알테인 부족에도 적용될까요?"

오히려 지금까지와는 다르게 더 적극적으로 사냥하게 될지도 모르는 일이었다.

그것을 깨달은 장로들은 어쩔 수 없이 알테인 소집령에 응할 수밖에 없었다. 그것은 알테인들의 마음에 깊게 물든 인간을 향한 불신을 자극하는 말이었지만 지금 당장은 어쩔 수가 없었다.

시간은 없었고 시우도 그들이 소집령에 응하지 않았다는 이유로 전쟁 후에 희생을 당하는 꼴은 보고 싶지 않았기 때문이었다.

그렇게 보름이 지나고 소집령을 받은 모든 알테인들이 모였다.

마의 우림에서 알테인들이 날아올랐다.

봉기(蜂起). 그야말로 벌떼와 같은 기세로 날아오른 수많은 알테인들이 평야를 가로질러 인간들이 사는 마을로 향하고 있었다.

Respawn

NEO FUSION FANTASY STORY & ADVENTURE

45장.
황제 라피스

45장.
황제 라피스

리스폰

토발츠 변경령의 랑작위 후계 1순위, 칸드라 카스는 골치
가 아팠다.

현 변경령주인 그의 아버지 칸드라 사샤드는 병을 얻어 몸
져누웠다.

만약 평소에 이런 일이 벌어졌다면 기회라고 좋아했을 지
도 몰랐다. 아마 다른 상황이었다면 어떻게 하면 자신보다
후계 순위가 떨어지는 형제자매들을 처리하고 자신의 자리
를 곤고히 할 수 있을까 고민했을 것이다.

하지만 지금 카스는 그럴 여유가 없었다.

마의 우림이 문제였다.

수백, 수천 년 동안 아무런 문제도 없던 마의 우림에서 몬스터가 나오다니? 그것도 하필이면 아버지가 정신을 잃었을 때 이런 일이 일어나다니 골치가 여간 아픈 것이 아니었다.

만일 대처를 잘못해서 문제가 생긴다면 자신의 후계 순위가 떨어질 수도 있는 문제였다.

기왕 이렇게 된 거, 몸져누운 아버지를 독살하고 자신의 동생들에게 누명을 씌워 깊은 지하 감옥 속에 유폐라도 시켜 버리고 싶은 기분이었다.

하지만 지금은 그럴 여유도 없었다.

실제로 앞으로 영원무궁 황금의 시대를 누릴 것만 같았던 무역도시 제네란이 몬스터들에게 함락되었고 나머지 몬스터들이 난민들을 쫓아 토발츠 변경령으로 다가오고 있는 상황이었다.

일단은 기사단장과 마법사단장, 그리고 아버지의 보좌를 맡고 있던 문관의 조언을 받아 몬스터 토벌을 위해 군대를 파견했지만 민심은 진정되질 않는 상태였다.

난민들은 토발츠 변경령이라도 그 몬스터들의 습격 속에서는 무사할 리 없다고 피난을 계속하는 상황이었고 그것을 직접 목격한 토발츠령의 시민들은 카스의 소극적인 대응에 일말의 불안을 느끼고 있었다.

아직 토발츠 변경령의 주력 부대는 영지에 남아 있었고 생색내기 식으로 숫자만 많은 병력을 파견하여 큰 피해를 입었다는 소식만 연달아 들려오니 시민들이 불안에 떠는 것도 당연했다.

문관의 조언으로 카스는 페르시온 제국의 황제께 지원군을 요청하는 서신을 보냈다.

　본디 변경령이란 국경에 위치하여 외침으로부터 제국을 지키기 위해 독자적으로 병사와 기사의 육성을 허락받았다. 그 덕분에 뛰어난 군사력을 자랑하며 강력한 권력을 휘두를 수 있는 것이다.

　즉 외침, 몬스터들의 습격으로부터 제국의 땅을 지키는 것은 변경령의 역할이었고 이번 지원은 황제에게 토발츠 변경령주의 능력을 의심하게 만드는 사건이 아닐 수 없었다.

　안 그래도 페르시온 제국의 황제들은 골수부터 능력주의자로서 페르시온 제국을 훌륭한 능력주의제도 국가로 운영해온 인물들로 유명했다.

　그것은 현대 황제인 아펠란튜르 라피스도 다르지 않았다.

　황제는 짧은 답장을 보냈다.

지원군을 보내겠다.

국경을 사수하라.

　고급스런 재질의 두루마리에 화려한 황제의 직인이 찍힌 서신에 적힌 내용 치곤 지나치게 짧았지만 그것을 읽은 카스는 직감할 수 있었다.

　실패하면 칸드라 가문은 몰락한다.

변경령주로서 강인한 권력을 눈치 보지도 않고 마구 휘둘러온 칸드라 가문에는 적이 많았다. 만약 황제의 명대로 국경을 사수하는데 실패한다면 칸드라 가문은 능력 부족이라는 이유로 변경령주의 자리에서 내려와야 할 것이다.

변경령주라는 직책에서 내려오면 고작 랑작위일 뿐인 칸드라 가문에는 남는 것이 없다.

아마 칸드라 가문은 오래 가지 못해 몰락할 것이 분명했다.

카스는 위기감을 느끼고 토발츠령의 모든 관리들을 한자리에 모아 대책회의를 열었다. 어떻게 하면 이 위기를 극복할 수 있을지 의견을 나눠야만 했다.

아무리 기회라고 하지만 집안싸움이나 하고 있을 때가 아니었다.

한참 기사나 마법사들의 배치에 대해 뜨거운 의논을 나누고 있을 때 회의실의 문이 벌컥 열리며 병사가 한 명 뛰어 들어왔다.

카스는 눈살을 찌푸렸다.

놈은 토발츠 변경령에 자리 잡은 이름 높은 상인의 차남으로 상인이 바쳐온 뇌물에 의해 병단장이 된 인물이었다.

병단장도 따지고 보면 관직이기는 했으나 그는 평민이었으므로 이 자리에는 어울리지 않는 인물이었다.

카스는 그것이 마음에 들지 않았다.

병단장은 원래 처세술이 훌륭한 인물이었지만 지금은 그런 것을 신경 쓸 겨를이 없었다.

그만큼 지금 벌어지는 일은 병단장을 공황상태에 빠트렸다.

"아, 알테인 군단입니다!"

카스는 병단장의 말에 묘한 표정을 지었다. 저건 또 무슨 헛소리란 말인가?

조금 불안한 기분이 들었다.

"똑바로 말해봐. 알테인들의 군단이라고?"

"예. 수를 헤아릴 수도 없이 많은 알테인들이 토발츠 변경령을 향해 똑바로 다가오고 있습니다!"

병단장의 말은 쉽사리 믿기 어려운 이야기였다.

눈살을 찌푸리고 잠시 고민하던 카스는 직접 건물 바깥으로 나가 자신의 눈으로 확인해야겠다고 생각했다.

이곳은 내성. 알테인들이 아직 이곳을 향해 진군하고 있다면 내성벽 너머의 외성벽까지 행차해야 했지만 그 정도 시간은 낼 수 있을 것이라고 생각했다.

하지만 카스가 회의실 건물에서 나오는 순간, 그의 눈에는 하늘을 뒤덮은 알테인들이 보였다.

형형색색의 아우라를 뿜어내며 드래곤 하트로 작동하는 방어벽 건너편에서 일정한 거리를 두고 날아다니고 있었다.

그들의 손에는 각각 불과 얼음으로 만들어진 투창이 쥐여져 있었는데 카스가 하늘을 올려다보는 그 순간 마치 누군가의 지시를 따르듯 동일한 자세를 취하고는 창을 던졌다.

구구구구구궁.

드래곤 하트의 방어벽이 무너졌다.

알테인들은 무기를 쓰지 않는다.

드래곤 하트의 방어벽을 무너트린 무기는 정령이었다.

투창의 형태를 한 정령들은 일단 알테인들의 손을 떠나면 백발백중이었다. 정령이니까, 당연히 날아가는 도중에서 방향을 전환할 수 있었다. 마치 살아있는 듯한 창이 아니라 진짜 살아있는 창이다.

게다가 한 번 던지면 회수하지 않는 이상 소모성으로 사용되는 투창의 단점이 정령들의 창에는 없었다.

던져서 명중하면 주인의 손에 돌아간다.

횟수에 제한이 없이 얼마든지 던질 수 있다는 소리다. 투창이 적의 손에 넘어가 역이용 당할 걱정도 없었다.

시우의 신호에 맞춰 일제히 정령의 창을 집어던진 알테인들의 손에 다시 투창이 쥐어졌다.

토발츠령을 지키는 방어벽은 이미 무너진 뒤였다. 만약 시우의 신호가 다시 떨어진다면 알테인들은 토발츠령을 쑥대밭으로 만들어 버릴 힘이 있었다.

그러나 시우는 회군을 명령했다.

그들의 역할은 다했다.

시우가 아는 토발츠 변경령의 영주, 칸드라 사샤드는 오만하다.

권력을 휘두르는데 남의 눈치를 보지 않으며 자존심이 높다.

그래서 힘을 보여줬다. 일단 기부터 꺾을 필요성을 느꼈기 때문이었다.

알테인들과 제국인들의 가교가 되어줄 젤라를 파견해 의논을 나누는 것은 그 다음 문제라고 생각했다.

정령의 창을 들고 토발츠령을 날아다니던 알테인들이 회군했다. 방어벽을 무너트리는데 사용된 알테인들은 모든 알테인들의 숫자에 비하면 극히 일부에 불과했다.

이미 토발츠령에서 3킬로미터쯤 떨어진 곳에 착지해 오와열을 맞춰 대형을 갖추고 있었다.

이 또한 알테인들에게는 없는 개념이었다.

모든 것은 시우의 지시였다.

정령의 투창도, 알테인들의 대형을 갖춰 선 것도 토발츠 변경령을 향해 무력시위를 피력하기 위한 시우의 연출이었다.

실제로는 그렇지 않을지언정 뛰어난 무기를 사용하고 대형을 갖추고 선 알테인들은 잘 훈련된 군단으로 보였다.

만약 포스칸들이 보았다면 경악했을만한 광경이었다.

그들의 말을 따르자면 알테인들은 '숲의 짐승'이었으니까.

시우의 연출은 제대로 먹혔다.

그들이 과신하는 드래곤 하트의 방어벽이 간단히 부서지고 나니 마치 갑옷과 방패를 빼앗겨 벌거벗은 채 화살이 쏟아지는 전장에 나온 기분이 들었던 것이다.

그것은 도저히 상대할 수 있을 만한 전력이 아니었다.

리카의 도움을 받아 토발츠령의 분위기를 파악한 시우는 고개를 끄덕이며 만족했다.

아직 방어벽이 무너진 사실을 잘 모르는 시민들은 조금 놀란 것에서 그친 모양이지만 회의실에서 의논을 나누다 봉변을 당한 권력자들은 모르려야 모를 수가 없었다.

당장에 영주성에서는 드래곤 하트가 깨져서 그것을 관리하던 마법사들이 난리를 피우고 있었고 카스의 곁에 있던 마법사단장도 방어벽이 소멸되는 것을 느꼈으니까.

리카에게 토발츠령의 지도자가 바뀐 것 같다는 보고를 받고 시우는 고개를 갸웃거렸다. 시우는 리카와 정신을 공유하는 방법으로 그녀의 기억을 읽었다.

카스의 얼굴을 확인하고 시우는 고개를 갸웃거렸다.

어디서 많이 본 얼굴인데. 그렇게 생각할 때 그의 곁에 서 있던 문관이 '카스 도련님' 하고 부르는 것을 보고 감탄사를 흘렸다.

칸드라 사샤드와 닮았다.

사샤드의 머리숱을 늘리고, 살을 빼고, 많이 젊게 만든다면 딱 이런 모습일 것 같았다.

아마 그의 아들이겠지.

시우는 더 이상 신경 쓰지 않기로 하고 뒤를 돌아보았다.

"소라, 에리카, 리나. 세리카를 부탁할게."

그녀들이 일제히 고개를 끄덕였다.

시우는 십 수 명의 장로들과 젤라, 아리에타를 대동하고 토발츠령을 향했다.

처음 시우가 젤라를 제자로 받아주는 조건으로 제국과 알테인들 사이에서 가교역할을 해달라고 부탁을 했을 때는 고민이 많았다.

하지만 그런 고민은 원력을 각성시켜주겠다는 시우의 한마디에 바로 사라졌다.

게다가 그녀의 생각에 이것은 기회였다. 그녀가 평생을 기다려온 기회.

알테인과 제국 사이에서 제대로 가교 역할을 하다보면 그녀의 영향력은 커질 수밖에 없었다. 그렇게만 된다면 도넌 가문의 차기 후계자는 젤라가 될 지도 몰랐다.

그러나 희망에 찬 젤라도 이런 이야기는 들은 적이 없었다. 설마하니 무경고로 방어벽부터 부숴버리다니. 아무리 인적 피해는 없다고 하지만 책임문제는 피해갈 수 없을 것 같았다.

드래곤 하트는 전략물자다. 그것을 함부로 소모시킨 것은 전쟁으로 번질 수도 있는 문제였다.

하지만 시우로서는 이것이 최선이었다.

만약 시우가 이러지 않았다면 칸드라 사샤드는 알테인들을 얕보고 싸워 볼 생각을 할지도 몰랐다. 사샤드가 할 줄 아는 것은 그것밖에 없었으니까.

힘을 휘두르고 약한 자는 먹히고 강한 자는 먹는 것.

그런 지도자 아래에서 그들이 알테인들을 공격해 온다면 알테인들은, 시우는 다시 인간들을 죽여야 했을 것이다. 적어도 다시는 공격을 시도해보지도 못할 만큼 처참한 학살을 벌여야 했을지도 몰랐다.

적어도 변경령은 그것을 시도해볼 정도의 군사력을 가지고 있었다.

지금 그들의 지도자는 사샤드가 아니라 그의 아들 카스였지만 그리고 크게 다른 대응은 하지 못했을 것이다.

시우는 그들이 알테인을 적대하고 공격해오기 전에 알테인들의 무력을 시위한 것이다. 너희들은 알테인들의 상대가 되지 못한다는 것을 피력한 것이다.

그 결과가 제국과 알테인의 전면전으로 이어질 가능성도 있었지만 젤라와 다르게 시우는 걱정하지 않았다.

이만한 전력을 적으로 돌리는 것은 토발츠 변경령은 물론 제국의 황제라도 피하고 싶을 것이다. 만약 파괴당한 드래곤하트가 아까워서 강력 대응을 해온다면 그들은 지도자로서 문제가 있는 것이다.

페르시온 제국의 황제쯤 되는 위치면 분명 자리에 어울리는 정보망이 있을 것이고, 알덴브룩 제국의 움직임을 파악했다면 그들이 북부 대륙과의 전쟁을 준비하고 있다는 사실도 알고 있을 것이다.

제국의 입장에서는 그들을 상대로도 승리를 장담할 수 없는데 또 다른 적을 만들고 싶지는 않을 것이다.

오히려 시우가, 알테인들의 대표로 아리에타가, 가교 역할로 젤라가 나서서 호의적인 관계를 요청한다면 황제는 울며 겨자 먹기로라도 알테인들과의 관계 개선을 성사시킬 수밖에 없었다.

최종적인 목표는 바로 그것이었지만 당면의 문제는 황제가 아닌 변경령주였다.

시우와 토발츠 성벽 사이의 거리가 불과 400미터가 되자 성벽 위에서 부산스러운 기척들이 느껴졌다.

수많은 궁병들이 일제히 화살을 시위에 먹였고 그 사이사이로 마법사들이 마력을 끌어올리고 있었다.

알테인 군단은 3킬로미터 뒤에 남겨두고 왔기 때문에 이곳에 다가온 것은 시우, 아리에타, 젤라를 비롯해 12명의 장로뿐이건만 대단한 과잉반응이었다. 15명의 인원을 상대로 수성전이라도 벌일 법한 비장감이 흐르고 있었다.

알테인 군단의 습격에 아무것도 못해보고 방어벽을 잃었으니 그럴 만도 했다.

물론 그들의 반응은 옳았다.

시우에겐, 그리고 시우와 동행한 장로들에겐 저들을 긴장시킬만한 전력이 있었다.

대화를 위해서 일부러 적은 인원만 데려오긴 했지만 만약의 사태에 대비해 알테인 장로들 중에서도 특히 실력이 뛰어난 자들을 동행했다.

각자가 신령을 둘 이상 계약을 맺었고 알테인들의 대표격인 최고 장로는 셋이나 되는 신령과 계약을 맺은 실력자였다.

시우의 생각일 뿐이지만 토발츠 변경령에 스물여섯이나 되는 수의 신령을 상대할 전력은 없다고 판단했다.

위협하듯 활과 마법지팡이를 드는 궁병과 마법사들의 표정이 점점 썩어 들어갔다. 시우 일행은 그들의 모습을 확인하고도 전혀 주눅 드는 기세가 없었다. 정확히 말하자면 젤라만 조금 겁을 먹었을 뿐 나머지는 산책이라도 나온 듯한 느낌이었다.

성벽과의 거리가 300미터까지 좁혀졌을 때 성벽 위에서 큰 목소리가 터져 나왔다.

"자리에 멈추시오! 더 이상 접근한다면 적대행위로 간주하고 공격하겠소! 다시 한 번 말하겠소! 자리에 멈추시오!"

마법사였다.

마력의 성질 중 하나인 소리의 속성을 이용해 목소리를 증폭시켰다.

시우는 걸음을 멈췄다.

그에 따라 일행들도 그 주위에 멈춰 섰다.

시우는 이곳에 대화를 하러 온 것이지 싸우러 온 것이 아니었다. 그들이 아무리 화살과 마법을 쏟는다 하더라도 시우 일행의 털끝하나 건드릴 수 없지만 굳이 그들의 경고를 무시하고 그 사실을 새삼 확인할 필요는 없었다.

그랬다간 일부러 소수의 인원만 끌고 온 의미가 없었다.

괜히 그들에게 경각심을 안겨주어 대화의 물꼬조차 틀어

막을 필요는 없었다.

일단 시우 일행이 걸음을 멈추자 마법사는 여유를 되찾은 모습이었다.

그는 다분히 진정된 목소리로 재차 외쳤다.

"정체를 밝히시오! 당신들의 정체는 무엇이고 무엇을 목적으로 본국을 공격했는지 밝히시오!"

그는 본영지라는 말을 대신해서 본국이라는 단어를 사용했다.

너희들이 상대하는 것은 비단 토발츠 변경령뿐만이 아니라 페르시온 제국 전체를 적대하는 행위라는 것을 경고하고 싶었던 것이다.

그러나 시우는 코웃음을 칠 따름이었다.

그는 태연한 목소리로 경고하고 있지만 그것은 겁을 먹은 개가 짖는 것과 크게 다를 것이 없었다.

토발츠 변경령만으로는 지금 저 멀리 보이는 알테인 군단을 상대할 수 없다는 것을 깨닫고 페르시온 제국이라는 이름을 전면에 내세운 것이었다.

시우는 그 사실을 알 수 있었지만 아무 말도 하지 않았다. 단지 앞으로 이 알테인 군단의 대표가 될 아리에타에게 확성 마법을 걸어줄 뿐이었다.

시우가 고개를 끄덕이며 신호를 주자 확성 마법이 걸렸다는 사실을 확인한 아리에타가 몇 걸음 앞으로 나서며 입을 열었다.

"저희는 임펠스 및 알테인 연합 군단이며 저는 그 집단의 임시 대표 페르미온 아리에타라고 합니다. 먼저 해당 영지의 보호수단이었던 방어벽을 무너트린 것은 사과드리겠습니다. 저희는 알덴브룩 제국과 전쟁을 앞둔 페르시온 제국과의 연합을 바라고 있으며 그 때문에 불필요한 희생은 피하고 싶었습니다. 그 과정에서 저희가 가진 힘을 피력하는 과정에서 불가피하게 방어벽을 부수게 되었습니다. 만약 피해를 보상하라고 하신다면 추후 절차를 밟아 정식적인 사과와 보상을 마련하겠습니다. 저희는 해당 영지의 지도자와, 나아가서는 페르시온 제국의 황제 폐하와 협상의 자리를 마련하고 싶습니다."

그것은 당연하게도 일개 마법사가 대응할 수 없는 문제였다.

✝

시우 일행은 기다렸다.

당연하지만 성문은 열리지 않았고 그뿐 아니라 시우 일행은 성벽에서 반경 300미터 이내로 들어가는 것이 허락되지 않았다.

아리에타와 대화를 나눈 마법사는 칸드라 카스에게 보고를 올리러 자리를 뜬 상태였다.

시우 일행은 장로의 힘을 빌려 흙으로 빚어진 소파 위에 리카의 도움으로 에어쿠션을 만들어 앉아 쉬고 있었다.

심지어는 거기서 그치지 않고 시우는 아이템창 속에서 수 많은 과일과 포도주까지 꺼내 식사를 즐기고 있었다.

지금도 성벽 위에서는 수많은 궁병과 마법사들이 그들의 행동을 지켜보고 있었다. 젤라는 태연하게 과일과 포도주를 즐기며 편히 쉬는 이들이 이해되지 않았다.

뒤를 돌아보니 저 멀리 알테인 군단들도 간단하게 본인들 이 지낼 요새를 짓고 있었다.

대지의 정령과 나무의 정령을 이용해 건물을 짓고 있었는 데 어느새 그 일대의 지형이 완전히 바뀌어 있었다. 그야말 로 순식간에 도시 하나를 뚝딱 지어버린 것이다.

그 도시 한 가운데서 멋들어진 성 하나가 그럴듯한 형상을 갖춰갈 즈음 마법사가 돌아왔다.

마법사는 자신이 잠깐 자리를 비운 사이 완성된 도시를 발 견하고 뜨악한 표정을 지었지만 이내 고개를 저으며 표정을 지웠다.

마법사는 성벽 위에서 뛰어내렸다.

그도 왕년에는 제국의 교육당에서 훌륭한 성적을 남겼던 마법사였다. 마력을 이용해 하늘을 나는 것은 일도 아니었고 하물며 성벽 위에서 뛰어내린다고 다칠 깜냥도 아니었다.

마법사는 하나의 수정구를 들고 시우 일행에게 접근했다.

시우 일행은 그제야 자리에서 일어나 마법사를 반겼다.

"찬 메쉬입니다. 이번 협상 자리에서 통신 담당을 맡게 되 었습니다."

역시, 칸드라 카스는 시우 일행을 직접 만날 생각이 없는 모양이었다. 마법사를 이용해 수정구를 전송하고 원거리에서 협상을 진행하려는 생각이겠지.

"현재 토발츠령의 변경령주이신 칸드라 사샤드 경께서는 병환으로 인해 이번 협상 자리에 함께 하실 수 없다는 점 양해해 주시기 바랍니다. 그로인해 지금 연결해드릴 분은 변경령의 주인인 칸드라 가문의 제1순위 후계자이신 칸드라 카스 도련님입니다. 이 점 숙지하시고 실례되는 일이 없도록 잘 부탁드리겠습니다."

찬 메쉬는 간담이 큰 자였다. 자신의 역할에 충실해 말을 가리지 않았다.

찬 메쉬는 수정구에 마력을 불어넣어 마법을 발동시켰다.

수정구에서 빛이 뿜어져 나오며 허공에 상이 맺혔다.

리카의 기억에서 읽어본 바로 그 청년의 모습이었다.

놈은 표정이 그리 좋지 못했다.

[안녕하시오. 내 이름은 이미 소개를 받았을 터. 어디 그대들의 소개를 들어볼 수 있겠소이까? 이미 한차례 설명을 듣기는 했으나 도무지 이해가 되지 않아서 말이지.]

"반갑습니다. 저희는 임펠스 및 알테인 연합 군단이며 저는 그 집단의 임시 대표를 맡고 있는 페르미온 아리에타라고 합니다."

아리에타의 입에서 연습이라도 해본 것처럼 능숙한 자기소개가 흘러나왔다.

카스의 표정이 한차례 어두워졌다.

임펠스의 왕녀 페르미온 아리에타. 그것은 카스에게도 익숙한 이름이었다.

검은 머리의 악마 체슈라는 이름과 함께 토발츠령에 악몽과 같은 사건을 터트리고 바람과 같이 사라진 인물이었으니까.

그렇게 서로의 신분을 확인한 카스와 아리에타는 협상을 진행했다.

협상을 진행했다고 해도 바로 본론으로 들어간 것은 아니었다.

먼저 카스가 아리에타를 아는 척하며 본영지와 불미스런 일이 있었던 것을 들어본 적이 있다며 영지를 대표해서 사과를 해왔다.

그 사건과 자신 사이에는 아무런 연관관계가 없다는 점을 숙지시키고 카스 쪽에서 먼저 관계 개선을 시도해온 것이다.

아리에타는 그 사과를 흔쾌히 받아들이며 화제를 돌렸다.

이런저런 이야기를 나누며 분위기를 만들고 나서야 겨우 본론을 꺼냈다.

"그래서 황제 폐하와 협상의 자리를 마련해주십사 부탁을 드리고 싶습니다. 그 사이 저희 연합이 토발츠의 영내에 거주하는 것을 허락해주신다면 정말 감사드리겠습니다. 그 대가라고 하긴 뭐하지만 마의 우림에서 튀쳐나온 몬스터들을 저희 연합에서 모두 처리토록 하겠습니다."

[…허락하고 말고 이미 거주지를 완성해 가신다는 소문을

들었습니다만.]

화기애애하게 이야기를 나누던 와중이었지만 카스의 분위기가 순식간에 바뀌었다.

사실 마의 우림에서 뛰쳐나온 몬스터를 연합 쪽에서 처리해 준다는 것은 카스에게도 기쁜 소식이었지만 그것을 들키지 않기 위한 방편이었다.

게다가 거주를 허락하는 조건으로 대가를 요구하기 위한 분위기를 잡기에도 일단은 불쾌감을 표시하는 것이 좋을 거라고 판단했다.

게다가 그들이 짓고 있는 도시는 토발츠령의 농토 위였다. 논과 밭이었던 땅들을 전부 갈아엎어 버렸으니 그에 대한 대가를 받아낼 수 있을 것 같았다.

"···저희 연합이 거주지를 지으며 피해를 준 농토는 그에 비례하는 식량으로 갚겠습니다."

아리에타는 대답했다.

그 문제는 어렵지 않았다.

알테인들의 정령을 이용하면 작물의 성장을 촉진시키거나 순식간에 과일나무를 키워낼 수 있었다.

[그렇다면 다행입니다만 문제는 그것뿐이 아니라서요. 아시겠지만 드래곤 하트는 전략물자이기 때문에 그것의 손실을 폐하께서 아신다면…….]

협박이었다.

황제와 제대로 된 협상의 자리를 원한다면 그에 합당한,

아니 상회하는 보상을 내놓으라는 소리였다.

옆에서 지켜보며 자꾸 늘어지는 소리에 지겨워지던 시우가 입을 열었다.

"최상급 마석."

[예?]

"천 개면 충분한가?"

카스는 잠시 입을 다물었다.

생각할 것도 없었다.

드래곤 하트는 원래 제국의 소유였다.

어차피 칸드라 가문이나 카스가 자유롭게 사용할 수 있는 물건은 아니었다.

하지만 최상급 마석 1,000개라면?

그것은 카스가 챙겨두고 얼마든지 자유롭게 사용할 수 있었다. 그 정도면 충분히 자신의 자리를 곤고히 만들고 동생들을 견제할 수도 있다. 게다가 마의 우림에서 쫓겨나온 몬스터까지 막아준다고 하니 카스로선 손해 볼 것이 하나도 없었다.

[충분합니다.]

카스가 이를 드러내며 활짝 웃었다.

✢

원래라면 제국의 수도로 직접 찾아가 황제를 알현하려 했던 아리에타와 시우는 제국 최남부에 멋들어진 성을 짓고 황제가 찾아오는 것을 기다리는 형편이 되었다.

황제는 군대를 이끌고 불과 7일 만에 토발츠령을 방문했다.

시우는 제국의 군대를 발견하고 정말 심장이 떨어질 것처럼 놀랐다. 설마 황제는 알덴브룩이라는 적을 앞두고 알테인 군단을 적대하려는가 싶은 걱정 때문이었다.

그러나 그런 시우의 걱정은 기우에 불과했다.

황제는 알덴브룩 제국이 곧 숲을 불태울 작정이라는 정보를 가지고 있었고 애초부터 군대를 이끌고 제국의 최남단인 토발츠령을 방문할 계획이었다.

애초에 황제가 끌고 온 군대는 고작 7일 만에 모일 수 있는 숫자가 아니었다.

계획은 반년도 전부터 하고 있었고, 카스로부터 지원군 요청 서신을 받았던 한 달 전부터 꾸준히 귀족들을 협박해 병력을 모았던 것이다.

황제에게도 알테인 군단의 봉기는 예상치 못했던 사건이었고 애초에 그들을 적대할 생각도 없었다.

카스가 소식을 넣어왔다.

협상의 자리가 준비되었노라고.

황제의 초대였다.

Respawn

NEO FUSION FANTASY STORY & ADVENTURE

46장.
전쟁

리스폰

페르시온 제국은 능력주의국가다.

역대 페르시온의 황제들은 능력주의제도를 추진해왔다.

전 세계 역사가들은 페르시온 제국이 이미 능력주의의 확산에 성공했다고 말한다.

페르시온 제국의 영향력 아래 놓인 국가들은 모두 역대 황제들이 제창한 능력주의제도를 따르고 있으며 능력만 있다면 평민이라도 누구나 귀족이 될 수 있는 기회를 손에 넣었으니까.

이는 혈통의 한계로 귀족의 자리를 꿈 꿀 수 없었던 과거에 비하면 상상도 할 수 없는 변화였고 혁신이었다.

그러나 황제 라피스는 역사가들의 말에 조소했다. 능력주의의 실현은 아직도 멀었다고 말이다.

현재 세계가 능력주의제도라 부르는 체계는 역대 황제들이 꿈꿨던 진정한 능력주의가 아니었다. 만약 페르시온의 역대 황제들이 꿈꾸었던 진정한 능력주의제도가 제국에 반영되었다면 무능한 주제에 귀족의 혈통을 이어받았다는 이유만으로 떵떵거리는 작자들은 존재하지 않았을 것이다.

그런 라피스의 눈에 시우는 능력 있는, 탐나는 인재였다.

시우는 사샤드를 처음 보았을 때 한 번 들러본 적이 있는 칸드라 가문의 알현실에서 황제를 만나볼 수 있었다.

그때는 무슨 알현실이 이렇게 추레하고 상스러운가 싶었지만 지금은 그때와 분위기가 전혀 달랐다.

상석에 앉아 턱을 괴고 있는 황제 아펠란튜르 라피스는 시우를 잡아먹을 듯한 눈빛으로 바라보고 있었다.

그의 나이는 좋게 보아주어도 스물이 되지 않아보였지만 그의 몸에서 흐르는 카리스마는 나이와는 전혀 상관이 없었다.

그의 곁으로는 8명의 제국 고위인사들이 시립해 서 있었는데 그들에게서 풍겨오는 기세도 하나같이 범상한 것이 없었다.

특히 마법부 장관과 총사령관의 기세는 상식을 초월하고 있었다.

마법부 장관은 알드미트 마법사 길드의 초대 마스터 출신이었는데 놀랍게도 그는 언데드였다.

챵 라미트에라, 평민 출신의 마법사로 마법 심화 교육당을 수석으로 졸업한 그는 귀족들이 제시하는 모든 조건을 걷어차고 제국의 수도인 알드미트에 마법사 길드를 설립해 기존의 마법사 길드와의 경쟁에서 생존한 입지전지적 인물이었다.

　97세의 나이에 언데드가 되어 현재 175세가 되는 그는 120년 드래곤 마력, 즉 26만 포인트의 마력을 가지고 있었다.

　그의 바로 옆에는 법무부장관, 즉 대법관이 서 있었다.

　그는 올해로 70살이 되는 신관으로 엘라 교단의 추기경이었다.

　삼대주교 중에서는 그래도 비교적 언데드에 대해 관대한 시점을 가지고 있는 것이 엘라 교단이었지만 언데드는 언제 영혼이 타락하여 이성을 잃고 날뛸지 모르는 존재였기 때문에 신관인 그가 옆에 붙어 함께 활동하는 것이었다.

　그리고 총사령관, 그는 알드미트 용기사단의 단장이었다.

　대륙 최고의 검사 삼인을 논할 때 꼭 빠지지 않고 등장하는 그는 같은 북부 지역의 인물인 숀터 가레인과 자주 비교되고는 했는데 시우가 보기에는 감히 가레인과 비교할 수 없는 인물이었다.

　그는 500포인트의 원력을 내포하고 있었다.

　그것은 원마력이 봉인되기 전의 시우와 같은 수준으로 놀라운 일이 아닐 수 없었다.

시우는 500포인트의 원력을 인간이 가진 영혼의 한계라고 생각했다.

시우도 내포한 원력이 500포인트를 달성했을 때 한계를 느끼고 더 이상 원력을 늘릴 수가 없었기 때문이었다.

심지어 그는 용기사단의 단장이었으므로 드래곤 소드까지 소지하고 있었다.

700년을 살아온 고룡의 드래곤 하트를 사용한 드래곤 소드는 220만 포인트의 마력을 품고 있어 원마력이 봉인되기 전의 시우라 하더라도 승패를 점칠 수 없는 실력자였다.

총사령관, 듀라카스 레이는 검의 명가인 듀라카스 가문 출신의 장남으로 원래 랑작위 출신인 듀라카스 가문을 호작위의 위치까지 끌어올린 남자였다.

만약 알드미트 용기사단의 실력을 얕보고 제국의 수도에 강제로 침입했더라면 어떤 일이 벌어졌을지 상상하는 것만으로 끔찍했다.

그 외에도 황제의 곁에는 육군과 해군 사령관, 재무부장관 겸 옥새상서, 고문관, 국무부장관이 있었다.

두 명의 사령관은 원력을 각성한 익시더였지만 오히려 황제인 라피스보다도 약했고 나머지 인물은 내력이라고 할 만한 내력도 없었지만 각자의 분야에서 최고의 경지에 오른 권위와 같은 것을 느낄 수 있었다.

그런 그들을 한데 모아 구심점 역할을 하는 황제라고 평범할 리가 없었다.

"소문은 익히 들었습니다. 체슈 경. 광룡 수아제트와 대적하는 알덴브룩의 악몽. 칸드라 가문의 병력에 대항해 홀로 그들을 쓰러트리고 베헬라 교단의 근거지인 펠릭스령에서 우리 총사령관과 동등한 실력이라 정평이 난 추기경 숀터 가레인을 단신으로 쓰러트리고 무사 탈출을 하셨다고 들었습니다."

황제는 자신의 좌우로 선 듀라카스 레이와 쟝 라미트에라의 얼굴을 살폈다.

정말 소문만큼의 실력이 있냐고 의중을 묻는 시선이었고 그 둘은 고개를 저었다.

레이의 대답은 '아니다'. 라미트에라의 대답은 '모르겠다' 였다.

"운이 좋았습니다. 다만 제가 싸워 이겼던 숀터 가레인과 총사령관님의 실력을 감히 평하자면 숀터 가레인은 총사령관님의 발밑에도 못 미친다 하겠습니다."

시우도 황제와 그들 사이에 맴도는 분위기를 감지했지만 굳이 지금은 봉인된 원마력에 늘어놓을 생각이 없었으므로 그렇게 대답했다.

시우와 함께 알현실에 입장해 고개를 숙이고 있던 아리에타는 시우의 대답에 화들짝 놀랐다. 원래 저런 칭찬에는 그저 고개를 조아리며 감사하다 말하는 것이 예의였기 때문이었다.

그러나 황제는 오히려 시우의 대답에 만족했다.

애초에 라피스는 능력 있는 자를 좋아했다. 예의를 잘 차리고 말고는 크게 상관이 없었다.

게다가 레이와 라미트에라는 고개를 저었지만 시우는 레이의 실력을 파악한 것 같았다. 그것이 단지 아첨이 아님은 시우의 눈빛만 보아도 알 수 있었다.

지금도 레이나 라미트에라의 몸에서 자연스럽게 흘러나오는 권위에 지지 않겠다는 듯 눈을 부라리는 그가 아첨 따위를 할 리가 없었으니까.

황제의 생각에 시우에겐 아직 숨겨진 뭔가가 더 있는 것 같았다.

"아, 그러고 보니."

황제가 무릎을 탁 치며 입을 열자 레이와 라미트에라에게 시선을 빼앗겼던 시우가 황제를 바라보았다.

"베할라 교단의 교황님과 성녀님께서 창조주의 성자가 어쩌니 말씀하셨는데."

말투는 가벼웠지만 그 눈빛은 무거웠다.

"이곳과는 다른 세상에서 오셨다는 것이 정말입니까?"

시우는 한숨부터 쉬었다.

설마 그 이야기를 떠벌렸을 줄이야.

하긴 교황과 성녀를 제외한 베헬라 교단의 고위인사들은 이미 시우를 중범죄자 취급하며 처단해야 한다고 떠들고 있었으니 그들의 대응도 이해는 되었다.

시우가 창조주의 성자일 가능성을 알고 있는 교황과 성녀

로서는 시우의 중요성을 주장하고 시우의 안전을 꾀했어야
했을 것이다.

만약 시우가 정말로 창조주의 성자라면 마신 파일로스의
대적자는 시우뿐일 테니까.

"그렇습니다."

시우는 고민 없이 대답했다.

시우 자신도 자신이 정말 창조주의 성자인지는 의문이었
지만 황제 밑 제국의 고위인사들이 시우를 그렇게 생각하게
만들어서 나쁠 것은 없다고 생각했기 때문이었다.

특히 알테인 군단과의 교섭을 진행하는데 있어 긍정적인
작용을 할 수 있을 것으로 예측이 가능했다.

창조주가 세상을 구원하기 위해 타차원에서 차출한 성자
라는 시우를 감히 적대할 수는 없을 테니까.

황제가 다시 좌우로 시선을 던지자 8명의 고위인사들이
각자 고개를 끄덕이거나 좌우로 저었다. 각자에게 시우의 말
이 진실인지 거짓인지 의견을 묻고 확인받은 것이다.

하지만 그 의견을 확인하기에 앞서 황제는 시우가 진실을
말하고 있다고 생각했다.

그것은 많은 사람들의 위에 서온 라피스의 직감이었다.

제국이라는 큰 땅덩이 안에서 펼쳐지는 세력 다툼은 복잡
기괴한 것이다. 그 중심에서 살아온 라피스에게 시우의 태도
는 아무것도 감출 것이 없다는 것처럼 보였다.

궁금한 것도 모두 해결했겠다.

라피스는 씨익 천진난만한 미소를 지으며 입을 열었다.

"자, 그럼 잡담은 이쯤으로 해두고, 본론으로 들어가 보도록 할까요."

✦

협상의 내용은 만족스러웠다.

먼저 임펠스 및 알테인 연합 군단의 정식 명칭을 임펠스 왕국으로 인정하며 임펠스 왕국의 부활을 페르시온 제국의 권력으로 인정하였고 알테인 군단은 그 임펠스 왕국의 국민으로서 인정하며 알덴브룩 제국과의 전쟁을 위해 협정을 체결하였다.

물론 지금은 페르시온 제국이 종주국, 임펠스 왕국이 종속국이라는 암묵적인 입장이 있었지만 지금으로서는 거기에 만족할 수밖에 없었다.

라피스와 아리에타의 협정 체결에 시우는 단 한 번 끼어들었다.

임펠스 왕국의 군사작전권을 페르시온 제국에 일임하라는 항목에 시우가 결사반대하고 나선 것이었다.

시우가 걱정한 것은 토사구팽이었다.

알덴브룩 제국과의 전쟁에서 임펠스 왕국과 알테인 군단을 이용할 대로 이용해먹고 피폐해진 그들을 저버릴 가능성이 있다고 생각했기 때문이었다.

막말로 위험하고 질 것을 이미 아는 전장에 알테인들을 쑤셔 넣으면 전쟁은 한결 편하고 승률도 올라갈 것이다. 하지만 시우는 알테인들이 그렇게 이용당하는 것을 그냥 지켜볼 수는 없었다.

시우의 생각이었다.

알테인들이 군단을 이뤄 페르시온 제국과 손을 잡아 알덴브룩 제국과 드래곤들의 연합에 대항하자고 제안했던 것은 시우였다. 그것의 결과가 알테인이라는 종족의 멸망으로 이어지게 할 수는 없는 법이다.

군사작전권은 어디까지나 임펠스 왕국이 소지하고 알테인들이 전장에 투입될 때마다 제국으로부터 이득을 챙겨야 알테인들을 위한 미래를 마련할 수 있다는 것이 시우의 판단이었다.

페르시온 제국의 입장에서도 임펠스 왕국을 지배하기 위해서는 군사작전권을 손에 넣는 것이 편하기 때문에 이 논쟁은 오랜 시간 계속되었다.

시우는 알테인들의 명운에 대해 매우 무거운 책임감을 느끼고 있었고 설사 군사작전권에 대한 항목을 시우의 의견대로 하더라도 그 조건으로 알테인들에게 피해를 줄 수 있는 항목이 붙으면 결사반대를 하고 나섰다.

결국 황제 라피스는 두 손을 들 수밖에 없었다.

그 대신이라고 하기는 뭐하지만 라피스는 임펠스 왕국의 군사작전권을 포기하는 대신 이 전쟁이 끝나면 시우의 국적을 페르시온 제국으로 옮기며 제국의 기사가 될 것을 약속해야만 했다.

한 국가의 군사작전권과 사람 한 명을 저울에 달아 황제는 시우라는 사람이 더욱 욕심났던 것이다.

시우로서는 고민이 이만저만이 아니었지만 딱히 시우의 자유를 속박하겠다는 것도 아니고 신분이 임펠스 왕국의 기사에서 페르시온 제국의 기사가 될 뿐이었기에 찜찜해 하면서도 승낙할 수밖에 없었다.

어차피 다른 차원에서 넘어온 시우에게 국적 같은 것은 중요한 것도 아니었고 말이다.

임펠스 왕국은 먼저 마의 우림에서 뛰쳐나온 몬스터를 토벌하는 조건으로 원래 무역도시 제네란이었던 땅을 영토로 하사받았으며 그렇게 무사 몬스터 토벌을 마치고 임펠스 왕국은 정식적으로 부활할 수 있었다.

아리에타는 알테인들의 도움으로 복원된 제네란을 살펴보면서 눈물을 흘리고 말았다.

"이게 전부 체슈님 덕분이에요. 정말 감사드려요."

아리에타는 눈물을 감추듯 시우의 가슴에 기대왔다.

조금은 쑥스러운 기분이 들었지만 시우는 피하지 않았다.

"아직 울지 마. 고맙다고 하지도 마. 내가 그 소리를 들을 때는 네 국민과 영토를 완전히 되찾은 뒤가 될 테니까."

시우는 아리에타의 머리를 쓰다듬어 주었다.

눈물을 그렁그렁 매단 채 아리에타가 시우를 올려다보았다.

아리에타는 시우에게 뭔가를 바라는 것 같았지만 시우는 그것을 알아챌 기회가 없었다.

시우와 아리에타가 서있던 발코니로 알테인 한 명이 날아올랐다.

"보고 드립니다! 알덴브룩 제국이 페르시온 제국을 비롯한 북부 대륙 전역에 전쟁을 선포하고 마의 우림에 불을 붙였다고 합니다."

전쟁이 시작되었다.

✢

시우는 숲을 헤집고 다녔다.

그런 시우의 주위로는 믿음직한 동료들이 함께였다.

소라, 리나, 시나, 그리고 알테인의 숲지기와 장로들.

아쉽지만 에리카를 비롯해 루리와 로이, 아직 어리거나 전투에 도움이 되지 않는 자들은 제네란에 두고 왔다.

에리카는 분명 강하지만 아직 어리다. 그녀를 대체할 전력이 얼마든지 있는 이 상황에서 굳이 그녀를 데려갈 필요는 없었다.

그 대신이라고 하기는 뭐하지만 시우는 자신을 따라오겠다는 에리카를 세리카의 호위로 붙여놓았다.

세리카는 아직 자신의 죄질에 의해 내력을 봉인 당한 상태였다. 게다가 알테인 중에서는 세리카에게 원한을 품은 자도 있었다.

임펠스 왕국의 공주, 아니 지금은 여왕이 된 아리에타가 세리카를 석방하기 위해 알테인들의 민심을 달래는 중이지만 아무래도 바로 풀려날 수는 없었다.

세리카가 드래곤에게 조종당했다는 사실은 이제 모르는 이가 없으며 정령을 제외하고 인명피해는 없었기 때문에 조만간 석방될 수도 있었다.

아리에타의 역할은 그것 말고도 많았다.

일단 페르시온 제국에 의해 임펠스가 왕국이란 이름을 되찾는 데에는 성공했지만 사실 임펠스는 아직 국가라기보다는 군대에 가까웠다.

당장 제네란의 겉모습은 예전의 모습을 되찾았을지 모르나 그것을 행정면에서 통치하고 운영할 수 있을 만한 인재가 없었던 탓이었다.

다행이라고 한다면 알테인이라는 종족이 원래 많은 것을 바라는 종족은 아니라는 점이었다. 아마 아리에타가 없었어도 알테인들은 스스로 잘 곳을 만들고 먹을 것을 일구면서 잘 살았을 것이다.

어쨌든 시우는 지금 황제의 요청에 의해 마의 우림을 태워 길을 내고 있는 알덴브룩 제국군을 방해하기 위해 숲을 가로지르는 중이었다.

그런 시우의 등에는 알테인도 아닌 자가 어딘가 아픈 듯이 누렇게 뜬 얼굴로 업혀있었다.

"우웁! 소, 속도를 좀 줄여주실 수는 없습니까."

시우는 페르시온 제국의 육군 사령관, 제이 노이드의 말에 기겁을 하며 속도를 줄였다.

"토하지 마십시오. 토하면 두고 갈 겁니다."

노이드는 시우의 말에 힘없이 웃었다.

"그게 뭐 제 마음대로 된답니까?"

그는 이번 알덴브룩 제국군의 선진을 치는 작전의 지휘자로 뽑힌 자였다. 현재 그들을 치러가는 알테인들을 지휘할 권리는 시우에게 있었지만 혼자서 싸울 줄만 알았지 전쟁의 전자도 모르는 시우를 지원하기 위해 제국에서 파견한 도우미라 할 수 있었다.

시우는 그의 반응에 쓴 웃음을 지었다.

황제의 곁에서 폼을 잡고 있을 때는 그렇게 권위가 철철 흘러넘치던 자가 이렇게 보면 평범한 사람이 따로 없었다.

그도 원력을 각성한 익시더이기는 했지만 내포한 원력이 30포인트밖에 되지 않는 비교적 약한 기사 정도에 불과했다. 아니면 강한 용병 정도이거나.

그의 진짜 능력은 개인적인 전투 능력에 있지 않고 전략전술의 지휘에 있었다.

시우로선 어렵게 군사작전권을 따내고서 제국의 지휘관에게 도움을 받는다는 사실이 조금 우스웠지만 어쩔 수가 없었다.

시우는 전쟁을 몰랐으니까.

압도적인 힘으로 전쟁의 판도를 바꾸는 것에는 한계가 있다.

그리고 실제로 제이 노이드가 제안한 작전을 듣고 시우는 순순히 그의 도움을 받기로 마음을 굳혔다. 그의 작전은 아군의 피해를 줄이는 것에 중점을 두고 있었고 그것은 시우로서도 반가운 이야기였으니까.

만일 현장에서 알테인들의 피해가 커지는 작전을 입안한다 하더라도 시우의 권한으로 반대할 수 있으니 리스크는 없었다.

"조금만 더 가면 됩니다. 그때까지 참으십쇼."

시우는 대답대신 우으으 신음을 흘리는 제이 노이드의 모습에 최대한 신중하게 걸음을 옮기기 시작했다.

시우가 제이 노이드를 등에 업고 달리기 시작한지 3일이 지났다.

무려 4,000킬로미터의 거리를 먹고 자는 시간을 제외하고 3일 만에 주파했으니 엄청난 강행군이 아닐 수 없었다. 그러나 알테인들 중에 낙오된 자는 하나도 없었다.

시나가 조금 지쳐있는 것 같았지만 도중부터는 소라의 등에 업혀 이동했기 때문에 조금은 회복된 모습이었다.

리카나 장로들의 신령들은 진로를 경계하는데 쓰여 이동은 온전히 당사자의 능력으로 해결해야 했다.

이제는 하늘을 올려다보면 그냥 보기에도 매캐한 연기가 솟구쳐 하늘을 검게 물들이고 있는 모습을 볼 수가 있었다.

그것은 소름끼치는 광경이었다.

자연 파괴라는 단어는 과학이 극도로 발달한 현대를 살아온 시우에게는 익숙한 단어였지만 시우는 지금 보는 광경처럼 자연 파괴라는 단어를 실감한 일이 없었다.

그 광경은 그 정도로 사람의 마음속을 불안하게 만드는 것이 있었다.

화재의 진원지와 가까워지자 매캐한 연기냄새와 열기가 느껴졌다.

불길이 폭풍을 이뤄 솟아오르고 있었다.

불기둥이었다. 불에서 발생하는 엄청난 열기에 의해 상승기류가 만들어져 높게높게 솟구쳤다. 거리가 가까워질수록 들려오는 소리도 커졌다. 단순히 불이 타오르는 소리라고 하기 어려운 폭음과 같은 소리가 들려왔다.

그 불길은 계속되어 유입되는 바람에 의해 더욱 더 덩치를 불렸고 빠르게 숲을 번져갔다.

마법사들이었다. 불을 붙여 그 크기가 적당히 커졌을 때 바람 마법으로 이 나무에서 저 나무로, 이 지역에서 저 지역으로 불길을 옮기며 화재의 범위를 늘려갔다.

산불이 났을 때 가장 무서운 것이 바로 바람이었다.

바람이 없으면 쉽게 진압되었을 화재도 바람이라는 요소가 섞이면 현대 과학의 힘으로도 진압하기가 힘들었다. 그것을 마법의 도움으로 만들어 버리니 불길의 기세가 하늘을 찌를 것 같았다.

콰오오오!

불기둥 두 개가 서로 맞부딪히며 악마의 포효와 같은 소리가 들려오자 시우는 입을 열었다.

"…작전 수행은 언제가 좋을까요."

마음 같아선 지금 당장 뛰쳐나가고 싶은 것을 꾹 눌러 참았다.

그런 시우의 마음을 이해한다는 듯 시우의 옆에 선 노이드는 지금까지 보여줬던 모습과는 다른 차갑게 가라앉은 눈빛으로 뜨거운 불길을 바라보며 물어왔다.

"예의 준비는 언제쯤 됩니까?"

시우는 정령을 통해 다른 루트를 통해 화재 지역으로 다가오는 알테인 그룹으로 연락을 해본 뒤 대답했다.

"오늘 밤이면 최소한의 준비는 마련될 것입니다."

"그럼 지금은 쉽시다. 작전은 오늘 밤에 결행하겠습니다."

시우는 잠시 입을 다물었지만 결국은 수긍할 수밖에 없었다.

산불의 제압도 중요했지만 그보다도 알테인들의 목숨이 더 중요했다. 화재의 피해가 늘어나더라도 알테인들의 피해를 줄일 수 있다면 당장은 방관할 수밖에 없었다.

그러나 노이드의 제안대로 쉬지는 않았다.

먼저 놈들의 전력을 파악해야 했다. 병력의 수는 얼마나 되고, 기사와 마법사는 얼마나 되는지, 혹시 드래곤이 있지는 않은지. 숲에서 발휘되는 알테인들의 은신법이라면 오늘 밤이 오기 전까지 제법 많은 것을 파악할 수 있을 것이다.

"결코 무리하지 말고 들키지 않는 것을 최우선 과제로 해야 합니다."

"걱정 마시오. 우리 숲지기와 장로님들아 마음먹고 숨는다면 드래곤이라 하더라도 우리를 찾아낼 수는 없을 것이오."

알테인들은 자신만만한 태도로 흩어졌다. 그것을 바로 곁에서 지켜보고 있던 제이드가 감탄했다.

바로 눈앞에서 지켜보고 있음에도 그들의 기척을 전혀 느낄 수가 없었기 때문이었다.

혹시라도 탄로 날까 저어되어 말리려던 제이드는 그것을 보고 더 이상 말릴 생각을 하지 않았다.

"저는 잠시 쉬겠습니다. 아직도 멀미가 가시지 않는군요."

"푹 쉬십시오. 오늘 밤은 피에 취하셔야 하실 테니."

시우의 말에 섬뜩함을 느끼면서도 제이드는 웃을 수 있었다.

밤이 되었다.

낮에도 그토록 끔찍했던 광경이 밤이 되자 더욱 끔찍해졌다.

만약 지옥이 있다면 이런 광경이 아닐까 싶었다.

어두운 밤하늘을 불기둥이 혀를 날름거리며 핥는 듯했다.

시우는 리카로부터 준비가 되었다는 신호를 받고 산불을 노려보고 있는 제이드의 어깨를 두드렸다.

"준비가 끝났습니다."

"딱 좋군요. 마법사들의 교대시간은 12시간에 한 번씩. 마지막 교대에서 5시간이 지난 지금 바람 마법을 퍼부은 마법사들은 마력이 고갈된 상태고, 휴식을 취하던 대기조도 아직 온전한 상태가 아닐 겁니다."

알테인들이 적 병력의 수를 확인하는 동안 제이드도 쉬고만 있던 것은 아닌 모양이었다.

"바로 시작해주십시오."

제이드의 말에 시우는 고개를 끄덕이며 리카를 통해 정령 통신망에 신호를 주었다.

그러자 시우와 제이드가 대기하던 곳과는 반대쪽에서부터 몬스터들이 알덴브룩 제국군의 옆구리를 공격해왔다.

이런 경험이 처음은 아니었던지라 마법사들의 호위로 대기하고 있던 기사들이 나서서 몬스터들을 쓰러트렸다.

그러나 평소와는 달랐다.

일단 지금까지 제국군을 공격해왔던 몬스터들과는 비교도할 수 없이 몬스터들은 강했다. 각자가 원력을 각성한 짐승이거나 몬스터였고 그 사이에는 고대의 유사인종인 언퍼드들도 섞여 있었다.

제이드의 작전은 이러했다.

원래 시우의 제안으로 알테인 군단이 결성되었을 때, 마의 우림에는 결계가 사라질 예정이었다. 하지만 마의 결계가 일시에 사라져 모든 몬스터들이 해방되면 알테인 군단이라 하더라도 쉽게 제압을 하기는 어려웠다.

그래서 시우는 알테인들에게 제안해서 마의 우림의 몬스터들을 한데 모아 조금씩 해방시키면서 무리가 되지 않는 범위에서 몬스터들을 줄여나가려고 했다.

시우에게 그 이야기를 들은 제이드는 제안했다.

그럼 그 몬스터의 처리를 알덴브룩 제국군에 맡겨버리자고.

몬스터는 자신의 영역을 벗어나면 신경이 예민해지므로 광폭화가 되어버리지만 지금 알테인 군단이 힘을 합치면 광폭화가 일어난 몬스터를 유도하는 정도는 못할 것도 없었다.

알테인 장로들은 힘을 합쳐 마의 우림 전역에 펼쳐있는 몬스터들을 몰아왔고, 제이드의 의견처럼 그 처리를 적들에게 떠넘길 수 있었다.

평소처럼 화재에 당황한 몬스터들의 습격인 줄 알았던 알덴브룩 제국군의 시선이 모두 동쪽을 향했다. 게다가 몬스터들이 평소와는 다르게 쉽게 진압되지 않자 서쪽을 경계하는 병력마저 동쪽으로 지원을 갈 정도였다.

모두의 시선이 동쪽을 향한 순간, 알테인들이 나섰다.

그들에게 기적이란 존재하지 않았다. 화려하게 솟구쳐 타오르는 불길은 시끄러웠고 혼란스러웠다. 몬스터들의 습격이 그런 의식을 더욱 흩어주었고 알테인들은 그 혼란 속에서 조용히 움직였다.

비명은 들리지 않았다. 쓰러지는 소리조차 들리지 않았다.

아무도 눈치 채지 못한 사이에 서쪽 경계인원의 반이 전멸했다.

시우가 익힌 검술 중에 케벤드라 암살 검술이라는 것이 있었다.

화려한 아우라의 빛으로 상대의 이목을 끌어 그 화려함이 미처 가시기도 전에 전혀 다른 궤적으로 은밀한 검을 급소에 찔러 넣는 검술이었다.

시우는 제이드의 이 전술을 그 검술과 같다고 평가했다.

뒤늦게 알테인들의 습격을 알아챈 제국군들이 소리쳤다.

"습격이다!"

그러나 그때는 이미 서쪽 경계인원의 반수가 쓰러진 다음의 일이었다.

제이드가 말했다.

"철수합니다."

마법사들은 지쳐있었다. 이대로 밀어붙인다면 더욱 큰 타격을 줄 수 있을 것 같았다.

그러나 이어지는 제이드의 말에 시우는 고개를 끄덕였다.

"굳이 피해를 감수할 필요는 없습니다. 내일도 기회는 오니까요."

시우가 신호를 보내자 알테인들이 어둠 속으로 몸을 던졌다.

알테인들의 뒤를 쫓던 제국군은 알테인들이 사라져버리자 닭 쫓던 개 지붕 쳐다보듯 어둠이 드리운 숲을 바라볼 수밖에 없었다.

뒤늦게 발밑에 널브러진 동료들의 시체를 발견한 그들은 어둠 속에서 보이지 않는 무언가가 노려보고 있는 것만 같아 견딜 수가 없었다.

제국군이 그러거나 말거나 제이드는 단호하게 후퇴를 명령했다. 좀 더 상황을 지켜보면서 기회를 엿봐도 좋을 텐데 하는 생각이 들었지만 제이드의 생각은 다른 듯 했다.

물론 대치상태를 유지하며 호시탐탐 지켜보며 기다린다면 언젠가는 기회가 오겠지만 지금 당장은 경계심이 커서 그리 큰 효과를 볼 수 없다고 한다. 차라리 은신술로 몸을 감추랴, 적군을 감시하랴 정신력을 소모할 바에는 한숨 푹 자고 새벽에 일어나 한바탕 하는 것이 낫다는 것이 제이드의 제안이었다.

시우는 알테인을 이끌고 충분히 안전거리를 확보한 뒤에 정령들로 하여금 경계를 시키고 정말로 푹 쉬었다.

다음날 날이 밝기 직전의 새벽녘, 제이드는 먼저 몬스터들로 하여금 제국군을 공격했다.

지난밤의 습격으로 주위를 경계한다고 잠도 자지 못한 제국 군은 상태가 영 좋지 못했다. 알테인들은 전혀 가담하지 않고 오로지 몬스터들로만 습격을 했지만 부상자가 많이 나왔다.

하지만 이번에는 알테인들은 구경만 했다.

몬스터는 아직도 많았다. 어젯밤과 오늘 새벽에 동원된 몬 스터는 지금도 마의 우림 각 지역에서 끌고 오고 있는 몬스 터 전체에 비하면 극히 일부에 지나지 않았다.

몬스터들의 습격을 물리친 제국군은 날이 밝자 기사들로 하여금 탐색을 시켰다.

제이드가 다시 지휘했다.

이번에는 시나와 시우의 도움을 받아 숲에 안개를 일으켰 다.

우기이고, 또 가까운 곳에서 거대한 화재가 일어났기 때문 에 조금은 부담스러운 마법이었지만 인외급의 마법사인 시 나와 시우가 힘을 합치자 광대한 영역이 안개로 휩싸였다.

몬스터의 습격을 재개했다. 새벽에 있었던 공격에서 알테 인들의 공격이 없었기 때문인지 기사들은 방심한 눈치였다.

제이드는 알테인들로 하여금 습격을 명령했고 알테인들은 안개 속에서 야금야금 적 세력을 갉아먹었다.

방금 막 언퍼드 하나를 쓰러트린 탐색대 2조 조장이 외쳤 다.

"후퇴하라! 안개를 벗어나 전열을 정비한 후 나중을 기약 한다! 후퇴하라!"

그러나 대답은 돌아오지 않았다.

그뿐이랴? 어느새 주위는 비명도, 몬스터의 포효도 들려오지 않는 고요한 공간이 되어 있었다.

그가 탐색대의 마지막 생존자였기 때문이었다.

고요 속에서 알 수 없는 공포감을 느낀 그의 얼굴이 파랗게 질리는 순간 그의 등 뒤, 안개 너머에서 그림자가 접근해왔다. 탐색대 2조 조장은 알테인이 접근하는 낌새도 느끼지 못하고 숨이 끊어지고 말았다.

탐색을 나온 기사들은 적의 습격을 받았다는 사실을 깨닫기도 전에 전멸하고 말았던 것이다.

"좋군요."

제이드가 만족스럽다는 듯이 중얼거렸다.

지금까지는 알테인의 피해는 전무하고 상대는 다수의 기사들을 잃은 상태였다.

물론 제국군 전체에 비하면 극히 적은 수에 불과하지만 이제부터 시작이라는 점에서는 만족스러웠다.

"혹시 여러분 중에 활이나 장거리 무기를 쓰시는 분은 없으십니까."

제이드의 질문에 리나를 제외한 전원이 손을 들었다.

시우는 활을 쓸 줄 알았고, 알테인들은 전원이 정령술사였다. 정령을 장거리 무기라 하면 어폐는 있었지만 적어도 시우의 발안으로 여기 있는 전원은 정령을 이용해 투창을 만들고 던지는 걸 연습해온 투창의 정예들이었다.

시우와 알테인들은 인기척을 숨기고 제국군을 지켜보다가 기회만 생기면 마법사를 공격했다. 지금 가장 지쳐있는 것은 마법사였고, 마법사를 먼저 처리하면 화재의 규모가 커지는 것도 막을 수 있었다.

시우의 드래곤 페더 보우에서 날아가는 초음속의 화살은 물론, 던지기만 했다하면 백발백중인 정령의 투창에서 벗어날 수 있는 마법사는 없었다.

마법사가 죽고, 적의 공격을 견제하기 위해 기사들이 추격해오면 다시 안개를 깔아놓고 각개격파.

이 과정이 반복되었다.

시우는 이 작전을 발안한 제이드를 묘한 눈빛으로 바라보았다.

제국군을 차가운 눈빛으로 지켜보던 제이드가 그것을 알아채고 어색하게 웃었다.

"그렇게 보지 마십시오. 자고로 치사할수록 훌륭한 전술이라는 것이 제 신조입니다. 치사하다는 것이 뭡니까? 상대의 맹점을 익히 파악하고 또 그 맹점을 단호하고 냉정하게 찌르고 또 찌르는 거죠. 제 말이 틀렸습니까?"

"…누가 뭐랍니까?"

어찌 되었든 제이드의 전술은 제대로 먹혀들어갔다.

제국군은 시일이 흐를수록 심신이 지쳐갔고 알테인들은 반복되는 작업에 익숙해져갔다. 다만 은신술을 쓸 줄 모르기 때문에 활약이 적은 리나만이 간혹 투덜거릴 뿐이었다.

"좋군요. 아주 좋습니다. 뭐가 좋냐고 하면 알테인들의 정령 통신망. 이게 무척 좋습니다. 적에게 수를 들키지 않고 아군에게 즉각적이고 은밀한 명령 수행을 가능하게 만듭니다. 물론 그들의 은신술도 뛰어나지만 말입니다. 특히 체슈 경이 좋습니다. 예, 좋고말고요."

"저 말입니까?"

시우는 꺼림칙하다는 표정을 지었다.

그야 싫다는 것보다 좋다는 소리를 듣는 편이 좋겠지만 남자에게 그런 소릴 들어도 전혀 기쁘지 않았으니까.

"예. 사실 이런 작전의 지휘관으로 나설 때 작전권이 나뉘면 다툼이 일어나거든요."

"다툼?"

"지휘관끼리 자신의 작전으로 가야 된다고 싸우는 거죠. 지금 제국은 두 세력으로 나뉘어 있어요. 황제 폐하를 중심으로 하는 능력주의제도를 추진하는 세력과 재무부장관인 아펠란튜르 아마스를 중심으로 하는 중앙귀족정부파죠. 그리고 저는 황제 폐하의 눈에 들어 등용된 평민이거든요. 능력주의제도가 제창하는 귀족의 세속권을 없앤다던가, 능력 없는 귀족의 영향력을 줄인다던가 하는 활동에 중앙귀족정부파는 악착같이 저항하고 있어요. 때문에 황제파라 할 수 있는 제 작전권에 끼어들고, 방해하고. 앞뒤로 적을 두고 싸우는 기분이었죠."

시우는 제이드의 신세 한탄보다도 재무부장관의 이름에

더 흥미가 있었다.

"재무부장관의 성이 아펠란튜르군요?"

그것은 황제의 성이었다.

물론 황족이나 왕족이 고위 관직에 앉는 것은 흔한 일이었다. 어느 국가에서나 흔히 일어나는 일. 그러나 그것이 페르시온 제국에서 일어나는 일이라고 하면 조금 의외라고 느껴졌다.

"아, 피는 섞이지 않았어요. 현대 황제 폐하 라피스는 선대 황제의 양자거든요."

"양자?"

"페르시온 제국의 국법에는 이런 항목이 있어요. 직위의 세속권에는 양자도 포함된다. 아무리 그 짓을 해도 자식을 못 낳는 집안이나 검의 명가와 같이 무리한 훈련이나 전쟁으로 자식을 모두 잃은 집안을 위해 있는 항목이죠. 양자를 받아서 가문을 잇게 하는 거예요. 역대 황제는 이 항목을 통해 법의 틈을 찔렀고, 자신의 후대 황제가 될 인물을 양자로 받아 차기 황제로 뽑아왔죠. 그것이 평민이라 하더라도 불구하고요. 선대 황제도 그랬고, 그 전대의, 역대 황제들이 모두 그래왔어요. 그들에게 황제의 피는 한 방울도 섞여있지 않았죠. 그런 아펠란튜르 가문의 직계혈통을 이어온 것이 용작위 가문 아펠란튜르 가문이에요. 재무부장관이자 옥새상서인 아펠란튜르 아마스의 집안이죠."

시우는 생각보다 페르시온 제국의 상황이 복잡하다는 생

각이 들었다.

"중앙귀족정부파는 은밀하게 활동하고 있어요. 자신이 황제 폐하의 반대쪽 세력에 있다는 것이 들키기만 해도 역모죄로 처벌받을 수 있으니까요. 아마스도 겉으로는 그런 사실을 드러내지 않지만 물론 황제 폐하는 모두 알고 계시죠. 알고 계시면서 일부러 방관하고 있어요."

"왜?"

"그야 아펠란튜르 가문의 가주, 아펠란튜르 아마스가 황제 폐하의 능력주의제도를 밀고 있는 황제파의 일원이기 때문이죠."

시우가 복잡한 표정을 짓자 제이드가 유쾌하다는 표정을 지었다.

"어쨌든 오랜 세월을 이어온 황제파와 귀족파의 다툼은 라피스 폐하의 대에서 끝을 맺게 될 거라는 것이 저희들의 예상이에요. 역대 황제들이 꿈꿔왔던 능력주의체계를 라피스 폐하의 손으로 완성하게 되겠죠."

"제게 이런 이야기를 해줘도 되는 겁니까?"

시우는 더더욱 복잡해진 눈빛으로 제이드에게 물었다.

만약 자신이 이 정보를 들고 귀족파에 전한다면 어쩔 생각이란 말인가?

"황제 폐하의 뜻입니다. 황제 폐하는 체슈 경이 정말로 마음에 든 모양이에요."

시우는 신음을 흘렸다.

어째서? 시우는 아직 황제를 잘 모른다. 그것은 황제도 마찬가지일 터였다. 일주일 동안 군사작전권의 소유를 가지고 다투는 와중에 얼굴은 신물나게 보아왔지만 아직 사적인 이야기는 별로 하지 못했다.

황제는 어째서 시우를 이렇게까지 믿는단 말인가?

추측이라고 한다면 시우가 민주주의국가에서 살다왔다는 점이었다. 그것은 역대 황제들이 꿈꿔왔던 능력주의제도와 흡사한 세계였고, 시우는 그 세계의 이야기를 황제와 성녀 앞에서 말한 적이 있었다.

아마 황제나 성녀의 입을 통해 그러한 이야기를 전해 들었던 거겠지.

그리고 귀족체계의 타파를 실제로 이뤄냈을 때를 대비해 실제로 그러한 세계에서 살아왔던 시우를 부하로 두어 도움을 받고 싶었는지도 모를 일이었다.

…인간의 멸망을 앞두고 마신과 전쟁을 치르고 있으면서 정말 욕심도 많은 황제였다.

하지만 그런 라피스의 태도가 시우는 마음에 들었다.

적어도 전쟁에서 패할 마음은 눈곱만큼도 없다는 것을 알았으니까.

그리고 만약 이 전쟁을 승리로 장식하게 된다면 시우가 꿈꾸는 일상이 무너지지 않는다는 전제 하에서 황제의 도움이 되어줘도 나쁘지는 않을 것 같았다.

이제 시우의 세상은 헤카테리아 대륙이었고, 그곳이 더 나은 세상으로 발전한다면 시우에게도 나쁜 이야기는 아니었으니까 말이다.

그러나 꿈을 꾸는 것도 거기까지였다.

시우는 부푸는 상상을 털어내고 눈앞의 현실에 집중했다.

일단은 전쟁에서 승리하는 것부터다.

모든 것은 거기서부터 시작이었다.

✦

제이드의 작전은 알테인들의 장점을 제대로 이용한 훌륭한 작전이었지만 거기에는 큰 단점이 있었다.

제이드는 몇 번이고 상대를 괴멸시킬 수 있는 기회가 있었다. 하지만 아군의 피해를 최소화하는 데에 집중하느라 그럴 수 없었다. 제국군은 계속되는 지원군으로 전혀 숫자가 줄어들지 않고 있었다.

적어도 그들을 크게 지치게 만드는 것에는 성공할 수 있었지만 여기에 들어간 시간에 비해서 제국군의 피해는 전무하다시피 했던 것이다.

게다가 알덴브룩 제국이 정말 두려운 이유는 바로 드래곤이었다.

하나도 아니고 연합을 이룰 정도로 많은 수의 드래곤들이 마롱 베네모스의 뜻을 따르고 있었다.

그리고 우려했던 상황이 발생하고 말았다.

마의 숲을 태워 길을 내는 것은 북부 대륙과 전쟁을 치르기 위해선 반드시 성공해야하는 중요한 작전이었다. 알덴브룩 제국은 계속되는 알테인들의 견제에 참지 못하고 그 해결법으로서 드래곤을 파견했던 것이다.

"인외급의 마력 반응!"

시나의 외침에 시우가 반응했다.

"드래곤이다!"

그리고 무언가 대처를 할 여유도 없이 냉기가 밀어닥쳤다.

제국군이 열심히 지피며 지키고 있었던 불길이 푸시식 허무한 소리를 내며 꺼져갔고 생물이라면 누구나 영향을 받을 만한 한파가 불어닥쳤다.

띠링!

[상태이상 동상에 걸립니다. 지속적인 피해를 입습니다.]

띠링!

[상태이상 경직에 빠졌습니다. 몸이 굳어 움직이지 못합니다.]

과연 드래곤의 빙결 마법이었다.

시우의 감각으로 인하면 이 마법을 쓴 드래곤은 아직 수백 킬로미터 바깥에 있었다. 그럼에도 불구하고 막대한 마나를 퍼부어 광대한 범위를 순식간에 극한의 땅으로 만들어버린 것이었다.

'이곳은 열대우림인데 말이지.'

시우의 원마력이 봉인되었다고 하나 레벨이 떨어진 것은

아니라서 시우는 300레벨이 착용할 수 있는 최고의 장비를 착용하고 있었다. 그 마법방어력을 뚫고 상태이상 동상과 경직을 부여할 정도의 마법이면 그 위력을 익히 짐작할 만했다.

시우가 이 정도 피해를 받을 정도라면 아마 제국군의 수준 낮은 마법사나 병사들은 전멸했을 것이다.

'적어도 500살 이상의 드래곤.'

게다가 상대는 하나가 아니었다.

분명 지금의 마법은 500살의 드래곤이라 하더라도 무리를 해야 가능한 수준의 마법이었다. 그럼에도 불구하고 시우의 감각에는 여전히 솟구치는 마력이 느껴지고 있었다.

'설마 둘 이상의 드래곤이 지원된 건가?'

시우는 잠시 심각한 표정을 지었지만 이내 피식 웃었다.

그런 시우의 오른쪽 귀가, 귀걸이가 번쩍 빛을 냈다.

발동 시 10초간 상태이상에 대한 무적상태가 되는 효과가 있는 유니크 귀걸이였다.

경직에서 풀려난 시우는 그 즉시 주문을 외웠다.

"[모든 상태이상 효과를 회복한다. 큐어!]"

상태이상회복 마법 스킬의 광범위 전개였다.

드래곤의 마법에 몸이 굳어버린 제이드나 리나, 알테인들을 도와야했다.

얼어붙은 몸이 순식간에 녹아내리자 제이드와 알테인들이 놀라운 표정을 지었다. 특히 시나는 152년 인생에 이토록 놀란 것은 처음일 정도였다.

"과연 스승님. 놀라운 마법이에요."

"지금은 그런 한가한 소리나 할 때가 아닙니다. 두 번째 마법이 곧 전개될 거예요. 지금 당장 이 자리를 피해야 합니다."

시우는 시나에게 경고하면서 리카를 이용해 알테인들에게 신호를 주었다.

이 상황은 애초에 예견된 사태였다. 시우의 신호에 알테인들은 동시에 바람의 신령들을 소환했다. 더 이상 은밀 기동 따위는 신경 쓰지 않은 채 일제히 바람의 신령을 타고 하늘로 날아올랐다.

그때 두 번째 마법이 쏟아졌다.

이번에는 불이었다.

드래곤들로부터 알테인 기습부대까지 직선 범위 300킬로미터의 전역에 푸른 불길이 피어올랐다.

신령을 타고 급히 이동한 시우 일행은 그 영역에서 간신히 벗어날 수 있었지만 송골이 모연해지는 광경이 아닐 수 없었다.

"으아악!"

신령을 소환하는 것이 늦어져 뒤처졌던 알테인이 비명을 질렀다.

바람의 신령은 방어적 성향이 강해 드래곤의 마법조차 막을 수 있었지만 아무래도 화염 계열의 마법에는 약할 수밖에 없었다. 하물며 그것이 500년 드래곤 마력이 담긴 드래곤의 고유 마법이라면 즉사하지 않았다는 것만으로 높이 평가해야 하는지도 몰랐다.

알테인들이 급히 물의 신령을 소환해 드래곤의 화염 마법을 껐다. 물속에서도 타오르는 마법의 불길은 신령 하나로도 부족해서 셋이나 되는 신령이 힘을 합쳐야만 겨우 꺼트릴 수 있었다.

시우는 화상을 입고 기절한 알테인의 상태를 확인하고 안도의 한숨을 쉬었다. 아직 죽지 않았다. 죽기 일보 직전의 상태였지만 죽지만 않으면 시우가 대처할 수 있었다.

시우는 다친 알테인에게 생명력 회복 포션과 상태이상회복 포션을 차례로 뿌렸다. 상처가 순식간에 아문 알테인이 어리둥절한 표정으로 상태이상 기절에서 깨어났다.

덕분에 피해는 전무했지만 아직 안심할 수 있는 상황은 아니었다.

시우 일행이 여전히 무사하다는 것을 깨달은 드래곤이 직접 이곳을 향해 날아오고 있었다.

"지금부터 드래곤을 작전 지역으로 유도합니다."

시우가 외치자 신령들이 속도를 붙였다.

Respawn

NEO FUSION FANTASY STORY & ADVENTURE

47장.

광룡 수아제트

47장.
광봉 수아제트

리스폰

'모두 몇 놈이지?'

이동에 관한 것은 모두 리카에게 맡긴 시우는 아예 뒤를 돌아보고 앉아 눈을 부라렸다.

드래곤과의 거리는 약 300킬로미터. 시야에 들어올 수 있는 거리가 아니었다. 거리가 거리인 만큼 드래곤이 마력을 활성화시키지 않으면 그 기척을 느끼기는 쉽지 않은 일이었다.

시우는 온 정신을 후방 300킬로미터 거리에 집중했다.

그렇게 하고도 겨우 기척을 느끼는 것이 전부였다.

아니, 시우니까 이만큼 할 수 있는 것이었다.

300킬로미터. 말은 하기 쉽지만 거리로 따지자면 서울에서 대구, 혹은 광주까지의 거리다.

시우는 간신히 드래곤의 기척을 감지하고 새삼 드래곤의 고유 마법에 전율했다.

어떻게 이 거리를 타파하고 그만한 위력의 마법을 부릴 수 있는 것인지.

그야말로 반신의 위엄이었다.

시우는 잡생각을 털어내고 더욱더 촉각을 곤두세웠다.

기척은 하나였다.

'아니, 하나인 것 같은데…….'

확신은 할 수 없었다.

'마력이 너무 어수선해.'

느껴지는 기척은 하나인데 마력은 하나가 아닌 것 같다는 느낌이었다.

먼 거리, 그리고 감각적인 판단이기 때문에 결코 확답을 내릴 수 없는 부분이었다.

지금까지 쫓아오고 있는 드래곤의 숫자는 알 수 없지만 적어도 셋 이상의 드래곤이 지원됐을 것이다.

한파의 고유 마법을 사용한 드래곤과 300킬로미터의 직선거리를 모조리 태워버린 화염의 고유 마법을 사용한 드래곤. 적어도 둘 이상은 확실히 존재했다. 고유 마법으로 마력을 제법 소모했을 텐데도 아무 거리낌 없이 쫓아오고 있다는 것은 아마 세 번째 드래곤이 있다는 의미.

'쫓아오는 것이 정말 한 놈일까?'

확신할 수 없는 이상 최악을 가정해야 할 것이다.

'최소 셋 이상의 드래곤. 쫓아오는 것은 꼭 한 놈만은 아닐 수도 있다.'

거리가 점차 좁혀오고 있었다.

리카라면 드래곤과 동등, 혹은 그 이상의 속도로 날 수 있었지만 모든 바람의 신령이 리카처럼 빠른 것은 아니었다.

리카는 세리카의 의지를 이어 받아 태어나면서 보다 빠른 바람으로 태어났다.

내포한 원력의 양도 일반적인 신령보다 많았기 때문에 평범하다는 말에는 어폐가 있을지 모르나, 평범한 바람의 신령들은 필연적으로 리카보다 느릴 수밖에 없었다.

거리는 계속해서 좁혀졌다.

하지만 평정을 잃은 이는 없었다.

이대로라면 숲을 벗어나기도 전에 드래곤에게 추월당할 상황이었지만 드래곤을 필요 이상으로 두려워하는 자는 있어도 현 사태에 절망을 품거나 낙심하는 자는 없었다.

아니, 어쩌면 알테인들의 태도가 옳은 것이겠지.

아까도 보았지만 드래곤들의 고유 마법은 도저히 저항할 방도가 떠오르지 않는 자연재해 그 자체였다. 아무리 방비가 철저하다 하더라도 자연재해가 코앞에 닥쳤는데 그것을 두려워하지 말라는 것은 무리였을 것이다.

하지만 자연재해와 다르게 드래곤은 의지가 있었다. 생각이 있고 의도가 있었다.

올 것을 미리 예측할 수만 있다면, 상대의 의도를 파악할 수만 있다면 방비하고 대처하는 것도 충분히 가능할 것이다.

바로 지금의 시우 일행처럼 말이다.

시우 일행과 드래곤 사이의 거리가 차츰 줄어들어 불과 10킬로미터가 남았을 때, 드래곤은 단거리 공간이동 마법을 사용했다.

하지만 이미 시우 일행은 미리 정해두었던 작전 지역에 도착한 후였다.

협곡이었다. 원래 이곳에는 협곡이 없었다. 애초에 마의 우림치고 나무가 자라지 않은 장소는 없다시피 했다. 하지만 이 지역은 넓은 협곡에 나무 한그루 자라있지 않았다.

대신 나무가 없는 그 자리를 수많은 인간들이 가득 차 있었다.

알테인들의 능력이었다.

정확히는 대지와 나무의 정령이 가진 힘이었다.

알덴브룩 제국은 마의 우림에 길을 내기 위해 불을 지르고 고생을 하고 있었지만 알테인들이 동료로 붙은 페르시온 제국은 그런 고생을 할 필요가 전혀 없었다.

알테인들이 걸음을 옮기면 숲이 갈라지고 저절로 길이 생겼다. 페르시온 제국군들은 그렇게 새롭게 생긴 길을 뒤따라 걷기만 하면 되는 것이다.

아무래도 페르시온 제국과의 협상이 끝난 것이 불과 열흘

전이었기 때문에 이곳에 모인 것은 극소수에 불과했다. 열흘 만에 3,000킬로미터를 주파하는 것은 일반 병사들로는 무리가 있는 일이었으니까.

하지만 다시 말하면 여기에 모인 것은 그야말로 페르시온 제국군의 정예병들이라 할 수 있었다. 그뿐 아니라 제국 군 사력의 상징인 알드미트 용기사단도 이 자리를 함께하고 있었다.

창공에 희미한 빛과 함께 검은 비늘의 거체를 자랑하는 드래곤이 갑자기 나타났다.

그야말로 경천동지할 만한 급박한 상황이었지만 페르시온 제국군은 당황하지 않았다.

이야기는 이미 정령 통신망을 통해 연락 받았다.

시우 일행이 열심히 드래곤을 유도하는 동안 페르시온 제국 정예 기사와 마법사, 알드미트 용기사단은 전열을 가다듬고 이제나저제나 드래곤이 오는 것만을 기다리고 있었다.

그리고 드래곤이 모습을 드러내는 그 순간.

퍼퍼펑! 콰과광!

빠지지지직!

폭음이 터져 나왔다.

마법사들은 마법사들 나름대로 수많은 마석을 통해 협곡에 마법을 설치하여 대비를 하고 있었고, 기사들은 자신이 퍼 부을 수 있는 최고의 일격을 준비해 대기하고 있었다.

게다가 가장 장관인 것은 알드미트 용기사단이었다.

알드미트 용기사단의 24인이 지닌 24자루의 드래곤 소드의 가치는 소모품이라는 것이 믿기지 않을 만큼 높았다.

하지만 아무리 가치가 높은들 사용하지 않으면 무슨 의미가 있겠는가.

알드미트 용기사단은 아낌없이 그들이 지닌 24자루의 드래곤 소드로 마법을 퍼부었다.

그 자리를 함께하는 마법사들의 표정이 희열로 물들었다. 그것은 결코 쉽게 볼 수 있는 광경이 아니었다. 그리고 그들의 감각으로 깨져나가는 드래곤의 방어벽이 확실하게 느껴졌다.

마법의 폭발로 인한 연기와 마법과 마법의 응집 현상으로 인해 마력이 눈에 보이는 현상으로 드래곤의 주위를 떠다녔다. 한 차례 바람이 불자 집중포화로 너덜너덜해진 드래곤이 모습을 드러냈다.

그런 드래곤의 이마에서 빠직 하고 뭔가가 깨지는 소리와 함께 아름다운 보석의 조각들이 지상으로 떨어져 내렸다.

마력을 모두 소모한 드래곤 하트가 깨져버리고 만 것이다.

드래곤은 드래곤 하트가 깨지면 죽는다.

눈썰미가 좋아 그것을 발견한 자들이 환호성을 질렀다.

그때였다.

다급해진 시우가 소리를 질렀다.

"도망가!"

왜?

누군가 의문의 목소리를 올리기도 전에 마법이 떨어져 내렸다.

빠지직 콰과과과광!

벼락이 떨어졌다. 그것은 기사들의 갑옷, 검을 타고 여기저기 전파되어 퍼져나갔다. 금속을 지니지 않은 마법사라 하더라도 그 영향에서 벗어날 수는 없었다. 마법이 명중된 중심에 있던 자들은 즉사했고 그 여파에 가까운 자들은 괴로워하다가 천천히 죽어갔다. 그나마 마법의 영향을 약하게 받은 자들은 몸이 경직되는 수준에서 그쳤지만 마법은 한 발에서 그치지 않았다.

빠지지지직! 콰과광! 콰광! 쾅!

벼락이 연달아 떨어졌다.

강렬한 빛이 점멸을 반복했다. 그것만으로도 혼란스러운데 터져 나오는 굉음은 귀를 멀게 만들었다. 전격이 흘러들어오면 몸이 경직되었고, 경직된 다음 순간에는…….

빠지직! 쾅!

죽음이 찾아왔다.

살아남은 자들은 시우의 목소리를 듣고 즉각 반응한 소수의 기사들과 알드미트 용기사가 전부였다. 마법사들은 전멸했고 반응이 늦었던 자들이나 운 나쁘게 첫 번째 낙뢰에서 가까운 곳에 있었던 기사들도 모두 죽고 말았다.

알드미트 용기사단은 가진 바 원력으로 몸을 보호했다. 일부는 떨어지는 낙뢰 마법에 드래곤 소드를 사용하기도 했다.

그렇게 해서 겨우 목숨을 부지할 수 있었다.

드래곤의 고유 마법이란 그런 것이었다.

"어째서?"

살아남은 기사가 전우의 시체를 끌어안고 이제는 멀쩡해진 검은 비늘의 거체를 올려다보았다.

그 사이 회복마법을 사용한 것인지 드래곤은 언제 다쳤냐는 듯 깔끔했다.

"분명 드래곤 하트는 깨졌는데?"

기사의 목소리는 이 자리를 함께하는 모두의 의문이었다.

단 그 대답을 시우는 알고 있었다.

"놈의 드래곤 하트는 하나가 아니니까요."

시우의 대답에 절망한 기사의 시선이 따라왔다.

"놈의 이름은 광룡 수아제트. 동족의 심장을 수집하는 드래곤이에요."

시우도 수아제트가 동족의 심장을 수집한다는 이야기는 소문으로밖에 듣지 못했다. 애초에 수아제트가 동족을 사냥하며 드래곤 하트를 모은다는 이야기는 유명했다.

별호도 광룡이 아닌가. 동족을 사냥하는 미친 용이라 하여 광룡.

그 이름을 아는 자라면 수아제트가 동족의 드래곤 하트를 모은다는 이야기는 모를 수가 없었다.

하지만 그래서 뭐? 그것이 어쨌단 말인가?

페르시온 제국은, 북부 대륙인들은 그것을 심각하게 생각하지 않았다. 시우도 마찬가지였다. 애초에 드래곤 하트를 모은다고 해서 강해질 수 있었다면 대부분의 드래곤이 그렇게 했을 것이다.

드래곤이란 종족은 지극히 이기적인 존재였으니까.

하지만 시우는 놈이, 수아제트가 준비된 전장으로 공간이동 해오는 순간 무언가가 잘못되었다는 것을 직감했다.

이것은, 일반적인 드래곤의 기척이 아니었다.

시우는 드래곤의 영혼에 대해 가장 잘 이해하고 있는 사람이었다.

드래곤 본인보다도 드래곤의 영혼을 이해하고 있고 그것을 모사하는 것으로 드래곤 하트의 마력을 자신의 것으로 흡수하거나 원마력을 빚어내기도 했다.

그런 시우이기에 알 수 있었다.

수아제트는 지금, 드래곤이 아니었다.

적어도 그의 영혼은 절대로 드래곤이 아니었다.

그것은 차라리 언데드에 가까운 변질된 영혼이었다.

수아제트의 눈이, 번들거리는 검은 외눈과 뭉개진 눈을 대신해 박혀있는 거대한 드래곤 하트가 시우를 향해 돌아갔다.

"〈호오? 검은 버러지, 체슈라고 했던가. 네놈이었구나.〉"

그의 얼굴에는 그 눈에 박힌 드래곤 하트 외에도 수많은 드래곤 하트가 박혀 있었다.

"…수아제트. 네놈 도대체 무슨 짓을 한 거냐."

시우가 나직한 목소리로 묻자 극저음의, 드래곤의 거체에 어울리는 묵직한 웃음소리가 전장을 지배했다.

수아제트의 앞발이 올라갔다. 그리고 날카로운 발톱으로 그의 눈을 대신해 박혀있는 드래곤 하트를 긁었다.

끼이이이.

듣기 거북한 소리가 시우로 하여금 눈살을 찌푸리게 만들었다.

"〈보면 모르겠나? 심장을 수집했지. 소문은 들었을 텐데?〉"

시우는 고개를 저었다.

"그런 걸 묻는 게 아니야! 네놈! 스스로의 영혼에 무슨 짓을 한 거냐!"

희희낙락하던 수아제트의 표정이 일변했다.

"〈호오. 알아보겠느냐? 그건── 대단하군.〉"

수아제트는 진심으로 감탄했다.

바뀌어버린 본인도 이것을 실감하기 위해선 여러 과정을 겪었는데 놈, 체슈는 수아제트를 일견 본 것만으로 영혼이 바뀌었다는 것을 알아보았으니 말이다.

수아제트는 다시 웃었다.

방금의 음침한 웃음과는 다른 통쾌하고 시원한 웃음이었다.

"〈너는 이 세상을 어떻게 생각하지? 이 세상에 생물이 탄생하고 유지되어 온 것만 수 천, 수 만, 수 억 년에 이른다.

하지만 지금의 세상은 어떠한가! 수 천, 수 만 년 전의 세상과 비교하여 지금의 세상은 어떠냔 말이다! 마치 웅덩이에 고여 버린 물처럼 세상은 정체했다. 그리고 고인 물은 결국엔 썩어버리는 법! 파괴신 파일로스님께서는 물이 고인 둑을 무너트리고 다시 만들 필요성을 생각했다! 인간이라는 썩은 물이 고인, 세상이라는 둑을 파괴하고 처음부터 다시 만드시는 거지! 나 수아제트도 그렇게 다시 태어났다. 파괴신 파일로스님의 권능으로 드래곤이라는 한계를 파괴하여 나는 드래곤을 넘어선 드래곤으로 다시 태어난 것이다!)"

가하하하하!

언젠가 들어본 적이 있는 수아제트의 웃음소리였다.

시우는 눈앞이 아찔해졌다.

신, 신이란 도대체 뭐지?

신에 대한 이야기는 자주 들어왔다. 그와 관련된 책도 읽어보았고 심지어 시우 본인이 이 세계를 창조한 창조주의 대리인일 수도 있다는 이야기도 들어봤다.

하지만 정작 신이란 것은 무엇이란 말인가?

행운의 신 엘라, 생명의 신 세일라, 죽음의 신 베헬라, 복수의 신 다인두스.

그리고 파괴의 신 파일로스.

신의 이름을 질리도록 들어봤지만 딱히 그들에게 경외나 두려움, 신앙을 느낀 적은 없었다.

그러나 이 순간 시우는 파일로스가 두려웠다.

신이란 자는 이런 일도 가능하단 말인가?

수아제트의 말에는 과장이 하나도 섞이지 않았다.

수아제트는 드래곤을 넘어선 드래곤이 되어 있었다.

그의 몸에 박힌 수많은 드래곤 하트. 그 하나하나에는 각각의 영혼이 마력과 혼재되어 있다.

파괴신 파일로스에 의해 영혼이 한 번 파괴되어 다시 태어난 수아제트는 스스로의 영혼으로 드래곤 하트에 잠재되어 있는 영혼을 침범했다. 감염했다. 흡수했다. 증식했다.

변질되기는 하였으나 그 규모를 짐작하기 힘들 정도로 거대한 영혼이 수 백, 수 천, 수 만 년의 세월동안 쌓여온 방대한 마력을 완벽히 통제하고 있었다.

원래라면 자신의 특기, 유일한 계열의 속성밖에 다룰 수 없는 드래곤의 고유 마법을 혼자서 몇 가지고 사용했다는 것이 그 증명이 될 수 있을 것이다.

드래곤은 반신이다. 신의 권능에 필적하는 마법을 쓰기 때문이다.

하지만 그 반신을 뛰어넘었다면 수아제트는 뭐란 말인가?

설마 정말 신이라도 된다는 소리일까?

아득히 멀어지는 시우의 정신을 알드미트 용기사단의 고함소리가 날카롭게 찔러 들어왔다.

시우가 충격을 받아 정신을 차리지 못하는 사이 오히려 알드미트 용기사단에겐 충격에서 헤어나올 시간 벌이가 되었던 모양이었다.

전투가 재개되었다.

인간으로 둔갑해 대기하고 있던 알드미트 용기사단의 파트너 드래곤들이 본신으로 변신했다.

12명의 용기사가 드래곤 소드로 시간을 버는 사이 나머지 용기사들이 파트너 드래곤을 타고 날아올랐다. 날아오른 용기사단들이 교대해 마법을 쏟아내자 나머지 용기사도 파트너 드래곤의 등 뒤에 올라탔다.

"〈자존심도 뭐도 없는 녀석들. 네놈들은 드래곤으로서의 긍지도 없는 것이냐. 고작 인간 따위를 위해서 등을 내어주고 시키는 대로 쫄랑대는 모습이라니.〉"

수아제트는 훌륭히 알드미트 용기사단의 마법포격을 막아냈다. 다시 드래곤 하트 하나가 깨져 허공으로 흩어졌지만 그 정도는 수아제트에게 큰 문제도 아니었다.

아직 그에게는 일흔 개가 넘는 드래곤 하트가 남아있었다.

알드미트 용기사단 필두룡이자 듀라카스 레이의 파트너 드래곤인 케이브가 말했다.

"〈미친놈! 그래서 자존심을 지키고 살아가던 드래곤들이 너 같은 괴물의 희생양이 되었다는 소리냐? 하! 그렇게 끝을 맞이하느니 인간들의 곁에서 인격자 대우를 받으며 살아가는 것이 훨씬 낫다!〉"

케이브의 이마에서, 이마에 달린 드래곤 하트에서 불꽃이 뿜어져 나갔다.

케이브는 이제 87세가 된 드래곤이다. 아직 첫 동면도 취하지 못한 그는 드래곤의 입장에서 보자면 성룡도 되지 못한 어린 드래곤이었지만 그래도 드래곤 소드에 필적하는 공격을 최대 2발까지 쏠 수 있었다.

"〈인격자? 인겨억자아아? 인격자 대우를 받아서 성룡이 된 드래곤은 위험하다며 버림을 받는 것인가?〉"

케이브는 수아제트의 지적에 아무런 대답도 할 수가 없었다.

케이브는 이제 3년이 지나면 첫 동면을 맞이한다. 그리고 10년의 동면을 마치면 성룡이 되는 것이다. 그리고 용기사의 파트너 드래곤은 반드시 유룡(幼龍)이어야 한다는 규율이 있었다.

위험하기 때문이다.

첫 동면을 마치고 힘을 얻은 성룡이 국가적 인적자원인 용기사를 죽이고 도망을 친다는 이야기는 흔하게 찾아볼 수 있는 이야기였다.

그래서 첫 동면이 찾아온 유룡은 동면이 끝나기 전에 숨통을 끊어버리거나 용기사의 판단에 의해 방목하는 경우가 많았다.

물론 성룡이 되면 더욱 활용방도가 많기 때문에 성룡을 용기사의 파트너 드래곤으로 이용하기 위한 연구나 실험이 없었던 것은 아니었다.

하지만 전부 실패했다. 처절히 실패했다.

용기사만 죽어도 피해는 극심하다 할 수 있는데 이 실험이 있었던 그 국가는 수도가 무너지면서 국가 자체가 멸망하고 말았다.

그 후로 용기사의 파트너 드래곤은 유룡으로 한정한다는 것이 대륙공통법으로 체결되었다.

자기들 나라만 망하는 것은 상관없는데 주변 국가까지 끌어들이면 문제가 될 수 있으니까. 게다가 성룡을 파트너 드래곤으로 이용하는데 성공하면 그 국가가 가지게 될 힘은 상상도 할 수 없는 일이었다.

자신들도 못하니 남들도 못하게 하자. 그런 정치적인 판단도 섞여서 서로가 서로를 견제하며 시도조차 할 수 없게 만든 것이 파트너 드래곤 관련법이었다.

그것은 케이브도 안다. 자신은 성룡이 된다고 자신의 파트너 기사인 듀라카스 레이를 배신할 생각이 없었기 때문에 그것을 이해할 수 없었다. 다른 드래곤들이 방목을 당할 때, 자유라고 소리치며 기뻐하는 동안 케이브는 어떻게 하면 성룡이 되어서도 파트너 드래곤으로 남아 있을 수 있는지 열심히 찾아본 케이스였다.

그래서 인간들의 입장은 잘 알고 있었다. 그래도 섭섭한 마음은 어쩔 수가 없었다.

"케이브! 마음에 두지 마!"

레이의 위로에 케이브의 눈빛이 초점을 되찾았다.

"〈아아. 나도 알아. 동족의 심장을 수집하는 미친놈의 말에 내가 귀를 기울일 줄 알아?〉"

레이는 원래의 모습으로 돌아온 케이브의 태도에 안심하며 수아제트를 노려보았다.

지금 막 수아제트의 세 번째 드래곤 하트가 깨져나갔다.

하지만 알드미트 용기사단은 각자의 드래곤 소드에 담긴 마력을 십분지일 이상 소모한 상태였다. 이대로라면 수아제트는 쓰러트릴 수 없었다. 아마 끝까지 결사항전을 각오한다 해도 이대로는 수아제트의 드래곤 하트를 20개에서 30개 정도 박살내는 것이 한계일 것이다.

레이는 케이브의 등 뒤에서 뛰어내려 수아제트에게 접근했다.

레이의 드래곤 소드 미쉴은 페르시온 제국과 협력관계에 있는 포스칸의 도움을 받아 만든 최고급의 드래곤 소드였다.

대장장이 미쉴이 700년 이상 묵은 고룡의 뼈를 갈아 고밀도로 압축한 뒤에 그의 아버지가 죽으면서 남긴 탄력적인 금속 피리스강을 적절한 비율로 섞어서 탄생시켜 미쉴강이라 이름 붙인 금속 위에 세실강을 코팅한 역대 최고급의 검.

대장장이의 원력을 담아 포스칸 고유의 문신 문양으로 빛이 나는 그 검은 미쉴이라는 이름이 붙었다.

미쉴에 양껏 원력을 담은 레이는 전력을 다해 검을 휘둘렀다.

순식간에 10미터나 되는 아우라의 검이 치솟아 하늘을 찌를 듯했다. 그것을 레이는 압축하고 압축했다.

검이 내리 꽂히는 과정은 마치 힘껏 잡아 늘린 고무줄이

탄력을 받아 튕겨나가는 것 같았다.

터어엉!

"으엇!"

레이는 손끝에서 느껴지는 반탄력에 신음을 흘렸다. 검이 튕겨 나와 하마터면 놓칠 뻔했다.

검이 튕겨 나가려는 것을 억지로 붙들었기에 관성에 끌려가 레이의 몸이 끌려갔다.

하지만 반응은 있었다. 드래곤의 방어벽을 부수는 감각.

잠깐이라도 수아제트의 방어벽에 공백이 생긴다면 레이의 부하들이 그 기회를 놓칠 리가 없었다.

허공으로 튕겨 오른 레이의 몸으로 수아제트의 마법이 내리꽂혔다.

그런 레이를 케이브가 간신히 낚아채 마법을 회피했다.

레이는 안도의 한숨을 쉬기도 전에 경악성을 내뱉었다.

"말도 안 돼! 소용이 없다고?"

레이의 일격은 강했다.

심지어 수아제트의 드래곤 하트가 하나 부서져 나갔을 정도였다.

그러나 그 정도였다. 그 이상의 효용은 없었다.

방어벽은 여러 개의 드래곤 하트에 의해 몇 겹이나 겹쳐져 전개되고 있었다. 레이는 일격으로 2개나 되는 방어벽을 부숴버렸지만 그것으론 수아제트의 몸에 상처를 입힐 수 없었다.

레이가 태세를 정비하는 동안 그의 부하들이 각자 원력을 끌어올려 수아제트를 공격하고 있었다.

지이잉! 타앙!

위잉! 터엉!

파트너 드래곤들은 열심히 수아제트의 주위를 맴돌면서 회피기동을 했고, 용기사들은 십 미터 내외의 아우라를 뽑아내 검처럼 날카롭게 벼려 수아제트의 방어벽을 두드렸다.

마법포격을 쏟아내는 것도 잊지 않았다.

그러나 시간이 흐를수록 그들이 느끼는 것은 한 가지였다.

도무지 수아제트의 방어벽을 무너트릴 수 있다는 생각이 들지 않는다는 것이었다.

아무리 수아제트라고 해도 그만한 방어벽을 유지하기 위해선 도무지 공격을 시도할 여유는 생기지 않는 모양이었다.

그러나 전투의 양상과 그들의 표정은 정 반대였다.

수아제트의 표정은 언제나 여유로 미소가 감돌았고, 알드미트의 용기사들은 찌푸려진 얼굴이 펴질 줄을 몰랐다.

그들 모두가 아는 것이다.

이 드래곤 소드의 마력이, 그들의 원력이 모두 고갈되는 그 순간, 수아제트는 공격을 시작할 것이고 그들의 인생은 거기서 끝이라는 사실을.

이때 듀라카스 레이에겐 두 가지 선택지가 있었다.

보통의 드래곤 소드에 설치되는 각인식은 보통 한 가지 뿐이었다. 반면 레이의 드래곤 소드 미쉘에는 3개나 되는 각인식이 새겨져 있었다.

첫째가 지금까지 수아제트를 공격하는데 사용된 일반적인 드래곤 소드용 각인식. 드래곤의 마법에 필적하는 화염을 분출하는 각인식으로 한 번의 사용에 10만 마력을 소모한다.

미쉘의 코어로 사용된 드래곤 하트는 220만 마력을 품고 있었고 이번 전투로 세 번을 사용했으니 남은 마력은 190만 이었다.

그리고 두 번째 각인식은 바로 시우가 그토록 찾아 헤맸던 장거리 공간이동 마법의 각인식이었다.

장거리 공간이동 마법의 각인식을 새기기 위해서는 제국 최고의 연금술사가 동원되어도 40평방미터의 공간이 필요했다. 하지만 미쉘에는 제국의 최고 기밀 기술이 적용되어 있었다.

대륙에서 가장 가벼운 금속, 키미강의 양면에 장거리 공간 이동 마법의 각인식과 물질 축소 마법의 각인식을 새겨 넣어 원래라면 휴대할 수 없는 거대한 설치마법을 한 자루 검속에 우겨넣은 것이다.

물질은 축소시켜도 무게는 줄어들지 않기 때문에 미쉘의 무게는 상당했지만 레이라면 충분히 휘두를 수 있는 수준이었다.

이것을 사용하면 한 번에 50만이나 되는 마력을 소모하게 되지만 여기 있는 모두를 데리고 안전한 땅으로 도망가는 것이 가능할 것이다.

그리고 세 번째 각인식이 바로 드래곤 고유 마법의 각인식이었다.

미쉴의 코어에 담겨있는 모든 마력을 소모하고 일정 공간 내에 존재하는 모든 물질을 연소시키는 완전 연소 마법이었다.

당연하지만 말로만 그런 기능이 있다고 들었을 뿐, 이것은 레이도 사용해본 적이 없었다. 이것을 사용하면 수아제트를 쓰러트릴 수 있을까?

그건 알 수 없었지만 여기서 수아제트를 피해 도망을 친다고 해도 수아제트는 더욱 많은 드래곤 하트를 수집해 되돌아올 뿐이라는 생각이 들었다.

그것이 레이에게 장거리 공간이동 마법을 사용하지 못하게 하는 원인이었다.

장거리 공간이동 마법의 각인식은 레이의 드래곤 소드에밖에 존재하지 않았다. 세계에서 가장 가벼운 금속인 키미강을 40평방미터나 되는 양을 구하는 것도 쉽지 않은 일이고 설사 그만한 양의 키미강을 구한다고 해도 아무 검에나 새기기에는 물질 축소 마법의 각인식이 가지는 가치가 너무 컸다.

그러므로 레이가 세 번째 각인식의 마법을 사용해 모든 마력을 소모한다면 수아제트에게서 살아서 도망칠 방법은 남지 않게 된다는 뜻이었다.

레이의 고민은 길었다.

그의 시선으로는 23명의 부하도 들어왔고, 창조주의 성자라는 체슈도 보였다.

부하는 물론 창조주의 성자를 자신의 판단으로 희생시킨다면 그 죄는 세계 멸망에 필적하는 것이겠지.

"대장!"

부하 중 한 명이, 어느새 수아제트의 마법에 당했는지 한쪽 팔이 사라진 사내가 간절한 목소리로 레이를 불렀다.

"대장!"

그리고 연달아 이곳저곳에서 레이를 부르는 목소리가 터져 나왔다.

그들의 눈빛은 격렬한 전투 속에서도 강하게 빛나며 레이를 향하고 있었다.

대장의 판단이라면 그 누구도 원망하지 않아!

레이의 착각일 수도 있지만 그 눈빛은 그렇게 말하는 것 같았다.

그들도 이미 레이가 떠안은 고민을 짐작했던 것이다.

그 눈빛에 레이는 판단을 내렸다.

✦

전투를 지켜보는 시우는 절실한 무력감에 몸을 떨었다.

지금 시우는 그들에게 아무런 도움도 되지 않는다. 시우에겐 24만의 마력과 150의 원력이 있어 세실간 한손검 리네의 원력과 연동해 효율을 높이면 10개의 드래곤 하트는 부술 수 있다는 계산을 이미 마쳤다.

엄청난 양이다. 이것은 어디까지나 알드미트 용기사단이 수아제트를 완벽하게 견제해주기 때문에 나올 수 있는 수치였다.

하지만, 그렇다 하더라도 이것은 아무런 의미가 없는 수치였다.

수아제트가 가진 드래곤 하트의 숫자는 일흔 개, 알드미트 용기사단의 전력과 시우의 힘을 합친다 하더라도 40개의 드래곤 하트를 부술 수 있을지 없을지 알 수 없었다.

지금까지 시우와 함께 작전을 수행했던 알테인 숲지기 및 장로 300명. 이들의 도움을 받으면 나머지 30개의 드래곤 하트를 부술 수 있을까?

시우는 고개를 저었다. 가능할 것 같지도 않을뿐더러 지금 알테인들은 공포에 빠져 제정신이 아니었다.

시우는 고민했다.

바로 얼마 전, 시우는 원마력의 봉인을 해제하는 실마리를 손에 넣었다.

하지만 그것은 도박에 가까운 가설이었다.

죽거나 원마력의 봉인을 해제하거나. 극과 극의 결론이 예상되는 확신이 서지 않는 이론이었다.

목숨을 걸기에는 너무 가능성이 희박했다.

시우는 그를 괴롭게 만드는 무력감과 공포 속에서 고민했다.

특히 시우를 두렵게 만드는 생각은 지금 이 자리에서 아무

\text{}

도 떠올리지 못한 하나의 가능성이었다.

'만약 수아제트와 같은 드래곤이 더 있으면 어쩌지?'

드래곤을 넘어선 드래곤. 파괴신 파일로스의 권능으로 다시 태어난 드래곤이 수아제트 외에 또 없으리라는 생각은 안일한 생각이었다.

물론 신이라고 해서 영혼의 조작을 마음대로 할 수 있는 것은 아니겠지만 지금 시우의 마음속에 자리한 파일로스의 존재감은 그 정도로 컸다.

만약 수아제트와 같은 드래곤을 얼마든지 양산할 수 있다면 이 세상은 끝이다. 아무도 막을 수가 없다. 만약 막을 수 있는 존재가 있다면 그것은 파일로스와 동등한 위치에 존재하는 또 다른 신이 될 것이다.

시우는 극심한 허탈감 속에서 그런 생각을 했다.

'아니면……'

봉인된 원마력을 되찾을 수 있다면 일말의 가능성이 있을지도 몰랐다.

드래곤을 넘어선 드래곤, 그들을 상대할 수 있는 일말의 가능성 말이다.

시우는 공포로 소심해진 생각을 조금씩 바꿔갔다.

원마력의 봉인을 해제하는 방법. 이에 대해서는 수아제트를 재회하면서 조금 확신하게 된 부분이 있었다.

시우는 드래곤이 사용하는 마력이 전부 원마력일 거라고 생각했다. 그야 드래곤의 고유 마법은 드래곤의 영혼과 마력이 만나 생겨난 새로운 마력을 사용하는 마법이었고, 시우가 그것을 힌트로 드래곤의 영혼을 모사한 시우의 영혼과 마력을 빚어 만들어낸 기운이 원마력이었으니까.

그러나 지금 수아제트의 마력에서 느껴지는 감각과 시우가 처음 원마력을 빚어냈을 때 느꼈던 전능감에는 확연한 차이가 있었다. 드래곤의 마력과 원마력은 다를지도 모른다는 것은 전부터 의심을 하고 있었지만 이번에 수아제트를 만나게 되면서 확신을 하게 되었다.

그럼 도대체 시우의 체내에 잠들어 있는 원마력의 정체는 무엇이란 말인가?

어쩌면 목숨을 걸고 원마력의 봉인을 해제해도 드래곤의 고유 마법은 쓸 수 없을 가능성이 있었다.

그때 레이가 행동에 나섰다.

시우와는 다른 문제로 고민에 빠져있었던 레이가 결단을 내린 것이다.

그의 선택은 결사저항이었다.

"최후의 수단을 사용한다!"

레이의 고함에 파트너 드래곤들의 회피기동이 더욱 빨라졌다. 더욱 공격적으로 변했다. 용기사들의 드래곤 소드도 더욱 뜨겁게, 혹은 차갑게, 격렬하게 마력을 뿜어내며 마법을 쏟아냈다.

원력도 마찬가지였다. 그들은 더 이상 수아제트를 견제하며 시간을 끌 생각이 없는지 효율 따위는 개나주고 극단적인 공격을 퍼붓고 있었다.

수아제트가 혹시라도 공간이동 마법을 사용할 수 없도록 견제를 하는 것이었다.

케이브가 수아제트의 정면에서 일정 거리를 두고 제자리에 머물렀다. 그 위에서 레이는 미쉘을 칼집에 꽂았다.

완전 연소 마법의 각인식을 새기기 위해서는 장거리 공간이동 마법보다 큰 공간을 필요로 하기 때문에 칼집과 검에 나뉘어 설치했다. 미쉘을 칼집에 꽂은 채로 코어의 마력을 활성화시켰다. 검과 칼집의 각인식이 연동되어 격한 반응을 보였다.

레이는 그것을 억누르며 최고의 기회를 엿보았다.

지금 미쉘에 남아있는 마력으로 완전 연소 마법을 펼칠 경우 마법의 영향권은 약 340입방미터. 가로 세로 높이 7미터의, 굳이 비하자면 수아제트의 머리 크기에 약간 못 미치는 정도였다.

마력은 마력대로 잡아먹으면서 그렇게 좁은 공간밖에 못 태우냐고 불만을 터트리고 싶은 심정이었지만 그 정도가 아니면 수아제트의 방어벽을 무효화시키고 직접적인 데미지를 입히는 것은 무리일 것이다.

수아제트의 머리를, 그리고 거기에 박힌 드래곤 하트를 모두 마법의 영향권 내에 넣기 위해 최고의 기회를 엿보았다.

그리고,

"하아앗!"

미실을 뽑아 휘둘렀다.

그 순간, 수아제트가 반응했다.

모를 수가 없었다.

알드미트 용기사단의 대응이 너무 급격하게 변했으니까.

1년 여 전, 시우와 싸울 때의 수아제트와 지금의 수아제트는 전혀 다른 존재였다.

파괴신 파일로스의 권능으로 영혼을 개조 당했다는 의미에서도 그랬지만 먼저 전투능력적인 면에서도 크게 바뀌어 있었다.

그도 그럴 것이 수아제트가 손에 넣은 70여 개의 드래곤 하트는 거저 얻은 것이 아니었으니까. 이 모든 것은 광룡 수아제트가 직접 싸워서 손에 넣은 전리품이었다.

지난 1년 사이, 수아제트는 같은 드래곤을 상대로 수많은 전투경험을 쌓아온 것이다.

그 결과로서 절대방어라는 단어가 떠오를 정도의 단단한 방어벽으로 상대의 공격을 견디며 진이 빠진 상대를 쓰러트리는 지금의 전투 스타일이 완성되었다.

하지만 그렇다고 오로지 방어에만 치중하는 것은 아니었다. 그 증거로 벌써 2마리의 파트너 드래곤이 수아제트의 마법에 격추당했고 3명의 용기사가 중상을 입고 전투불능에 빠졌다.

이만한 견제 속에서 반격이 가능했다는 사실 자체가 지난 1년 사이 수아제트가 발전해왔다는 증거였다.

그렇기 때문에 수아제트는 레이의 공격을 감지할 수 있었다.

레이는 완벽한 기회를 엿보며 완전 연소 마법을 전개시켰지만 수아제트는 그 마법의 발동 순간을 파악하고 몸을 뒤틀었다.

"그아아악!"

수아제트의 비명이 터져 나왔다.

하지만 그것은 좋지 못한 징조였다.

적어도 완전 연소 마법에 즉사하지는 않았다는 뜻이니까.

수아제트의 머리를 노리고 전개된 완전 연소 마법은 수아제트의 반신을 몽땅 태워버렸다. 생물로서 저 상태가 되도록 살아있을 수가 있나 싶을 정도로 끔찍하고 파괴적인 효과였다.

하지만 드래곤에게 육신은 크게 의미가 없었다. 그들의 영혼과 마력은 드래곤 하트에 존재했고 육신은 그 드래곤 하트의 부속품에 불과했으니까.

하지만 고통만은 그대로 느끼는지 수아제트의 방어벽이 약해졌다.

지금이 기회였다.

비록 완전 연소 마법으로 일격에 죽이는 것은 실패했다고 하나 방어벽이 약해진 것만 해도 충분한 공적이었다.

알드미트 용기사단의 드래곤 소드가 마법을 쏟아냈다.

미쉴의 코어가 마력을 모두 소모해 박살이 난 레이도 원력을 끌어올리며 수아제트에게 검을 휘둘렀다.

방어벽이 박살나고 마법들이 수아제트의 몸을 두드리기 시작했다.

수아제트는 고통에 몸부림을 쳤다.

육체는 아무리 공격해도 의미가 없다.

레이는 수아제트의 드래곤 하트를 노리고 얼굴로 뛰어들어 검을 휘둘렀다. 하지만 이토록 정신이 없는 와중에서도 마지막 이성의 끈은 놓지 않았는지 드래곤 하트 주변에는 방어벽이 펼쳐져 있었다.

레이는 필사적으로 검을 휘둘렀다. 방어벽에 튕겨 나오는 미쉴을 억지로 통제하며 수아제트의 방어벽을 때려 부쉈다.

베이고, 깨지고, 박살나고.

수아제트의 방어벽이 부서지고 다시 만들어지는 반복이 잠깐 되풀이된 직후, 수아제트의 드래곤 하트 5개가 일시에 터져나갔다.

그러나 그것은 레이의 전공이 아니었다.

제정신을 차린 수아제트가 방어벽을 재차 펼침과 동시에 육체를 회복시키기 위해 무리를 하는 바람에 드래곤 하트가 깨져나간 것이었다.

수아제트는 드래곤 하트 5개를 희생시키는 대가로 완전 회복된 육체와 절대방어의 방어벽을 되찾을 수 있었다.

레이의 얼굴에 허탈이 깃들었다.

회심의 일격이 빗나갔다. 그로인해 얻은 최후의 기회도 놓치고 말았다.

그런 후회와 알드미트 용기사단을 잃은 제국이 이런 괴물을 상대로 얼마나 싸울 수 있을지 안타까움이 깃든 표정이었다.

레이는 죽음을 각오했다.

더 이상은 방법이 없었다.

하지만 죽는 건 죽는 거고, 그 죽음을 허투루 할 생각은 없었다.

적어도 체슈만은, 창조주의 성자만은 살려 보내야 했다.

페르시온 제국 최대의 전력인 알드미트 용기사단이 패배한 이상 마지막 희생은 창조주의 성자뿐이었으니까.

레이는 수아제트를 직시하며 시선도 돌리지 않고 외쳤다.

"체슈 경! 놈은 우리가 붙잡아 두겠소! 그러니 어서 도망가시오!"

그러나 시우에게서 대답은 돌아오지 않았다.

아니, 그것은 대답이었을까?

시우가 있을 것으로 짐작되는 곳으로부터 밝은 빛이 터져 나오고 있었다.

✦

시우는 레이가 펼친 비장의 한 수가 빗나가는 즉시 바닥에 털썩 주저앉았다.

더 이상은 가능성이 희박하다느니, 목숨을 걸 정도는 아니라느니 그런 소릴 할 때가 아니었다.

봉인된 원마력을 해제해야만 했다.

물론 열심히 수아제트를 견제하는 알드미트 용기사단을 희생하고 오로지 도주에만 전념하면 목숨을 부지할 가능성은 충분히 있었다.

하지만 지금 이 순간 살아남았다고 해서 어쨌다는 것인가?

지금 이 순간 수아제트를 쓰러트리지 못한다면 앞으로도 불가능했다.

바닥에 주저앉아 내친김에 눈까지 감아버린 시우는 지금 체내에 감도는 150포인트의 원력을 끌어올렸다.

원래 전부해서 500포인트에 달했던 시우의 영혼 중 350포인트는 이미 원마력으로 화해 봉인되어 있는 상태였다. 그리고 시우는 이제 남아있는 나머지 150포인트의 원력마저 원마력의 힘에 더해줄 생각이었다.

시우는 게임 시스템에 의해 그 구체적인 수치를 확인할 수 있었지만 원력은 본디 한 덩어리다. 하나의 영혼이다. 그것이 어쩌다보니 2개의 세력으로 나뉘어 버렸지만 원래는 하나, 전부 시우의 영혼이었다.

그러나 원력이 마력과 섞이는 과정에서 그것은 변질되었고, 시우의 영혼과는 별개의 존재가 되어버렸다. 시우가 시우로서 본인을 시우라고 인식할 수 있는 영혼이 남은 150포인트의 영혼이었던 것이다.

하지만 이 남아있는 150포인트의 원력마저 모두 원마력에 부여한다면?

결국 모든 영혼을 잃은 시우는 시우라는 존재로서 죽음을 맞이하거나 새로운 존재로 다시 태어나게 될 것이다.

시우의 체내에 남아있던, 나머지 150포인트의 원력이 모두 드래곤의 영혼을 모사하기 시작했다.

신의 영혼을 본떠 창조된 것이 드래곤의 영혼이었다. 그것을 모사하는 시우의 영혼은 그 어떤 인간보다도 신이라는 존재에 가까워져 있었다.

시우의 체내에 잔존한 24만의 마력이 일시에 빨려 들어갔다.

마력은 창조주의 힘이었다. 신을 닮은 영혼의 등장에 마력은 당연하다는 듯이 주인을 찾아 섞여 들어갔다.

그마저도 부족했다.

350포인트의 원력에 300만이나 되는 마력이 존재했다. 150포인트의 원력에 24만 마력은 비율이 불완전했다.

기어코 신을 닮은 시우의 원력은 체외의, 자연에 흩어진 마력을 빨아들이기 시작했다. 그리고 시우가 원마력이라 이름 지었던, 정확히 말하자면 신의 힘은 완성되었다.

시우의 영혼은 인간을 벗어나 신격화 되고 말았다.

체외에서 마력을 빨아들이기 위해 시우의 몸을 벗어난 영혼이 시우의 체내에 남은 영혼을, 원마력을 끌어당기기 시작했다.

신이 된 영혼에 육체는 불필요했다.

드래곤에게 육신이 부속품에 불과하듯 신격화된 시우의 몸에 육체는 쓸모가 없어진 부품이었다.

시우는 아니, 시우였던 영혼은 그대로 육체를 벗어나려 했다.

시우도 거기에 저항하지 않았다.

시우를 시우라고 정의하고, 시우를 행동하게 만들고 억압하던 것은 뇌에 담긴, 인간으로서 살아온 기억이었다. 육체를 벗어던진 시우에게 기억이란 것은 존재하지 않았고 그러므로 인간으로 남아야할 필요성을 느끼지 못했다.

그리고 그 순간, 시우의 영혼 속에 아주 작은 빛이 반짝였다.

세상은 멈췄고 시우라는 이름을 가진 육체에서 벗어나려던 영혼도 행동을 멈췄다.

시우의 기억이, 육체를 벗으면서 사라졌어야 했을 그의 기억이 영혼에 새겨지고 있었다.

'아아아아아!'

시우의 눈앞에 나신에 하얀 베일을 두른 여인이 나타났다.

시우의 영혼 속에 잠들어 있던 아주 작은 빛이었다.

시우는 직감했다. 과거 수아제트의 악몽 마법에 당해 절망에 빠졌던 시우를 구해주었던 하나의 빛. 눈앞의 여인은 그것이었다. 신격화 된 시우는 지금 그것을 직감할 수 있었다.

그리고 지금, 인간의 육체를 벗어던지고 우화등선하려던 시우의 영혼에 기억을 새겨주고 붙잡아준 것 또한 그녀임을 알 수 있었다.

'당신은 누구시죠?'

목소리는 나오지 않았다. 육체가 없으니 당연했다. 생각을
했다는 표현이 올바를 것이다. 그러나 여인은 시우의 목소리
를 똑똑히 듣고 대답했다.

시우의 영혼으로 개념이 쏟아졌다.

말도 아니고, 생각도 아니고, 개념이라고 불러야할 거대한
무언가였다.

ㅡ창조주, 조각, 이 세계를 저버린 자, 실망한 자, 너를 부
른 자, 너를 도운 자.

ㅡ너를 성자로 임명한 자.

시우는 아득히 멀어져가는 정신을 간신히 붙잡고 이해할
수 있었다.

이 여인이 이 세계의 창조주였다. 시우를 성자로 임명한
신이었고 지금 이뤄지는 신들의 경쟁을 부추긴 자였다.

그러나 온전한 것은 아니었다. 그 창조주의 아주 작은 조
각이었다. 창조주가 직접 이 세계로 넘어오면 신들의 경쟁은
그것으로 끝나고 만다. 창조주는 그걸 원치 않았다. 그래서
이 세계로 넘어오는 시우의 영혼의 자신의 조각을 아주 조
금, 창조주와 별개라고 인식될 정도로 작은 조각을 끼워 넘
겨 보냈다.

시우는 온화하게 미소 짓는 여인의 미소에 부루퉁한 표정
을 지어보였다.

시우의 이미지와는 조금 다른 창조주의 모습이 마음에 들지 않았다.

시우가 생각하는 창조주는 책임감 없고 장난기와 실험정신이 넘치는 애어른 같은 존재를 상상했었다. 귀찮아서 자르지 않은 수염이 덥수룩하고 후줄근한 옷을 입은 그런 모습.

그러나 그런 상상과는 별개로 창조주의 모습은 아름다웠다.

그런 시우의 생각을 읽었다는 듯이 다시 개념들이 쏟아지기 시작했다.

시우에겐 부끄러운 개념들이었다.

결론적으로 말하자면 눈앞의 여인은 시우의 이상형이라는 듯했다.

원래의 창조주는 시우의 상상처럼 남성형이며 결코 아름답지도 않았지만 시우에게 서비스를 한다는 생각으로 이런 모습을 취했다는 듯했다.

'내 이상형이 이렇게 생겼다고?'

시우는 부끄러우면서도 드는 그런 생각에 창조주의 나신을 위아래로 훑으며 고개를 갸웃거렸다. 딱히 이상형이라는 것에 형태를 정해둔 적은 없었지만 과연 여인의 모습은 아름다웠다.

시우는 고개를 저어 잡념을 털어냈다. 지금 중요한 것은 창조주의 모습 따위가 아니었다.

묻고 싶은 것이 많았다.

하지만 자신이 창조주의 성자라는 점이 확정된 지금의 시점에서 시우가 알고 싶은 것은 단 하나였다.

'어째서 나지?'

하나의 개념이 날아왔다.

─운명.

운명은 무엇인가?

세상을 살아가는 모든 존재에겐 나름의 운명이 있어서 태어나는 그 순간부터 죽을 때까지 운명대로만 살아가는 것일까? 그것은 무슨 짓을 해도 바뀌지 않고 태초부터 정해져 있는 것일까?

그도 아니면 우연의 산물로 뜻밖에 일어난 일이 운명이나 기적 따위로 불리는 것일까?

어찌 되었든 시우는 그런 운명이었다고 창조주는 말했다.

창조주가 필요로 할 때, 그 세계의 신에게 회수당하지 못한 영혼이 나타났고 그것을 발견한 창조주가 자신의 성자로 선택했다는 이야기가 차근히 이야기를 풀어놓는 것처럼 상냥하게 시우의 영혼을 적셨다.

'하지만 만약 내 능력이 부족해서 힘을 얻기도 전에 죽거나 신격화에 이르지 못할 가능성도 있었던 것 아니야?'

시우의 의문은 당연했다.

시우는 자신이 특별하다고 생각하지 않았다. 특별하다면 아주 우연하게 창조주의 눈에 띄어 이세계로 날아왔다는 것이 특별한 것이지 그것은 자신의 존재 자체가 특별한 것은 아니었다.

아무리 창조주의 힘으로 검이나 활, 마법 따위의 재능이 주어지고, 쉽게 강해질 수 있는 게임의 인터페이스 등의 편의를 마련해 준다 해도 같은 조건을 마련해 주었을 때 시우보다 뛰어난 결과를 도출해낼 사람은 얼마든지 있었을 것이다.

그러자 창조주로부터 다시 한 번 개념이 날아왔다.

─운명.

하지만 이번에는 전과 달리 시우가 이해할 수 있는 크기의 개념이 아니었다.

방대하고 복잡하고 이해할 수 없는 개념이었다. 머리는 없지만 머리가 아파오는 듯한 고통스러운 감각이 시우의 영혼을 잠식했다.

창조주는 더 이상 그것을 이해시키는 것을 포기했다.

시우는 개념의 공급이 단절되자 안도의 한숨을 내쉬었다.

그 때 시우의 이상형이라던 여인이 장난스러운 표정을 지었다.

─아니면 말고.

딱 그런, 시우의 상상 속에 존재하던 창조주처럼 무책임한 개념이 날아왔다.

─어쨌든 지금 네가 신이 되면 곤란하니까 인간으로 되돌려 줄게.

그리고 시우는 다시 세상 속으로 내팽개쳐졌다.

시간이 흐르기 시작했다.

강렬한 빛이 터져 나왔다.

시우에게 전능감을 안겨주는 그 빛은 그것을 목격한 이들로 하여금 경외감을 품게 만들었다.

생사투의 와중이었던 알드미트 용기사단도, 광룡 수아제트도 그 빛에 정신을 빼앗겨 더 이상 싸울 수 있는 상태가 아니었다.

그 정도로 시우의 몸에서 뿜어져 나오는 존재감은 범상치가 않았다.

그러나 그런 경외의 시선 속에서 시우의 표정은 결코 좋지 못했다.

인간의 육체를 지닌 신선, 혹은 신. 굳이 칭하자면 선인이나 신인이라고 불릴 수 있는 경지를 이룬 인간이라고는 생각할 수 없을 정도로 불쾌해 보이는 표정이었다.

그만큼 창조주가 시우에게 해줬던 말은 불쾌한 것이었다.

'넌 이 세상을 구할 운명이야.'

거기까진 좋았다. 하지만 그 뒤에 따라 붙은 말이 시우를 불쾌하게 만들었다.

'아니면 말고.'

어쩌면 그렇게 무책임할 수 있단 말인가?

그 한마디로 하여금 앞선 말조차도 무색하게 만들었다.

'설마 이 세상을 구한 운명이란 소리도 날 부추기려는 헛소리는 아닐까?'

그런 생각도 들었지만 어차피 시우는 창조주의 의도대로 움직일 수밖에 없는 운명이었다.

시우는 이미 이 세계에서 살아가야하는 운명이었고, 이 세계를 종말로 이끌어 처음부터 다시 만든다는 계획을 가진 마신 파일로스와는 공존할 수 없었다.

그런 의미에서라면 시우는 이 세상을 구할 운명이었다.

'아니, 정확히 말하자면 구할 수밖에 없는 운명이지.'

구하지 못하면 결국은 죽고 말테니까.

시우는 그쯤해서 상념을 접어두었다. 당장에 수아제트는 당황한 눈치였지만 그가 본격적으로 공격해오기 시작한다면 신인이 된 시우도 위험해질 수 있었다.

창조주는 시우를 인간으로 되돌려 준다고 말했지만 시우가 얻은 신으로서의 힘은 회수해가지는 않았다. 그러나 시우는 자만하지 않았다. 지금도 인간의 육체에 머무는 시우의 영혼, 원마력은 시우에게 전능감을 안겨주었지만 그것이 정말 못하는 것이 없는 것은 아니었으니까.

한계는 명확했다.

일단 시우가 가진 육체가 죽으면 끝이다.

신격화된 시우의 영혼은 신이 되어 신계로 올라가겠지만 더 이상 지상에는 관여할 수 없게 된다.

파일로스의 성룡이 된 베네모스나 그의 권능으로 강력해

진 수아제트가 인류를 멸망시키는 광경을 신계에서 손가락 빨며 지켜봐야 한다는 소리였다.

다음으로 힘. 시우는 신의 힘을 손에 넣었다. 인간의 한계, 생물의 한계를 뛰어넘어 더 이상 체내에 마력을 쌓을 필요가 없게 되었다.

시우의 의지가 있으면 그곳에 현상이 따라왔다.

흔히 천지창조에서 말하는 '빛이 있으라 하니 빛이 있었다.' 수준의 힘이었다. 시우가 원하면 그 주위에 있는 마력이 따르며 현상이 생겨났다.

하지만 거기에도 한계가 있었다.

바로 정신력이다. 마력의 한계는 더 이상 없지만 시우의 정신이 따라주는 한계 내에서의 힘이었다.

그야말로 천지창조로부터 수 억 년의 세월을 살아온 기존의 신들이라면 모를까 고작 최시우로 24년, 체슈로 3년을 살아온 시우에게 아직 무에서 유를 창조하는 것은 무리였다.

시우는 이제 막 신의 경지에 오른 신입 신이었다. 신들 중에서는 가장 낮은 위치의 신이었다. 시우는 그것을 잊지 않았다.

하지만 반면에 수아제트를 보며 조금은 맥이 빠지는 것도 어쩔 수가 없었다.

혹시 정말 신이 아닐까?

그렇게 생각했던 수아제트의 한계가 명확히 보이기 시작했기 때문이었다.

마신 파일로스는 수아제트의 영혼을 조작하여 신에 가까운 새로운 종을 탄생시켰지만 결국 수아제트는 신이 될 수 없었다.

시우는 과거에 한 번 이런 생각을 해본 적이 있었다.

드래곤은 신의 영혼을 본떠 만든다. 그런 드래곤들이 창조주의 힘인 마력을 극한까지 모으면 신이 될 수 있는 것은 아닐까?

그것은 사실이었지만 무책임한 창조주도 아무런 방책도 없이 드래곤을 만든 것은 아니었다.

일단 드래곤이 신이 되기 위해서는 원력을 각성시켜야만 했다. 하지만 창조주는 드래곤을 만들면서 애초에 그들은 원력을 각성하지 못하도록 만들었다. 드래곤이 신이 되기 위해서는 그 한계를 넘어서야만 했던 것이다.

그런데 지금 수아제트는 그런 드래곤의 영혼에서 한 차례 더 변질하면서 원력을 각성시킬 수 없는 존재가 되어버렸다. 동족의 영혼을 침범하고, 감염하고, 흡수하고, 증식하는 과정에서 영혼은 누더기가 되어 있었다.

신의 권능에 가까운 마법을 부릴 수는 있을지언정 그것은 드래곤 하트가 따라줘야 한다는 조건 달린 능력이었다.

물론 그렇다 하더라도 동원할 수 있는 마력량이 엄청나니 얕볼 수 없다는 것은 사실이었지만 말이다.

거기까지 생각을 마친 시우는 먼저 전장을 훑어본 뒤에 손짓을 했다.

많이 다쳤네. 위험해 보이네.

그런 생각들과 함께 손짓을 하자 수아제트와의 전투에서 부상을 입었던 파트너 드래곤과 용기사들이 완전 회복되었던 것이다.

시우는 정신에 부담을 느끼면서 다시 한 번 손짓했다.

이번에는 단거리 공간이동 마법이었다.

전장에 흩어져 있는 알테인 및 페르시온 제국군을 한자리에 모았다.

알드미트 용기사단과 어찌어찌 살아남았던 페르시온 제국의 기사들은 눈앞의 광경이 바뀌자 경악성을 내질렀지만 시우는 상관하지 않았다.

그 모습에 당황하는 것은 수아제트도 마찬가지였다. 마법인가 싶기는 했는데 시우가 무슨 짓을 한 것인지 이해할 수 없었으니까.

"방해가 될 수 있으니 일단 대피해 계세요."

"···무슨 방법을 쓰신 건지는 모르겠습니다만, 체슈 경도 함께 갑시다! 상황이 이렇게 된 이상 나중을 도모하는 수밖에는 없습니다!"

레이의 말에 시우는 고개를 끄덕였다.

그의 행동은 시우도 지켜보았다. 그리고 그의 각오도 들었다.

시우를 살리기 위해 목숨을 걸었던 레이의 각오는 굉장히 인상적이었다.

"위험해지면 바로 도망치겠습니다. 하지만 지금은 질 것 같은 생각이 전혀 들지 않는군요."

"체슈 경?!"

레이는 시우를 설득하기 위해 입을 열었지만 시우의 손짓에 레이는, 알드미트 용기사단은, 시우를 제외한 모든 사람들은 이 자리에서 사라지고 없었다.

장거리 공간이동 마법이었다.

그들의 말은 고맙지만 지금은 방해만 될 뿐이었다. 대충 거리를 가늠한 시우는 그들을 제네란령까지 날려 보냈다.

단거리 공간이동 마법보다 무거운 부담이 시우의 정신을 짓눌러왔지만 아직 한계까지는 한참 멀었다.

시우의 육체는 300레벨에서 그치며 성장을 멈춘 상태였지만 정신력 스탯은 지금도 끊임없이 성장하고 있었다.

"〈…이게 도대체 뭐지? 마법도 아니고, 공간이동 마법의 각인식인가? 하지만…….〉"

수아제트는 이해할 수 없는 현상에 아직도 혼란스러워 하고 있었다.

"〈어찌 되었든 상관없다. 동료들을 피신시키며 같이 도망가지 않다니. 그 배짱만큼은 인정해주마. 하지만 마지막 기회를 놓친 것을 후회하게 될 것이다. 더 이상 공간이동 마법을 사용할 여유를 허용할 생각은 없으니!〉"

수아제트는 몸을 지키기 위해 펼쳐둔 방어벽의 개수를 줄이고 되찾은 여력으로 공격을 쏟았다.

시우는 1년 전에도 정체를 알 수 없는 힘을 부리고는 했다. 고작 한 명의 인간에게 질 것이란 생각은 하지 않았지만 그렇다고 방심을 하지는 않았다.

다른 놈들을 놓친 이상 체슈만이라도 확실히 처치해야 파괴신 파일로스를 마주할 면목이 생길 것이다.

그러나 수아제트의 마법에도 시우는 멀쩡했다.

손을 들어 올린 시우의 전면에는 수아제트의 방어벽과도 비견되는 두꺼운 마법의 방패가 생겨나 있었다.

"으으음."

마법에 방어벽이 부서지고, 부서진 방어벽을 다시 만드는 과정이 생각보다 복잡했다. 수아제트가 하는 것을 지켜볼 때는 참 편하게도 싸운다 싶었는데 이것도 나름대로의 고초가 있는 모양이었다.

잠시 시간이 흐르며 적응이 되려니까 수아제트도 공격의 비중을 늘리기 시작했다.

처음엔 마력을 퍼부어 위력만 무식한 공격을 쏟아내더니 이제는 일격 일격이 드래곤의 고유 마법이었다.

드래곤 하트가 하나씩 작살나면서 드래곤의 고유 마법이 터져 나왔다.

처음은 시간 정지 마법이었다.

과거 아이시크의 고유 마법으로 겪어본 일이 있는 그 마법은 상태이상에 무적 상태가 되는 유니크 귀결로 이겨낸 기억이 있었다.

하지만 지금 시우의 유니크 귀걸이는 이미 사용한 상태였다.

그 아이템에는 쿨타임이라는 재사용 대기시간이 존재했는데 그것이 1시간이었다.

시우는 아직 이 아이템을 사용한 지 1시간이 지나지 않았다.

하지만 시우는 정지된 시간 속에서도 자유롭게 움직일 수 있었다. 정신력과 마력으로 저항해낸 것이다.

조금 불편한 것이라면 시간이 정지된 세계는 빛도 전달되지 않아 앞이 보이지 않는다는 것 정도였다.

수아제트는 잠시의 여유도 없이 화염 마법을 사용했다.

레이의 드래곤 소드로 사용했던 완전 연소 마법과 동계열의 마법인 것 같았는데 공간을 격하고 발동 되었던 레이의 완전 연소 마법과 다르게 그것은 수아제트의 입에서 뿜어져 나왔다.

대신이라고 할까 마법의 영향권이 제법 넓었다. 방사형으로 뿜어져 나오는 불꽃은 그 공간의 공기는 물론이고 주위의 공기마저 빨아들이며 탐욕스럽게 불타올랐다.

시우는 그것이 자신의 몸에 와 닿기 전에 공간이동 마법으로 회피했다.

시간이 멈춘 공간 속에서 자유롭게 움직이는 시우의 모습을 보고도 수아제트는 당황하지 않았다. 체슈와 싸울 때는 항상 이런 상식 외의 일이 벌어진다는 것을 익히 알고 있었기 때문이었다.

그 덕분에 시우가 공간이동으로 모습을 나타내는 공간에 전격 마법을 쏟아낼 수 있었다.

페르시온 제국 정예병들을 전멸시켰던 바로 그 마법이었다.

하지만 시우에겐 소용이 없었다.

전격 마법은 일견 강력하고 유용한 것 같지만 한 꺼풀 벗겨보면 쓰기도 까다롭고 들어가는 마력에 비해 위력도 강하지 않았다.

고유 마법쯤 된다면 자연적으로 일어나는 번개만큼의 위력은 낼 수 있지만, 조건만 갖춰진다면 인간도 그 번개를 맞고 견뎌내지 않던가?

전격 마법의 로직은 충전, 유도, 방전이다.

충전으로 전기가 모이고, 전격 마법이 명중될 대상의 주위로 양전하를 모아 전기를 유도한다. 그리고 방전이 시작되면 공기 중에 저항이 약한 길을 찾아 지그재그로 뻗으며 길이 만들어졌다. 그리고 그 처음과 끝이 맞닿는 그 순간 전기는 흐르기 시작한다.

그냥 전격을 막 방전시킨다고 무조건 상대에게 명중되는 것도 아니다.

그렇다고 번개가 놀랍도록 빠른 것도 아니다. 흔히 번개의 속도를 초속 16만 킬로미터라고 한다. 이는 초속 30만 킬로미터인 빛의 절반이나 되는 속도지만 실제로는 조금 다르다.

먼저 방전을 통해 길이 완성된 후에 흐르는 전기의 속도가 그 정도라는 의미이지 지그재그로 길을 만들며 뻗어오는 번개의 속도는 인간의 눈으로도 확인할 수 있는 수준이었다.

물론 보았다고 해서 피할 수 있느냐 하면 별개의 문제였지만 말이다.

하지만 시우는 볼 수 있었고 또 피할 수 있었다. 그뿐 아니라 시우는 자신을 향해 방전되어 오는 전격을 손 안에 잡아뒀다.

전격 마법의 로직만 이해한다면 어려운 일은 아니었다.

시우는 방전되기 위해 손안에서 날뛰는 전격을 창을 수아제트를 향해 던졌다.

수아제트는 지금 공격에 열중하느라 방어는 도외시하고 있었다. 때문에 비교적 평소보다 얇은 방어벽이 가볍게 깨져나갔다.

콰릉! 빠지지직!

조건만 갖추면 인간도 번개를 버틴다 했지만 그 조건이 갖춰지지 않는다면 번개는 무서운 힘을 갖추고 있었다.

번개가 지나간 자리의 공기는 섭씨 3만도까지 달궈지고 기압은 무려 100기압까지 상승한다. 번개의 뒤를 따라오는 무시무시한 뇌성은 그러한 대기의 변화에서 일어나는 덤에 불과하다.

드래곤의 단단한 비늘이 깨져나가고 살덩이가 번개가 일으키는 고온 속에서 익어갔다.

무엇보다 근육이 강제로 수축되며 움직일 수 없었다. 날갯

짓을 할 수 없다는 것이 가장 큰 타격이었다.

어쩔 수 없이 마력의 일부를 비행으로 동원한 수아제트는 회피기동을 하며 방어벽을 강화했다. 얼마나 급했는지 시간 동결 마법이 풀려버릴 정도였다.

드래곤 하트도 무려 2개나 깨져나갔다.

공수가 전환되었다.

수아제트는 수세에 들어갔고 시우는 수아제트가 정비를 마치기 전에 공격을 쏟아냈다.

전격의 축제였다.

시우는 수아제트가 보여준 벼락을 양 손에 들고 던졌다. 휘둘렀다.

수아제트의 방어벽이 부서져나가고 그 몸에 직접 닿으며 찢고, 태우고, 박살냈다.

수아제트도 전격 마법의 로직은 이해하지만 시우가 그랬던 것처럼 상대의 전격을 재유도하여 역이용하는 재주는 부릴 수가 없었다.

마치 벼락의 신이라도 된 것처럼 시우는 전격을 자유자재로 다루었다.

전신이 푸른빛 번개로 휩싸였다. 시우는 수아제트를 그냥 공격만 한 것이 아니었다. 수아제트의 몸에 공격을 가하면서 그의 몸이 양전하를 띄게 만들었다.

양전하를 띄게 된 수아제트의 육체를 향해 번개가 그 뒤를 쫓았다.

어느 방향으로 전격을 던지든 음전하를 띤 전격은 양전하를 향해 날아갔다. 수아제트가 아무리 날고 기어도 번개는 피할 수가 없었다.

폭음이 쉴 새 없이 터져 나왔다.

시우의 공격에 정비를 갖추기는커녕 도망치느라 바쁜 수아제트는 전격을 막아낸다고 박살난 드래곤 하트만 10개에 이르렀다.

"〈이럴 수는 없어! 내가, 내가 고작 인간 따위에게!?〉"

시우는 전격을 통해 구멍이 뚫린 수아제트의 방어벽을 지나 그의 목덜미에 손을 얹었다.

"이제 그만 끝내자."

파지지지직!

시우의 몸을 휘감고 있던 전격이 수아제트와 맞닿은 손을 통해 흘러들어갔다.

수아제트는 아득해지는 정신 속에서 살아남기 위해 자신의 몸에 회복마법을 걸었다.

채채챙!

연달아 드래곤 하트 깨지는 소리가 들려왔다.

그러나 수아제트의 몸은 그간의 전투로 이미 반쯤은 죽어 있는 상태였다.

수아제트의 몸은 회복되는 것보다도 빠르게 무너져 내렸다.

Respawn

NEO FUSION FANTASY STORY & ADVENTURE

48장.

마족

리스폰

수아제트의 시체가 축 늘어져 있었다.

그의 눈에선 눈물방울이 한 방울 똑 떨어져 내렸고 그것은 이내 타원형의 수정이 되었다.

드래곤 티어, 알이었다.

시우는 알을 먼저 아이템창에 챙겨넣은 후 그의 머리에서 하나둘 드래곤 하트를 떼어냈다. 모두 떼어내 확인해보니 남은 드래곤 하트의 숫자는 38개.

이번 전투에서 깨져나간 드래곤 하트의 수를 헤아려본 시우는 조금 아까운 생각도 들었지만 남은 드래곤 하트의 숫자도 결코 가벼이 여길 양은 아니었다. 하지만 그것을 바라보는 시우의 심정은 조금 애매했다.

"이걸 어디다 써?"

웬만한 국가도 드래곤 하트를 이렇게 소지할 수는 없을 텐데.

시우는 막연히 그런 생각을 하면서 일단 모든 것을 아이템 창에 챙겨 넣었다.

꼭 시우가 이용하지 않더라도 쓸 곳은 많았다.

수아제트의 힘을 빼다고 고생한 알드미트 용기사단에 위로의 의미로 하나, 페르시온 제국에게 전쟁에서 쓰라고 조공을 명목으로 열 개, 아리에타에게 임펠스 왕국을 좀 더 수월하게 운영하라고 스무 개쯤 준다고 해도 사우의 손 안에 남는 드래곤 하트가 7개나 되었다.

시우는 완전히 익어버려 살타는 냄새가 나는 수아제트의 시체까지 아이템창에 챙겨 넣고 제네란으로 공간이동을 했다.

제네란은 거의 텅텅 비어있었다.

임펠스의 국민인 알테인들은 지금쯤 전쟁을 치르고 있을 것이다.

시우가, 육군 사령관 노이드가 알덴브룩 제국군을 견제하며 도발을 해왔던 것은 비단 화재를 지연시키거나 놈들의 숫자를 줄이기 위함이 아니었다.

드래곤을 유인하고 처리하기 위해서였다.

애초 계획은 이랬다. 되도록 많은 수의 드래곤을 유인해 알드미트 용기사단에게 끌고 간다. 알드미트 용기사단이 드래곤을 처치하고 시우는 정령 통신망을 통해 알테인들에게 신호를 준다.

그리고 가장 중요한 것이 드래곤들이 이곳으로 유인된 틈을 타서 무주공산이 되었을 가능성이 큰 전장을 타격하는 것이다.

알테인들은 페르시온 제국의 마법사단 및 기사단을 이끌고 숲을 누비고 다닐 능력이 있었으니 이런 전략도 가능했던 것이다.

물론 작전은 계획대로 돌아가지 않았다.

유인된 드래곤은 하나뿐이고, 그 마저도 알드미트 용기사단이 처치하지 못해 하마터면 전멸할 뻔했다. 하지만 결과는 나쁘지 않았다. 페르시온 제국의 정예인 기사단과 마법사단이 전멸에 가까운 타격을 받기는 했지만 알드미트 용기사단은 전원 무사했고 수아제트도 처치할 수 있었으니까.

걱정되는 것은 지금쯤 전장에 동원되었을 알테인들의 피해가 크지는 않을지 그것이 걱정이었다.

그도 그럴 것이 원래 작전은 드래곤들을 최대한 유인하는 것이 전제조건이었는데 그것을 실패했으니 그들의 전장에 드래곤이 있을 것이라는 의미였으니까.

시우의 계산으로는 알테인들의 힘이라면 드래곤도 충분히 상대가 가능했지만 알테인들은 유난히 드래곤을 두려워했다. 어쩌면 그들이 가진 신과 닮은 영혼을 알테인들은 본능적으로 알아차린 것일지도 몰랐다.

"체슈 경!"

레이의 목소리였다.

그곳을 바라보니 레이 휘하 알드미트 용기사단과 시우와 함께 행동했던 제이드 육군 사령관 및 알테인들이 모여 있었다.

"무사하셨군요!"

그들은 영문을 모르겠다는 표정을 지으면서도 안도의 한숨을 내쉬고 있었다.

"도대체 무슨 일이 있었던 것입니까?"

제이드의 질문에 시우는 뭐라고 대답할까 말을 골랐다. 대뜸 신이 되었다고는 말할 수 없으니 그럴듯한 변명이 필요했다.

"제가 원래 지니고 있던 힘입니다."

시우는 그렇게밖에 말할 수 없었다.

레이가 묘한 표정을 지으며 시우에게 물었다.

"광룡은, 수아제트는 어떻게 되었습니까? 필시 도망쳐 나오기가 쉽지 않았을 텐데……."

마음 같아서는 얼버무리고 싶은 기분이었지만 시우는 솔직하게 이야기할 수밖에 없었다.

광룡 수아제트 같은 존재는 살아있다는 자체만으로 아군의 사기를 저해하고 군대의 행동조차 위축시킬 것이다. 괜히 이야기를 얼버무려 놈이 아직 살아있다고 착각하게 만든다면 큰 문제가 될 수 있었다.

시우는 말로 하기보다 아이템창을 열어 수아제트의 시체를 꺼내 보임으로서 대답을 대신했다.

갑자기 나타난 거체에 모두들 화들짝 놀라는 눈치였지만 이내 그것이 시체임을 깨닫고 신음에 가까운 감탄사를 흘렸다.

'어떻게?'

레이는 그런 의문이 떠올랐지만 굳이 그것을 목소리 내어 묻지 않았다.

✦

시우의 걱정은 기우로 끝났다.

물론 모든 전장에서 승리를 거둔 것은 아니었지만 마의 우림을 뚫고 공격해올 수 없을 거라는 알덴브룩 제국의 방심을 찔러 대부분의 전쟁에서 승리를 거머쥐었다.

드래곤들이 나타난 전장도 있지만 알테인의 활약이 눈부셨다.

드래곤을 향한 공포를 이겨내고 신령을 필두로 하고 창공을 누비는 알테인들은 드래곤이라 하여도 가벼이 여길 수 있는 것이 아니었다.

물론 쉽지 않은 싸움이었다. 희생도 컸다. 죽은 알테인의 숫자는 그렇게 많지 않았지만 드래곤의 마법은 강력하여 스치기만 하여도 평생을 불구로 살아야했다. 그러나 문제는 없었다.

시우는 승리한 전장을 순찰하며 생명력 회복 마법 스킬과 포션의 도움으로 불구가 된 알테인들을 멀쩡한 상태로 되돌릴 수 있었다.

그리고 시우는 그제야 제대로 전쟁이라는 것의 실체를 볼 수 있었다.

시산혈해.

시체가 산을 이루고 피가 바다를 만들고 있었다.

대부분이 알덴브룩 제국군의 병력이었다. 그 중에는 아직 한참이나 어려보이는 소년병도 있었고 밥도 제대로 못 먹었는지 피골이 상접한 남자도 있었다.

시우는 전쟁의 실체를 파악하고자 일부러 그것을 보러 나왔지만 이내 시선을 돌려버렸다.

이제 사람이 죽는 것쯤은 익숙해졌다고 생각했다. 지금도 시체를 보면 마음이 싱숭생숭해지기는 했지만 끔찍한 기분은 들지 않았기 때문이었다. 하지만 이 광경은 정말 끔찍했다.

시체가 산처럼 쌓인 광경이라니.

왜 인간이 인간과 싸워야 하는 것인지.

드래곤이라는 놈들이 원망스러웠다.

세리카는 전면전이라 부를 수 있는 국면이 일단락을 지은 날로부터 3일이 지난 뒤 석방되었다. 전쟁으로 인한 피해도 어느 정도 회복하고 새롭게 점령한 땅에 페르시온 제국의 병사들도 속속들이 도착하고 있었다.

원래라면 지원군이 도착하기 전에 역공을 해와 땅을 되찾아 가는 것이 정상이었지만 어쩐 일인지 알덴브룩 제국은 조용했다. 땅을 빼앗겼다는 사실로 자존심이 상할 법도 한데 말이다.

제이드는 그 이유를 수아제트에서 찾았다.

아마 알덴브룩 제국 제일의 전력이었을 수아제트의 죽음으로 인해 당황하고 있을 것이라는 게 제이드의 의견이었다.

하지만 그 이유는 머지않아 판명되었다.

✢

페르시온 제국은 이번 전면전에서 한 번에 4개의 영지를 동시 공격했고 3개의 영지를 점령하는데 성공하고 나머지 하나의 전장은 패주했다.

안 그래도 공성은 수성보다 힘든데, 급하게 전력을 모으느라 각 영지에 동원된 페르시온 제국의 병력은 1만이 되지 않았다.

그나마도 알테인이 8할 그 외 기사나 마법사, 페르시온 제국의 병력이 2할밖에 되지 않는 수였다. 그러나 전쟁에서 페르시온 제국은 항상 우위에 있었다.

아무리 높은 성벽이 앞을 가로 막는다 하더라도 창공을 자유롭게 날 수 있는 알테인들에게는 아무런 방해도 될 수가 없었다. 게다가 하늘을 날며 투창을 던지는 알테인들에게 성벽 안에 몸을 숨기고 있는 알덴브룩 제국군은 독안에 든 뒤와 다름없었다.

뒤늦게 그 사실을 깨달은 알덴브룩군이 성문을 열고 나와도 알테인들의 상대는 될 수 없었다. 기껏해야 실력 좋은 마법사나 궁병 몇이 알테인에게 공격을 가할 수 있었을 뿐, 전황은 너무나도 일방적이었으니까.

덕분에 페르시온 제국은 첫 전면전에서 3개의 영지를 점령하는 전공을 세울 수 있었다.

그리고 전면전이 끝나고 일주일이 되지 않은 어느 날, 시우는 리카의 정령 통신망을 통해 이번에 점령한 3개의 영지 중 가장 서쪽에 있었던 펠튼령이 공격을 받고 있다는 소식을 들을 수 있었다.

알덴브룩군 병력의 움직임은 정령을 통해 세세하게 파악하고 있었고, 공성전에서도 크게 활약한 알테인들이 점령한 영지에서 거주하며 수성에 힘을 쓰고 있었기 때문에 조금은 방심하고 있었을지도 모른다.

시우는 그 즉시 아리에타에게 그 사실을 알리고 펠튼령에 지원을 갔다.

전쟁은 한창 진행 중이었다.

펠튼령에 연기가 피어올랐고 하늘에는 수천의 병사들이 하늘을 날고 있었다. 지레짐작하여 알테인이겠거니 생각했는데 자세히 보니 그게 아니었다.

알테인과 적 세력이 공중에서 다투고 있었다.

놈들은 정령도 어렵지 않게 베어가며 싸우고 있었다.

이해하기 어려운 광경이었다.

정령을 벤다니? 그것은 신격화를 이루기 전의 시우는 상상조차 할 수 없는 일이었다.

놈들은 괴이한 모습을 지니고 있었다.

갈색 피부에 등 뒤로는 피막으로 된 날개가 달려 있어 그것을 이용해 하늘을 날고 있었다. 그들은 하나같이 튼튼한 갑옷과 무기를 들고 있었는데 그 모든 것이 세실강인 모양이었다.

세실강의 가장 큰 특징은 마력을 흡수하기 때문에 마력에 강하다는 것이었는데 어째선지 정령들도 세실강 갑옷에는 제힘을 못 쓰고 있었다. 무엇보다 세실강으로 된 무기들이 정령들을 베어 소멸시키고 있었다.

그들의 갑옷 둔부에는 구멍이 뚫려 끝이 날카로운 꼬리가 튀어나와 있었다. 때로는 그것을 무기 대신 사용하여 알테인들을 꿰뚫고 있는 것을 목격할 수 있었다.

무엇보다 그들의 머리 위로는 뿔이 솟아 있었다. 익숙한 뿔이었다.

그들이 세실강을 입고 있기 때문일까? 그 뿔을 보니 어쩐지 포스칸이 떠올랐다.

세실강으로 만든 갑옷과 무기는 포스칸 특유의 문신 문양으로 빛을 내고 있었기 때문이었다.

마치 지옥에서 기어 나온 악마들이 천사들을 학살하는 광경 같았다. 하지만 정령들이 힘을 못 쓰는 반면 알테인들은 놈들을 상대로 잘 싸우고 있었다. 전황은 거의 비등했다. 알테인들의 능력은 비단 정령뿐이 아니었으니까.

시우는 땅을 박차고 단숨에 날아올랐다. 가까운 곳에서 싸우는 알테인이 위급해 보였기 때문이었다. 시우는 리네를 뽑아들어 알테인을 공격하는 의문의 적을 베어버렸다.

시우의 검, 리네에는 마력과 혼재한 원력이 깃들어 있었고 그것은 평범한 원력과는 격을 달리하는 기운이었다. 시우가 원마력이라고 이름 지은 이 이름은 신이 될 자격과 같은 것이었으니까.

당연히 시우의 공격을 받은 적은 일격을 견뎌내지 못하고 몸이 반으로 쪼개지며 추락했다.

"괜찮습니까?"

"체슈님?"

알테인이 시우를 알아봤는데 고통에 눈살을 찌푸리며 되물어왔다.

시우는 즉시 알테인에게 힐링을 써주었다. 아직도 위기에 빠진 적들은 수도 없이 많았다. 시우는 공간을 격하고 날아다니며 적들을 베어 넘겼다.

놈들은 알테인들과 섞여 육박전을 벌이고 있었고 또 세실강 갑옷을 입고 있었기 때문에 마법은 큰 효과를 볼 수 없을 것 같았다.

시우의 검술이 빛을 발했다. 대부분의 놈들은 시우가 공격하기 직전까지 공격을 인식조차 못했고 간혹 천부적인 재능을 가진 놈들이 시우의 공격에 반응하며 막거나 되받아치려 했지만 일격을 견뎌내지 못했다.

그런데 시우는 놈들을 상대하면서 이상한 느낌을 받았다.

자신의 검술과 적들의 무기술이 어딘가 닮았다는 생각이 들었던 것이다.

그것은 검을 든 적을 상대하면서 확신으로 바뀌었다.

"포스칸 상급 검술?"

놈들은 포스칸의 비전 검술을 사용하고 있었다. 아마 시우가 상대했던 다른 자들도 포스칸에게만 전해져오는 무기술을 사용했을 것이다. 오로지 검술만을 익혀온 시우였기에 알아보지 못했지만 의식하고 살펴보니 그 유사성을 발견할 수 있었다.

시우는 가슴이 철렁 내려앉았다.

불길한 예감이 전신을 엄습했다.

그리고 그 순간, 리네가 밝게 빛을 뿜으며 몸을 떨었다.

우우웅!

검극이 제멋대로 돌아갔다.

마치 저기를 좀 보라는 듯이.

시우의 시선이 리네의 검극으로 향했다.

"리네?"

그곳에는 시우의 세실강 한손검에 직접 원력을 불어넣어 주었던 소녀 포스칸이 있었다.

시우가 리네와 헤어졌을 때가 지금으로부터 거의 3년 전의 이야기였다.

정확히는 3년이 조금 안 되었지만 그때 리네의 나이가 14살이었으니 지금은 16살이었다. 이번 달이 올해의 마지막 달이었으니 곧 나이를 먹으면 17살이 된다는 소리였다.

오빠라고 부르며 따르던 소녀는 지난 사이 부쩍 자라 있었다.

그녀는 시우가 이 세계에서 처음으로 정을 주고, 말을 배우고 같이 생활한, 친동생과도 같은 존재였다.

아무리 오랜만에 만났다고 해도 시우가 그녀를 못 알아볼 리가 없었다. 게다가 시우의 애병(愛兵)도 자신에게 원력을 불어넣어준 주인을 알아보는 것인지 쉬지 않고 몸을 떨고 있었다.

리네가 틀림없었다.

하지만 성장과는 달리 그녀는 바뀌어 있었다.

포스칸은 원래 뿔이 달린 종족이었지만 그들에게 날개나 꼬리는 없었다. 그런데 시우의 눈에 들어온 리네는 지금까지 보아왔던 여타의 적들과 마찬가지로 날개와 꼬리를 지니고 있었다.

잠시 넋을 놓고 있는 사이 리네를 상대하고 있던 알테인이 위기에 빠졌다.

시우는 정신을 차리고 그 사이에 끼어들었다.

알테인에게 떨어져 내리는 리네의 검을 올려쳤다.

갑작스러운 난입에 리네는 당황한 눈치였지만 그것이 전부였다. 그녀는 시우를 알아보지 못했다.

시우는 그럴 수 있다고, 포스칸의 마을 테트라를 떠나고 자신도 많이 바뀌었다고 현실을 도피했다. 자신이 많이 바뀌었으니 몰라봐도 어쩔 수 없다고.

"리네!"

시우가 외쳤지만 반응은 없었다.

단지 전신에서 원력이 솟구치며 그녀의 몸에 푸른빛 문신이 떠올랐다.

허공을 딛고 돌진해오는 리네는 무척이나 빨랐다. 하지만 시우의 상대는 될 수 없었다. 시우는 리네의 검을 흘려내며 보이지 않는 각도에서 찔러오는 꼬리를 피해냈다. 그와 동시에 오른쪽 발이 시우의 상체를 노리고 날아왔다. 팔을 들어 그것을 막아내자 자세를 바로하며 왼손을 뻗어왔다.

시우는 원마력을 끌어올려 허공을 박차며 리네와의 사이에 거리를 벌렸다.

"리네! 정신 차려!"

시우가 다시 외치자 그제야 반응이 돌아왔다.

"리네? 나는 자랑스러운 마신 파일로스님의 종, 마족 리리스다."

전에도 한 번 겪어본 적 있는 익숙한 흐름이었다.

알고 있었다. 그러나 인정하기 싫었다.

"너는 포스칸이잖아? 마족이라니 도대체 무슨 소리야?"

"우리 마족은 포스칸을 뛰어넘은 포스칸. 자랑스러운 파일로스님의 종이다."

무표정한, 감정이 없는 눈빛으로, 기계적인 대답이 돌아왔다.

분명 정신면에서 어떠한 영향을 받은 모습이었다.

짐작은 할 수 있었다.

수아제트에 의해 세뇌되고 파일로스에 의해 영혼을 조작당했을 것이다. 시우는 이들을 발견하는 그 순간부터 느끼고 있었다. 그들의 영혼은 정상이 아니라고.

그들이 끌어올린 원력은 정령의 영혼을 좀먹었다. 정령뿐만 아니라 상대하는 알테인들도 원력이 서로 맞닿을 때마다 괴로워하는 모습을 보였다. 그나마 알테인이라서, 원력의 통제력이 뛰어나기 때문에 그 정도로 그친 것이다. 평범한 익시더들은 이들을 상대하는 것만으로 원력이 깎여나가고 영혼을 좀 먹힐 것이다.

수아제트는 죽었지만 세뇌 마법 중에서는 그 시전자가 죽어도 효과가 계속되는 종류의 마법이 있었다. 바로 그런 종류의 마법에 걸린 모양이었다.

하지만 상관없었다. 시우는 이미 세리카도 세뇌 상태에서 회복시켰다. 리네도 마찬가지로 세뇌에서 풀어주는 것이 가능할 것이다. 하지만 괴로운 것도 사실이었다. 세리카도 기억을 잃은 모습으로 시우의 가슴을 찢어놨는데 리네마저 그렇게 될 거라고 생각하니 끔찍하기가 이를 데 없었다.

하지만 마음을 독하게 먹었다. 일단은 제압부터 해야 했다.

시우는 원마력을 검에 불어넣어 리네의 검에 대항했다.

그들의 영혼, 스스로 자칭하기로 마족이라고 이른 그들의 원력은 모든 원력의 천적이었다. 게다가 그들이 입은 갑옷과 무기는 세실강이었으니 마법을 상대로 초월적인 힘을 발휘한다. 그 두 가지가 합쳐지자 전장에서의 그들은 그야말로 무적이었다.

하지만 시우의 원마력이야말로 그런 마족의 천적이었다.

시우와 리네의 검이 서로 맞부딪히자 리네의 원력이 허공으로 흩어졌다. 원마력의 힘에 못 이겨 분쇄되었던 것이다.

시우는 그 틈을 타 재차 검을 휘둘렀다. 리네의 갑옷을 스치고 지나갔다. 육체에는 데미지를 입히지 않으며 갑옷부터 차근차근 뜯어내려는 속셈이었다.

리네도 자신과 시우 사이의 역량 차이를 이해했는지 보다 악착같이 공격해왔다. 목숨을 도외시한 공격이었다. 이지를 상실했기 때문에 가능한 광기 어린 모습이었다. 하지만 목숨을 담보로 한 공격에도 시우와의 역량차이는 좁힐 수가 없었다.

시우는 차근차근 작업을 하듯 리네의 갑옷을 한 겹씩 벗겨냈고, 결국 리네는 시우 앞에 나신을 드러낼 수밖에 없었다.

시우가 손을 뻗어 리네의 머리를 쥐자 그녀의 몸이 축 늘어졌다. 수면 마법이었다. 세실강 갑옷을 입고 있었다면 통하지 않았겠지만 시우는 이미 공을 들여 리네의 갑옷을 모두 벗겨낸 뒤였다.

시우는 아이템창 속에서 담요를 꺼내 그녀의 몸에 둘러주었다.

"…리카. 그녀를 제네란으로 데리고 먼저 가 있어."

시우와 정신이 연결된 리카는 시우를 조금 걱정스러운 표정으로 바라보았다. 잠시 망설이기도 했지만 아무 말도 꺼낼 수가 없었다. 리카는 리네를 데리고 제네란으로 돌아갔다.

시우는 전장을 올려다보았다.

연기로 까맣게 물든 하늘에선 알테인과 포스칸이었던 자들이 서로 싸우고 있었다.

둘 모두 시우에게는 소중한 존재였다.

어쩌다 이렇게 되었지?

시우는 망설였다.

그 잠깐 사이 알테인 둘과 마족 하나가 크게 다쳐 추락했다.

시우에게 망설일 시간은 주어지지 않았다.

"전쟁이잖아. 어쩔 수 없어."

시우는 마족을 하나둘씩 베어 넘기기 시작했다.

시우가 전투에 관여하기 시작하자 전황은 단숨에 기울었다.

전장을 정리하고 돌아온 시우의 전신은 마족의 피로 얼룩덜룩했다. 하지만 시우는 그것을 닦을 생각도 하지 않고 먼저 리네를 찾아갔다.

그의 얼굴은 차갑게 식어있어 그 누구도 잔소리를 할 수가 없었다.

리카의 기척을 더듬어 찾아간 곳에는 제법 많은 인원이 모여 있었다.

세리카, 에리카, 소라, 루리, 로이.

레이나는 큐란 가의 도움으로 페르시온 제국이 무역도시 크란데로 무혈입성에 성공하자마자 가족을 찾아 떠났다. 아리에타는 아직 왕국을 행정면에서 돌보는 데에 바쁜 모양이었다. 리나는 임무를 가지고 잠시 임펠스 왕국을 떠나 있었다.

여기 있는 사람들은 모두 시우와 가족이라고 해도 좋을 만큼 가까운 이들이었지만 누구하나 입을 열 수 없었다. 그만큼 시우의 얼굴은 차가웠다.

시우는 말없이 아이템창에서 상태이상회복 포션을 꺼내 리네에게 뿌렸다.

세뇌 마법은 이것으로 틀림없이 풀린다. 시우는 거기에 의심을 갖지 않았다. 하지만 일말의 불안이 남아있었다.

마신 파일로스. 놈의 스스로의 권능으로 리네의 영혼을 조작했다. 리네뿐만 아니라 어쩌면 남부 대륙 전역에 흩어져있는 포스칸들은 이미 파일로스의 손아귀에 넘어갔는지도 모를 일이었다.

리네가 눈을 떴다. 시우는 왼쪽 눈을 가려 그녀의 상태창을 확인했고, 상태이상 세뇌가 확실히 사라졌다는 것을 확인했다.

그리고 그 순간이었다.

"크왕!"

리네가 가장 가까이에 있던 루리를 덮쳤다.

시우가 얼른 나서 막았지만 하마터면 루리는 목숨을 잃을 뻔했다. 그녀는 원력을 끌어올려 루리의 목을 잡아 뜯으려 했다.

루리가 털썩 주저앉아 부들부들 떨었다.

리카에게 리네를 제압하라고 명령한 시우는 루리가 무사하다는 것을 확인했다.

리네는 이성을 잃고 날뛰었다. 기억은커녕 이성조차 남아 있는 모습이 아니었다. 시우는 그것을 무감정한 표정으로 바라보았다.

가슴 속이 시렸다.

세뇌 마법을 풀기 전에는 말이나마 했는데, 그것은 세뇌의 효과로 그녀를 통제하고 있었기 때문에 가능한 것이었던 모양이었다. 세뇌 마법이 풀린 그녀는 짐승과 다를 바가 없었다. 영혼이 타락한 영향이었다.

영혼이 파괴되어 다시 만들어진 그녀는 더 이상 포스칸도, 리네도 아니었다.

그저 전혀 다른 존재일 뿐이었다.

시우는 아이템창 속에서 내력 봉인 팔찌를 꺼내 그녀에게 채우고 감옥으로 보냈다. 지금의 그녀는 위험했다. 나중에 어떤 방법을 찾아 그녀를 원래의 상태로 되돌리기 전까지는 감옥에 가둬두어서라도 남을 해치지 못하게 해야만 했다.

"체슈, 괜찮아?"

세리카가 시우에게 다가와 물었다.

석방된 세리카와 같이 생활하면서 세리카는 빠르게 안정을 되찾았다. 그 때문인지 시우에게 무척 의존하는 성향을 보였는데 그런 세리카가 지금 시우를 걱정하고 있었다.

시우는 두 손으로 얼굴을 쓸어내렸다.

얼굴이 굳어있다는 것을 깨닫고 한 행동이었다. 엷은 미소를 머금고 세리카의 머리를 쓰다듬어주었다.

"괜찮아. 이 전쟁이 끝나면 모두 괜찮아 질 거야."

시우는 말했지만 세리카는 여전히 걱정스런 표정을 짓고 있었다.

✤

전쟁은 계속되었다.

수많은 마족의 피를 손에 묻혔다.

마족의 상대가 가능한 것은 시우가 거의 유일했다.

그나마 알테인이 마족을 상대로 시간 벌기가 가능했기 때문에 마족에 의한 피해는 크지 않았다.

알테인들이 마족을 상대로 시간을 끄는 동안 시우가 공간 이동 마법으로 전장에 나타나 마족들을 학살했다.

시우로서도 다른 방법은 없었다.

당장에 리네만 해도 어떻게 하지 못하고 지하 감옥에 가둬 둔 상태였다. 아군을 죽이기 위해 날뛰는 마족들의 세뇌를 풀어봐야 야성에 미쳐 날뛸 뿐이었다.

시우가 죽인 것은 마족뿐이 아니었다.

물론 드래곤들도 전쟁에 나섰다. 하지만 시우의 앞에서는 드래곤들의 마법도 의미를 잃었다.

또 많은, 헤아릴 수 없이 많은 인간들도 전쟁에 동원되었다.

물론 전쟁은 혼자 하는 것이 아니다. 그 정도야 페르시온 제국의 군대에 맡겨도 충분하겠지만 간혹 패색이 짙은 전장이 있으면 어김없이 시우가 소환되었다.

시우는 쉴 틈도 없이 여기저기로 불려 다니며 전쟁을 승리로 이끌어 나갔다.

이 정도 수준이 되니 전쟁은 혼자 하는 것이 아니라는 말이 무색할 정도였다.

알덴브룩 제국은 드래곤들의 도움으로 수많은 마법병기를 동원했다. 시우는 또 하나 거대한 마법병기를 박살내었다.

"히익! 괴물!"

도망가는 병사의 등에 원력을 날려 보내 심장을 박살냈다. 비명도 없이 쓰러진 병사의 시체에서 눈을 떼고 다음 표적을 찾았다.

한 무리 기사단이 말을 타고 달려오고 있었다.

시우의 의지가 일어나자 마법이 따라왔다.

말들이 달려오던 기세 그대로 고꾸라졌다. 수면 마법이었다. 낙마한 기사들은 재빠르게 대처해 크게 다친 이는 없었다. 알덴브룩 제국의 기사들은 원력을 잔뜩 끌어올린 상태로 말을 타고 달려오던 것과 거의 비슷한 속도로 달려오고 있었다.

시우가 손을 들어 올리자 시우의 주위로 딱 달려오는 기사들의 수만큼 얼음의 창이 만들어졌다.

기사들을 가리키자 날아갔다. 기사들은 나름대로 피하거나 검을 휘둘러 막아내려 했지만 의미가 없었다. 시우가 날려 보낸 얼음의 창이 갑자기 사라지는가 싶더니 기사들의 가슴 앞에서 나타나 기사들을 갑옷 채로 꿰뚫었다.

단거리 이동마법을 응용한 공격마법이었다.

기사들을 쓰러트리고 시선을 돌려보니 마법사들이 대규모 마법을 준비하고 있었다. 어디서 드래곤 하트를 마련했는지 서둘러 각인식을 설치하고 고유 마법을 발동시키려하고 있었다.

그 위로 거대한 불덩이가 떨어지며 폭발을 일으켰다.

"으아아악!"

마법은 발동되지 못했고 마법사들은 불에 육신이 녹아내리는 고통 속에서 천천히 죽어갔다.

또 하나의 승리였다.

전쟁이 시작된 지도 벌써 반년.

알덴브룩 제국은 페르시온 제국의 공격에 속수무책이었다.

전부 시우의 공이었다.

드래곤을 출동시켰다 하면 시우에게 죽어버리니 알덴브룩 제국의 최고 전력이라 할 수 있는 드래곤을 자유롭게 운용하지 못했다.

그나마 마족과 마법병기가 어느 정도의 전공을 세우고는 있었지만 그마저도 전황이 유리하게 돌아간다 싶으면 어김없이 시우가 등장했다.

시우는 요즘 왜 이 전쟁을 시작했는지 이유를 알 수 없게 되었다.

분명 시우는 좋은 뜻을 가지고 있었을 것이다.

시우의 시선이 전장을 훑었다.

하지만 전신이 갈기갈기 찢겨나가고, 불타오르고, 꿰뚫리는 이런 학살의 광경에 과연 좋은 뜻이 있을 수 있을까?

조금 피곤해진 시우는 콧대를 꾹꾹 눌러 마사지했다.

원마력을 동원하면 육체의 피로 따위는 순식간에 가시지만 아무래도 요즘 너무 무리를 했던 모양이었다.

그래도 처음엔 적당히 휴식도 취해가며 싸웠지만 요즘엔 지원 요청이 없어도 알아서 전장을 찾아가고 있었다. 마족을 죽이고 인간들을 학살했다.

고맙게도 제국의 고위인사와 함께 고향으로 돌아간 리나가 수많은 수인족들을 이끌고 페르시온 제국군에 합병되었다. 하지만 그것이 별로 의미가 없을 정도로 전쟁은 일방적이었다.

"조금만 쉴까."

공간이동 마법으로 시우는 구 제페스령으로 돌아왔다.

제국에 11개의 드래곤 하트를 조공하고 임펠스 왕국에 20개의 드래곤 하트를 바치고, 또 전장에서 수많은 전공을 세운 시우는 임펠스 왕국의 총사령관으로 임명되며 용작위를 하사받았다.

잔략전술을 모르는 건 물론이고 어차피 이 전쟁이 끝나면 제국에 팔려갈 몸이지만 그래도 평민이었던 시우가 구국의 영웅으로서 용작위라는 높은 작위에 오르고 한 국가의 총사령관이 되었다는 소식은 전쟁에 참가하는 일반 병사들의 사기를 자극하는데 좋은 수단이라는 모양이었다.

또 용작위를 하사받으며 시우는 구 제페스령을 영지로 다스리게 되었다. 처음엔 필요 없다고 사양하던 시우도 아리에타의 간절한 눈빛에 어쩔 수가 없었다.

그런 시우가, 영주성에 도착하자 시녀들이 안절부절못하며 부산한 분위기를 만들고 있었다.

"왜 그럽니까?"

"저기, 리네양께서……."

리네? 그러고 보니 최근 1주일은 리네가 있는 지하 감옥에

내려가 보지 못했다. 그 정도로 전쟁에 몰두했다. 조금이라
도 이 전쟁을 빨리 끝마치기 위해서.

시우가 할 수 있는 것은 오로지 적군의 수를 최대한 빨리
줄여 아군의 피해를 최소화시키는 것뿐이었다.

그런 생각을 하고 있으려니 시녀장이 말을 이었다.

"자결하셨습니다."

시우는 의외로 아무것도 느끼지 못했다.

Respawn

NEO FUSION FANTASY STORY & ADVENTURE

49장.

마신 파일로스

49장.
마신 파일로스

또각. 또각.

앞장 서 걷는 시녀장의 구두 소리가 복도에 크게 울렸다.

시우는 그 뒤를 따라갔다. 그런 시우의 머릿속은 하얗게
비어있었다.

영주성에는 영주의 가족이 죽으면 그 시체를 안치하는 영
안실이 마련되어 있었다. 황금으로 만든 촛대에 고급 양초가
조용하게 타오르고 있었다.

마치 분위기를 파악하려는 듯 영안실은 어둡고 조용했다.
공기마저 무거운 듯싶었다.

덕분에 흔들리는 촛불을 따라 그림자가 춤을 추었다.

리네의 시체는 깔끔하게 정리되어 있었다. 얼굴에는 천을

덮어두었는데 얼마나 깨끗한지 그냥 잠이 든 것 같았다.

하지만 그럴 리는 없겠지. 시우의 감각에 리네의 심박은 느껴지지 않았다. 체온도 없었다. 근육은 이미 경직되어 있었다.

"언제… 죽었다고?"

"정확히 어제의 이 시간 즈음이었습니다."

시우는 리네의 얼굴을 덮은 천을 걷었다. 얼굴이 보고 싶었다. 지난 반년 시우가 보아온 리네의 얼굴은 침을 질질 흘리며 으르렁거리고 컹컹 짖어대는 짐승의 얼굴이었다.

어쩌면, 지금이라면 생전의, 리네의 진짜 얼굴을 볼 수 있지 않을까 희망해보았다.

하지만 그런 시우의 바람이 무색하게도 하얀 천 아래 리네의 얼굴은 뭉개져있었다.

"벽에 머리를 들이받아 자결하셨습니다. 피를 닦아내고 최대한 원상복귀를 시도해 보았습니다만……."

변명하는 시녀장의 목소리에 시우는 손을 내저었다. 그만하라는 뜻이었다. 그런 이야기는 별로 듣고 싶지 않았다.

시우는 가슴에 손을 얹어보았다.

천을 걷어내며 뭉개진 얼굴을 보는 순간 시우의 심장이 벌렁 크게 박동 쳤다.

리네가 죽었다는 소식에도 아무것도 못 느끼는 자신의 모습에 시우는 실망하고 있었다. 차라리 슬퍼하고 싶었지만 그러지 못하는 자신이 싫었다.

시우는 지금 평소보다도 더 차가워져 있었다.

그래서 리네의 뭉개진 얼굴을 보고 동요한 자신의 심장에 안심이 되었다.

자신이 아직도 인간처럼 느껴졌으니까.

시우의 가슴은 차가워져 있었다. 리네의 사망 소식을 듣는 그 순간부터 오히려 심장박동은 더 느려지고 감정은 더 무뎌졌다.

학살을 거듭 반복해오며 정신적으로 많이 지친 시우의 육체가 반년간의 적응으로 그렇게 만들었던 것이다.

시우는 슬퍼하고 있었다. 시우의 방식대로.

시우는 울고 있었다. 가슴 속으로.

하지만 끝내 그의 눈에서 눈물은 흐르지 않았다. 끝내 시우의 눈에 어린 것은 눈물이 아닌 서슬 퍼런 불꽃이었다.

마신 파일로스를 향한 증오의 불꽃!

이 세상을 이 꼴로 만든 원흉, 시우로 하여금 학살을 자행케 만든 장본인.

리네의 죽음에 책임을 지닌 자…….

시우는 그렇게 한참 동안 리네의 시체를 바라보며 우두커니 서있었다.

✜

삼가 조의를 표합니다.

시우는 자신을 볼 때마다 유감이라느니, 미안하다느니, 리네의 죽음에 애도를 표하는 사람들의 태도에 짜증이 났다.

지금도 그렇다.

전쟁도 이제 막바지를 향해 달리고 있었다.

알덴브룩 제국은 이제 수도를 비롯해 그 주변의 영지밖에 남지 않았다.

물론 그들에게 드래곤이 남아있는 이상은 병력이 적다거나 땅이 좁다거나 하는 이야기는 아무 상관이 없는 이야기였다.

때문에 이제부터 전쟁을 어떻게 마무리할지 의견을 나누기 위해 협의회를 열었다. 신생 임펠스 왕국의 여왕인 아리에타와 총사령관인 시우, 라피스 황제와 레이, 제이드를 비롯해 북부의 수많은 국왕과 지도자들이 한 자리에 모였다.

시우는 그렇게 모이는 사이 수도 없이 들은 애도의 목소리에 폭발 직전의 상태였다.

시우도 자신이 왜 이렇게 화가 나는지 알 수가 없었다.

리네가 어떻게 생겼는지도 모르는 놈들이 죽었다는 소식만 듣고 그럴 듯한 소리를 지껄이니까?

리네가 미쳐있던 반년 동안 도움은커녕 관심도 보이지 않던 놈들이니까?

그들의 애도가 리네를 향한 것이 아닌 전쟁 영웅인 시우에게 잘 보이기 위해서 하는 소리니까?

이유는 이것저것 떠올랐다. 전부 맞는 것도 같았고, 전부 틀린 것도 같았다. 결국 해답은 찾지 못한 채 시우의 분노는 끝없이 솟구치고 있었다.

어쩌면 가장 시우를 화나게 하는 것은 리네의 죽음을 제대로 받아들이지 못한 시우에게 그들이 그것을 강요하기 때문인지도 몰랐다.

그들이 애도를 표할 때마다 시우는 리네가 죽었다는 실감만 짙어질 뿐이었으니까.

시우의 심기가 불편하다는 것을 짐작했는지 대회의장에는 침묵이 감돌고 있었다.

누구하나 함부로 목소리를 내지 못하는 이 자리에서 감히 발언을 할 수 있는 것은 이들의 최고 지배자라 할 수 있는 라피스 황제뿐이었다.

"크흐흠!"

헛기침으로 먼저 무거운 분위기부터 처리한 라피스는 평소와 같은 어조로 입을 열었다.

"그럼 정보부장관이신 한나 경께서 먼저 현 상황의 브리핑을 시작해 주시기 바랍니다."

라피스 황제에게 바톤을 넘겨받은 한나 모르곤은 식은땀을 흘렸다.

하필이면 이런 분위기 속에서, 그런 생각이 들었지만 애초에 이 협의회가 개회된 것도 그가 보고받은 첩보 내용 때문이었으므로 어쩔 수 없다고 스스로를 다독였다.

주머니에서 손수건을 꺼내든 모르곤은 이마에 흐르는 식은땀을 훔쳐냈다.

아직 여름이 오기엔 선선한 날씨였지만 모르곤은 유난히도 땀을 많이 흘리고 있었다.

"페르시온 제국 정보부 소속 랑작위 하나 모르곤입니다. 지금부터 브리핑을 시작하겠습니다. 먼저 말씀드릴 이번 사안은 드래곤들의 행적에 대해서입니다. 사건 개요는 알덴브룩 제국에 심어놓은 저희 정보부의 첩자가 전해온 한 통의 첩보에 대한 내용입니다. 현재 마룡 베네모스를 비롯한 그의 세력에 협력하는 드래곤들은 알덴브룩 제국에서 자취를 감춘 상태이며 어떠한 연락 소식도 없다는 이야기입니다."

"드래곤들이 자취를 감췄다라. 패전의 낌새를 파악하고 꼬리를 말았다는 뜻일까요?"

"알 수 없습니다. 단지 알 수 있는 것은 드래곤들은 황제에게조차 아무런 말도 없이 자취를 감춘 탓에 알덴브룩 제국의 황제, 데모트리 드미트리스가 신경성 공황장애를 일으키고 있다는 정보로 보아 드래곤들이 자취를 감춘 것이 사실이라는 것만 확인되고 있습니다. 비공식 정보에 의하면 데모트리 드미트리스가 자살을 시도했다가 미수에 그쳤다는 정보도 있습니다."

"뭔가 꿍꿍이가 있는 걸까요?"

"여러분들을 이 자리에 모신 것은 지금부터 그것을 의논하기 위해서입니다.”

"만약 드래곤 놈들이 흉계를 꾸미고 있다고 하면 역시 우리의 영웅이신 체슈 경에 관련된 것이 아니겠소이까?”

모두의 시선이 시우를 향했다. 하지만 시우는 아무런 반응도 보이지 않았다.

"그야 당연하지 않겠소이까. 광룡 수아제트를 비롯해서 벌써 다섯이나 되는 드래곤을 단신으로 처치한 영웅이 우리와 함께하니 그 드래곤 놈들이 기를 못 펴는 것 아니겠소.”

"그러게나 말입니다.”

허허허허!

어느새 대회의장은 시우를 향한 칭송으로 가득 찼다.

누군가 한 마디를 꺼내면 다른 이는 두 마디를 꺼내며 시우의 업적을 들먹이며 시우의 눈에 들기 위해 발악을 했다.

시우는 삼천포로 빠지기 시작한 협의회의 내용에 탁자를 가볍게 퉁 하고 두드렸다.

가볍게 쳤지만 거기에 담긴 기운은 결코 가볍지 않았다. 탁자는 원탁의 형태로 전체가 연결되어 있었는데 가볍게 두드린 충격으로 탁자 전체가 바들바들 떨었다.

헙!

누군가는 말을 하려다가 말고 헛바람을 들이키고 분위기는 다시 무거워졌다.

"지금 나눌 의논은 그게 아니지 않습니까?”

"그, 그렇죠."

"체슈 경의 말이 옳소. 이 자리는 앞으로의 전쟁에 대비해서 자취를 감춘 드래곤 놈들의 속셈을 알아내기 위한 자리지 않소. 채신머리를 지키시오!"

끼어드는 것이 늦어 지금껏 말 한마디 못하던 자들이 시우의 말에 동조하며 얼씨구나 목소리를 높였다.

"그럼 하란의 국왕께서는 드래곤 놈들의 속셈을 아신단 말이오?"

"어험험. 그건 그러니까 지금부터 의논을 나누자는 이야기가 아니오."

"드래곤 놈들의 생각을 알아내기에는 너무 정보가 부족하구려. 한나 경. 뭔가 더 정보는 없는 겁니까?"

모두의 시선이 다시 자신에게 모이자 모르곤은 숨이 턱하고 막히는 기분이었다.

그는 사람들의 시선이 모이는 것이 두려운 남자였다. 그나마 라피스 황제에게 정보를 취합해 숨겨진 정보를 찾아내는 능력을 인정받아 정보부장관이라는 엄청난 자리에 앉아있었지만 그는 본디 평범하고 존재감이 없는 남자였다.

"그게 그러니까, 자취를 감춘 드래곤의 숫자는 마룡 베네모스를 포함해 모두 열둘입니다. 만약 그들이 전쟁에 패했다는 것을 인정하고 도망을 쳤다고 가정하면 그들이 도망칠 수 있는 곳은 세계에 하나뿐입니다."

"그게 어딥니까?"

"아카리나 대륙입니다."

모두가 고개를 끄덕였다.

하긴 이대로 전쟁이 종결된다면 페르시온 제국은 헤카테리아 대륙 전역에 영향력을 미치게 될 것이다. 그런 그들이 할 일이 뭐겠는가.

알덴브룩 왕국을 부추겨 마신을 섬기게 만들고 전쟁을 주도한 드래곤들의 일소.

만일 페르시온 제국이 움직이지 않는다고 하더라도 그들 휘하의 삼대주교는 반드시 움직일 것이다.

그런 그들로부터 드래곤들이 몸을 피할 장소는 오로지 아카리나 대륙이었다. 적어도 그곳이라면 숫자로 밀어붙이는 드래곤 사냥은 불가능할 테니까.

"하지만 제가 얻은 정보에 의하면 아카리나 대륙은 조용합니다. 만약 정말로 열둘이나 되는 드래곤들이 아카리나 대륙으로 도망쳤다면 그곳에 거주하는 드래곤과의 구역 다툼이 제법 거셀 것으로 예상됩니다. 하지만 아카리나 대륙은 최근 십 년 간 드래곤 사이의 다툼으로 간주되는 흔적이 일체 발견되지 않았습니다."

즉, 말하자면 마룡 베네모스는 여전히 헤카테리아 대륙 어딘가에 숨어있다는 소리였다. 자신의 세력을 모두 데리고 말이다.

그 꿍꿍이는 뻔했다.

이야기가 다시 초반으로 돌아왔다.

마룡 베네모스가 노리는 것은 시우였다.

아마 마룡 베네모스 본인을 포함한 열둘의 드래곤이 힘을 합쳐 시우를 처치할 계획을 갖고 있겠지.

문제는 '언제'와 '어디서'였다.

결국 협의회의 첫 의논은 이렇다 할 결과를 내지 못한 채 다음 의논으로 넘어갔다.

알덴브룩 제국과의 마지막 전쟁을 누가 지휘할 지, 그리고 전리품의 지분을 어떻게 나눠야 하는 지에 대한 이야기였다. 각 국가의 지도자들은 어떻게 해서든 조금이라도 더 이득을 쟁취하기 위해 상대 국가의 지휘관들을 비하하고 빈정거렸다.

심지어는 방금 전까지만 하더라도 시우를 칭송하던 자들이 이제 와서 말을 바꾸며 사실 그건 자신의 나라 지휘관이 잘 보조했기 때문이라며 시우의 전리품을 조금이라도 줄이기 위해 노력했다.

이럴 때만큼은 쿵짝이 잘 맞는 지도자들이었다. 시우가 침묵을 지키니 놈들의 목소리가 커졌다. 할 수 없이 아리에타가 끼어들어 시우의 몫을 챙길 수밖에 없었다.

라피스 황제도 끼어들어 시우의 몫을 챙기니 그제야 높아진 언성이 잦아들었다.

시우는 그 광경을 강 건너 불구경 하듯 바라보며 드래곤들에 대한 생각에 잠겨있었다.

마지막 전쟁이 시작되었다.

알덴브룩 제국은 마지막 발악을 하기 위해 전력을 추슬렀지만 이미 결과는 뻔히 보였다. 페르시온 제국이 당금에 직면한 문제는 얼마나 피해를 최소화하느냐에 대한 것이었다.

이번 전투의 지휘는 공식적으로는 페르시온 제국의 황제 아펠란튜르 라피스가 맡는 걸로 되어 전장에 나와 있었고, 실제로는 레이와 제이드가 공동으로 지휘를 맡기로 했다.

라피스 황제가 할 일은 그들의 의견을 하나씩 듣고 택일하여 소리 높여 외치는 것이었다.

그래봐야 결국에는 시우의 절대적인 무력으로 마무리를 짓는 형태가 되겠지만 말이다.

고대하던 전쟁의 마무리 단계. 당연히 시우는 여기에 참가했다. 지금까지 아군의 피해를 최소화하기 위해 노력해온 시우가 여기에 참가하지 않을 수는 없었다.

그리고 이제 막 마지막 전쟁의 막을 올리기 위해 부산스럽게 뿔나팔과 북을 준비하고 있었다. 이제는 알테인의 정령을 통한 통신망이 완성되어 그것으로 병력을 통제하며 명령을 내리고 있었지만 전쟁도 이제 마지막인 만큼 고전적인 관습을 지키는 것도 모양새가 나오지 않겠냐는 의견이 나와 준비된 물건들이었다.

그리고 그 때 정보부장관 한나 모르곤이 천막에서 뛰쳐나왔다.

"급보입니다! 지금 구 제페스령이 마롱 베네모스 일당들에게 습격을 당했다고 합니다."

가면처럼 딱딱하게 굳어버린 시우의 얼굴이 천천히 한나 모르곤을 향해 돌아갔다.

구 제페스령에는 세리카가 있었다.

에리카와 소라가 있었고, 루리와 로이가 있었다.

리나는 알테인의 전례를 따라 임펠스 왕국의 국민이 됨과 동시에 아직 부족한 전공을 쌓기 위해 수인족들을 이끌고 마지막 전쟁에 참가한 상태였다.

"잠깐 멈추냐!"

시우의 곁에 있었기 때문에 급보를 들은 시우가 공간이동을 하기 전에 막을 수 있었다.

"왜?"

"함정이냐! 가지 말라냐!"

시우는 피식 웃었다.

정말, 정말 오래간만에 웃어봤다.

"안 가면? 내 가족들은 어쩌라고."

"그건……."

"너도 알잖아. 갈 수밖에 없어. 그리고 네가 아직 잘 모르나본데 나 강해. 힘이 없어서 세리카와 네게 도움 받아 간신히 도망쳐 나왔던 그때의 내가 아니야."

처음 수아제트와 마주하고, 리나의 주먹에 기절해 강제로 끌려나왔던 때의 이야기였다.

"나도 알고 있냐! 하, 하지만……!"

리나는 당황하여 할 말을 찾았지만 도무지 이 상황에서 시우를 말릴 수 있는 단어를 찾을 수가 없었다.

시우는 조금 더 밝게 웃었다.

"이번 전쟁이 끝나면 모두가 한 집에 모여서 오붓하게 살자. 세리카, 에리카, 소라, 루리, 로이, 그리고 너. 이웃으로는 알테인과 수인족이 가득한 그런 마을에서 오순도순 사는 거야. 아리에타는 뭐, 여왕님이 되어버렸으니 자주는 못 만난다고 해도 가끔은 레이나까지 해서 모두가 모여 파티를 여는 거지. 그러고 보니 요리를 못 해준지도 제법 오래된 느낌이야. 전쟁만 끝나면 그때야말로 정말 제대로 실력 발휘를 할 테니까. 걱정하지 말고 기다려. 걱정하지 말고, 기대하면서 기다려."

"체슈!"

시우는 리나에게서 떨어져 나오며 공간이동 마법을 전개했다.

눈을 감았다 뜨자 시야에 들어오는 풍경이 바뀌어 있었다.

시민들이 죽어있었다.

시우가 처음 영주로 임명될 때 마을을 잘 다스려 달라며 고개 숙이던 할머니도, 루리와 로이에게 장난을 쳤다가 호되게 당한 꼬마아이도, 구 제페스령을 지키기 위해 배치되어 있던 병사들도, 시우가 고르고 골라 제국에서 데려온 기사도 마법사도 모두 죽어있었다.

건물은 모두 멀쩡한 것이 마치 동시에 잠이라도 든 듯한 모습이었다. 하지만 죽어있었다. 체온도 있고 숨도 쉬고 심박도 느낄 수 있었지만 그들의 육체는 영혼이 결여되어 있었다.

희미한 미소가 걸려있던 시우의 얼굴이 차갑게 가라앉았다.

그의 시선이 영주성을 향했다.

건방지게도 드래곤들의 기척은 영주성의 알현실에서 느껴지고 있었다. 세리카를 비롯한 시우의 가족들도 모두 그곳에 모여 있는 모양이었다.

시우가 다시 한 번 공간이동 마법을 전개했다.

시우의 시야로 알현실의 상석이 들어왔다.

그곳에는 금빛 머리칼을 길게 늘어트린 미청년이 앉아 있었다. 와인잔을 손에 들고 흔들며 와인의 향을 즐기는 것이 제법 여유로운 모습이었다.

시우의 시선이 돌아갔다. 그의 옆으로는 11명의 다양한 머리색을 가진 인간들이 시립해 있었고 알현실 구석에는 내력 봉인 팔찌가 채워진 세리카들이 있었다.

"체슈!"

시우는 미안했지만 세리카의 간절한 목소리에 대답하지 않았다.

도대체 어디까지 아는지는 모르겠지만 시우가 그들을 소중히 여긴다는 사실이 밝혀져서 좋을 것은 없었다.

돌아가는 상황을 보아하니 이미 늦은 것 같기도 했지만.

"바깥 시민들은 누가 죽인 거지?"

시우는 굳이 화제를 시민들로 돌렸다.

실제로 죽어버린 시민들의 모습을 발견하고 화가 나 있는 상태였기 때문에 자연스럽게 살기가 솟구쳐 올라왔다.

"아, 마음에 드나? 어때? 아름답지? 마치 시간이 멈춰버렸거나 줄 끊어진 마리오네트 같지 않나? 이보다 깔끔하게 죽일 수는 없다고 장담하지. 파일로스 신의 성력을 이용해 영혼을 파괴했거든. 체슈, 자네를 위한 내 선물이야."

금발의 미청년, 인간으로 둔갑한 마룡 베네모스는 와인잔을 기울여 와인 맛을 보았다.

마음에 들지 않았는지 아미를 찌푸린 베네모스는 와인잔을 어깨 너머로 던졌다. 시우의 초상화가 걸려있는 부분이었다. 와인잔이 초상화에 부딪혀 깨지자 붉은 와인이 마치 피처럼 보였다. 시우가 피로 얼룩진 것처럼 보였다.

"너희의 목적은 어차피 내가 아니었나? 내가 혼자 찾아온 것으로 목적은 달성했으니 이만 인질은 풀어주도록 하지 그래?"

"푸흐흐! 너무 노골적인 거 아니야? 좀 더 은근하게 제안을 하든지 아니면 철저히 상관없는 사람이라고 일관하든가 하지. 왜 조바심이 나나? 소중한 가족들이 인질로 붙잡혀서?"

시우는 베네모스를 노려보았다. 만약 눈빛으로 사람을, 드래곤을 죽일 수 있다면 베네모스는 지금 이 순간 몇 번은 죽었을 것이다.

"어휴, 눈빛 한 번 살벌하네."

엄살을 부린 베네모스의 장난기 어린 표정이 갑자기 차갑게 바뀌었다. 지금까지는 연기였다는 듯 아무런 감정도 담기지 않은 무기질적인 표정이었다.

"인질을 붙잡는 것은 내 취향은 아니지만 너도 한 번쯤은 내 기분을 느껴봐야 하지 않겠어? 동족들이 죽어나가는 꼴을 무력하게 바라볼 수만 없는 내 기분을 말이야!"

놈은 갑자기 세리카를 향해 손을 뻗었다. 그리고 그 손으로 갑자기 성력이 모이기 시작했다.

시우는 급하게 공간이동 마법으로 베네모스에게 접근해 원마력으로 그 팔을 어깨부터 잘라냈다. 성력은 시우의 원마력과 닿으면서 이미 소멸이 되어 있었다.

시우의 곁으로 셋이나 되는 드래곤들이 접근해 있었다. 시우가 그랬듯이 공간이동 마법으로 접근했던 것이다. 시우야 마력의 한계가 없다지만 단거리 공간이동 마법은 20만 마력이나 소모하는 마력 먹는 하마다. 그것을 이토록 결단력 있게 사용하는 것을 보자면 처음부터 짜여져 있던 수순이라는 생각이 들었다.

일부러 시우를 도발하고 빈틈을 보인 순간 급소를 찌른다.

아마 그런 생각이었겠지.

하지만 시우는 그대로 당하지 않았다. 시우의 주변에는 지금 방대한 마력이 모여 있었다. 드래곤들이 공간이동 마법으로 다가오며 허공에 흩어진 마력과 시우를 공격하기 위해 끌어 모은 마력의 일부가 공기 중에 흩어진 것이었다.

시우는 그것을 끌어 모아 일시에 전격으로 전환시켰다.

유도의 과정이 생략된 전격 마법이었다. 마력이 전력으로 바뀌어 충전되자마자 곧바로 방전되었다.

콰릉!

눈 먼 화살처럼 사방으로 흩어진 전격이 먹이를 노리고 흩어졌다. 마법을 쓰려고 준비하던 드래곤들이 전격에 얻어맞고 나가뻗었다. 정신을 잃지는 않았지만 예상치 못했던 충격에 마법이 중도 취소되고 말았다.

공들여 준비했던 마법을 사용도 못하고 만 것이다.

그 사이 시우는 공간이동 마법을 사용해 세리카들에게 접근해 있었다. 전격은 그야말로 피아를 구분하지 않고 뻗어나가 모든 것을 감전시켰다. 유도의 과정이 없었기 때문이었다. 때문에 그 공격이 세리카들에게 닿기 전에 공간이동 마법으로 끼어들어 흩어놓았다.

그 짧은 사이 시우의 공격에 당한 셋을 제외한 나머지 8명의 드래곤이 본신으로 돌아갔다.

"멍청한 놈들 굳이 폼을 재려고 인간의 모습으로 기다리니 그런 빈틈을 보이는 거잖아."

시우는 양손에 전격의 창을 만들어내며 한창 변신 중인 드래곤 둘을 냅다 찔렀다. 아직 인간의 형태를 하고 있던 그 둘은 즉사했다. 시우가 말을 마치기도 전의 일이었다.

그렇게 둘을 죽인 시우는 아직 나가떨어져 제정신을 차리지 못하는 드래곤 셋을 마저 처리하려 했지만 그 때 베네모스가 다시 성력을 모으고 있었다.

또 세리카들을 노리고 성법을 사용하려는 의도였다.

그의 공격은 시우에게 통하지 않는다. 그것을 베네모스도 잘 이해하고 이런 식으로 인질을 이용하려는 모양이었다.

시우는 드래곤 셋의 처리를 포기하고 세리카들의 곁으로 공간이동 했다. 공간이 바뀌자마자 시우는 즉시 세리카들을 저 멀리 제네란령으로 날려 보냈다.

시우의 등에 베네모스의 성법이 작렬했지만 시우에게 성력은 통하지 않았다.

그때 드래곤 중 한 놈이 외쳤다.

"북북서 456만키!"

시우의 눈이 동그랗게 커졌다.

키는 이 세계의 길이 단위법으로 1키에 약 1.8미터다. 즉, 북북서 456만키라는 것은 8,200킬로미터쯤 되었는데 대충 제네란령이 있음직한 거리였다.

놈은 아무래도 드래곤의 고유 능력으로 마법식을 읽어내는 힘이 있는 모양이었다.

시우의 최우선 목표가 그 초록 머리의 드래곤으로 바뀌었지만 이내 연달아 번쩍번쩍 빛나며 드래곤들의 모습이 사라졌다. 녹색 드래곤이 외친 공간으로 공간이동을 했던 것이다.

초록 머리를 처치하고 싶지만 그럴 여유가 없었다. 시우는 서둘러 공간이동 마법으로 정확히 세리카들을 날려 보낸 공간으로 이동했다.

눈앞에 세리카가 나타났다.

그 순간 공중에서 마력의 응집이 감지되었다.

아무래도 인질이 있는 정확한 장소를 찾을 수 없다보니 이 인근 전체를 파괴하려는 모양이었다.

보라색 비늘을 가진 드래곤이 독무를 뿜어냈다.

비늘과 유사한 보랏빛 안개와 닿는 물질은 그 즉시 녹아서 흘러내리고 있었다.

비명이 들려왔다. 시우는 급하게 바람을 일으켜 독무를 하늘로 날려버리려 했지만 드래곤 둘이 협조해서 시우의 바람 마법에 대항했다.

나머지 드래곤들도 지상을 향해 마법을 쏟아내고 있었다.

비명이 더욱 커졌다.

시우는 세리카들을 알드미트 용기사단이 대기하고 있을 것으로 짐작되는 전장으로 보냈다. 이미 전쟁이 시작되었을지도 몰랐지만 지금 떠오르는 공간 중에서는 가장 안전하고 시우에게 유리한 장소였다.

레이는 수아제트와의 전투에서 미쉘의 코어를 완전 소모했다. 하지만 시우가 원조한 드래곤 하트를 박아 넣어 미쉘을 재활용하고 있었다.

미쉘에 새겨진 완전 연소 마법이라면 적어도 한 마리 드래곤 정도는 처리할 수 있을 것 같았다.

이제 곧 전쟁일 치를 페르시온 제국군에는 폐를 끼치게 되겠지만 지금은 너무 다급해 그런 것을 생각할 겨를이 없었다.

"〈남남동 533만키!〉"

여지없이 들려오는 그 소리에 시우도 세리카의 뒤를 따라 공간이동을 했다. 그와 동시에 시우는 드래곤들이 나타날 것으로 예상되는 지역에 마법을 쏟아냈다.

폭발의 여파가 땅을 뒤흔들었다. 폭발뿐이 아니었다. 번개가 창공을 달리고 그 가운데 날카로운 얼음송곳들이 누비고 다녔다.

드래곤 한 놈이 제대로 걸려 드래곤 하트가 박살나고 말았다.

시우는 거기서 그치지 않고 허공을 누비는 얼음송곳을 향해 공간이동 마법을 걸었다.

드래곤 하트를 겨냥해 코앞에서 나타나도록 조절한 얼음송곳은 나타나는 즉시 드래곤 하트를 꿰뚫었다.

두 마리 드래곤이 뒤를 이어 목숨을 잃었다.

하지만 나머지 드래곤들은 이미 방어벽을 펼쳐 경계를 하고 있던 모양인지 멀쩡했다.

시우는 세리카들에게 한 번만 더 공간이동 마법을 펼쳤다.

단거리 공간이동과 다르게 장거리 공간이동 마법은 50만 마력을 소모한다. 이는 드래곤의 마력으로 치면 190살이 되어야 도달할 수 있는 양이었다.

그것을 벌써 두 번이나 사용했으니 놈들의 나이가 제법 된다고 하더라도 앞으로의 전투를 감안하면 더 이상 공간이동 마법은 사용할 수 없을 것이다.

그 증거로 초록 비늘을 가진 드래곤은 더 이상 방향이나 거리를 외치지 않았다. 어쩌면 단순히 드래곤 하트를 노리고 날아온 얼음송곳을 막느라 정신이 팔려 공간이동 마법의 좌표를 읽지 못한 것일 수도 있었지만 어찌되었든 시우에겐 좋은 소식이었다.

남은 드래곤의 숫자는 베네모스를 포함해 여섯이었다.

"이게 무슨 일이야!"

시우는 바로 옆에 나타난 레이의 모습에 환호성을 지를 뻔했다. 순간이동 한 장소에 레이가 있다니 행운의 여신 엘라가 시우를 도우는 듯했다.

"미쉴로 고유 마법 전개해!"

"예?"

레이는 당황했지만 하늘을 한 번 올려다보더니 크게 한숨을 내쉬며 외쳤다.

"대가는 드래곤 하트 두 개입니다!"

"빨리 쏴!"

시우는 재촉했지만 원래 미쉴의 완전 연소 마법은 좌표 설정이 복잡한 마법이었다. 애초에 마법사도 아닌 레이로서는 좌표 설정에 어느 정도 시간을 잡아먹을 수밖에 없었다.

그나마 한 번 써본 일이 있었기에 이번에는 빗맞힐 가능성이 낮다는 것이 위안이라면 위안이었다.

시우는 전신을 푸른빛 전격으로 감싸며 땅을 박차고 날아올랐다.

마치 벼락이 솟구쳐 오르는 듯한 그 모습은 그대로 날아올라 드래곤의 육신을 일도양단해버렸다. 전격 마법인 줄 알고 방어벽을 치고 있던 드래곤은 그 안에서 튀어나온 시우의 검에 방어벽 채로 죽음을 당했던 것이다.

그 때, 레이의 완전 연소 마법이 발동했다.

제네란령에서 독무를 뿜어대던 보라색 비늘을 가진 드래곤이었다.

새롭게 미쉴의 코어가 된 드래곤 하트는 내장된 마력량이 적었지만 완전 연소 마법은 놈의 드래곤 하트에 정확히 적중했다.

이제 베네모스를 포함해 남은 드래곤은 넷이었다.

그때 베네모스가 계속해서 준비해오던 성법을 발동시켰다.

어차피 시우에겐 모든 성력을 무효화 시키는 힘이 있었기 때문에 도외시하고 있었는데 놈의 성법은 시우가 아닌 자신을 제외한 나머지 셋의 드래곤을 희생시키고 있었다.

"뭐야?"

"〈인정하마! 우리는 네 상대가 되지 못한다는 것을. 하지만 이대로 끝나지는 않을 것이다! 신께서 강림하신다!〉"

파아앗!

밝은 빛이 터져 나왔다.

시우에겐 그 무엇보다 익숙한 기운이었다.

"이, 이것은?"

그것은 원마력이었다.

신의 증명이 되는 기운.

설마 베네모스, 놈이 신의 경지에 들었다는 소리일까? 하지만 그것은 아니었다. 셋이나 되는 드래곤을 희생시켜 발동시킨 놈의 성법은 자신의 몸을 베이스로 신을 불러오는 것이었다.

신을 본떠 만든 드래곤의 영혼이 있기에, 그런 드래곤이 신의 사자로 선택되었기에 가능한 성법이었다. 이 세상이 창조되고 수 억 년. 사상 최초로 지상에 신이 강림하는 순간이었다.

물론 온전한 상태는 아니었다. 드래곤 셋을 희생시켰다고는 하지만 겨우 그 정도로 파괴신의 진신을 불러올 수는 없었다.

어디까지나 불러온 것은 파괴신이 지닌 영혼의 극히 일부였고 그것은 베네모스라는 그릇에 내려왔다. 시우의 육신이 죽으면 신계로 올라가듯 베네모스의 육신을 죽이면 파일로스의 영혼도 신계로 회귀될 것이 분명했다.

놈은 소환되자마자 무언가 마음에 들지 않는지 곧장 둔갑을 시도했다. 점점 덩치가 줄어들더니 인간의 형태로 바뀌었다.

신은 신의 형태로 인간을 빚었다. 파괴신 파일로스도 남성상의 신이었고 그런 그에게도 드래곤의 육신보다 인간의 육신이 익숙했던 것이다.

시우는 둔갑이 끝마치기 전에 행동에 나섰다. 놈이 신이라고 괜히 사정을 봐줄 필요는 없었다. 오히려 더욱 적극적으로 놈을 상대해야 했다. 시우는 신은 신이라도 반쪽짜리 신이라면 놈은 수 억 년을 신으로 살아온 진짜 신이었으니까.

그러나 시우가 내리꽂은 전격은 파일로스의 손짓 한 번에 파훼되고 말았다.

전격이 산산이 쪼개져 허공중에 흩어지고 만 것이다.

"…네가 아버지의 사자인가."

신들에게도 부모의 개념은 있는지 파일로스는 그렇게 물어왔다.

정황을 보건데 아버지라는 것은 창조주를 지칭하는 말이겠지.

시우는 말을 하지 않았다.

대답은 하되 말이 아닌 마법으로 했다.

두 번이나 보고나니 완전 연소 마법을 이해할 수 있었다.

미쉴의 마법 각인식을 파악한 시우의 완전 연소 마법이 파일로스의 육체에 작렬했다. 파일로스는 피했지만 머리가 마법의 영향권 안에 들어갔다.

머리를 단두대에 올린 것처럼 목부터 위로 아무것도 남지 않았다.

털썩 바닥에 무릎을 꿇었다.

"해치웠나?"

조금은 허무한 끝이었다고 그렇게 생각하려는 찰나 목소리가 들려왔다.

"교양 없는 신입이군. 아버지께서 웃어른의 질문에는 공손히 대답하라고 가르치지 않으셨나?"

파일로스의 목소리였다.

머리 없는 시체가 일어났다. 머리가 다시 생겨난 것도 아닌데 목소리가 들려왔다.

아니, 중요한 논점은 그게 아니었다. 머리가 날아갔다. 생명으로서 죽음에 이를 수밖에 없는 현실이다. 육신이 죽은 신의 영혼은 신계로 회귀해야만 한다.

신은 신계에서. 그것은 신도 거역할 수 없는 창조주가 정한 절대 룰이었다.

"어째서?"

"내가 누군지 잊어버렸나?"

"신이잖아! 육체를 잃은 신은 신계로 돌아가야 하는 것이 규정 아니었나?"

"육체라면 여기 있다."

파일로스는 머리가 사라진 몸을 위아래로 가리키며 말했다.

"죽었잖아."

"다시 말하지. 내가 누군지 잊어버렸나?"

마신 파일로스. 파괴의 개념을 관장하는 신.

그게 뭐 어쨌다는 소리인가?

시우가 이해하지 못한 듯하자 파일로스가 말했다.

"죽음의 개념을 파괴했다."

놈은 자신의 육체에 존재하는 죽음이라는 개념을 파괴해 이 세상에 머무르고 있었다.

죽음이 없으니 육체가 파괴되어도 신계로 돌아가지 않는다.

"…미친?"

시우는 저도 모르게 본심이 튀어나오고 말았다.

"체슈 경. 상황이 심상치 않군요. 도대체 이게 무슨 일이죠?"

레이는 아직 구 제페스령에 마룡 일당이 습격을 해왔다는 소식도 전해 듣지 못한 상태였다. 일이 너무 급하게 돌아갔으니까.

시우는 간단하게 설명했다.

"저 놈, 머리 없이 살아있는 저 놈이 파괴신 파일로스다."

"예?"

"…더 이상의 설명은 생략한다. 서둘러 황제 폐하와 페르시온 제국군을 이끌고 안전한 곳까지 대피해. 너희들의 사정까지 보아주며 싸울 수 있는 상황이 아닌 듯하니."

레이는 잠시 당황했지만 고개를 끄덕이고 바로 황제의 곁으로 뛰어갔다. 어찌되었든 머리가 날아가고도 죽지 않는 놈의 존재는 위협적이었다.

레이도 이미 인간으로선 한계의 경지에 다다른 달인이었다. 시우의 말이 결코 거짓이 아님은 본능적으로 느끼고 있었다.

"이제야 겨우 여유를 가지고 대화를 나눌 여건이 마련되었군. 너로서도 우리들의 싸움에 저들이 휘말리는 것은 원치 않을 테지?"

시우는 고개를 끄덕거렸다.

굳이 아군이 대피할 시간을 주겠다는데 거절할 이유가 없었다.

"너는 아버지를 만났나?"

시우는 대답을 고민했다.

"만났다고 하면 만났다고 할 수 있지. 그것을 아버지라 부를 수 있는지는 모르겠지만."

"…무슨 대답이 그렇지?"

"그야 내가 만난 창조주는 여성체였으니까. 정확하게 말하자면 창조주의 극히 작은 조각과 만나 보았지."

"그건……."

파일로스는 눈살을 찌푸리면서 할 말을 잃었다.

그도 아버지라는 존재의 기행에는 학을 뗀 모양이었다.

"그럼 넌 무슨 일로 이 세계에 왔지? 아버지가 굳이 널 성자로 지명하여 이곳으로 보낸 이유가 있을 텐데?"

"글쎄? 나는 그런 이야기는 듣지 못했어. 단지 내가 성자로 선택된 이유에 대해서는 운명이라고 하더군. 그게 무슨 소리인지는 이해하지 못했지만."

"그렇군. 운명이라. 그렇다면 지금 아버지는 무얼 하고 계시지?"

"몰라. 다른 세상에 있는 양반이 뭘 하고 있는지 내가 어떻게 알아."

"그럼 언제쯤 오실 거라는 말씀은 없으셨나? 자식들이 보고 싶다고는 하지 않으셨어?"

시우는 이쯤 되자 무언가가 이상하다는 생각이 들었다.

"너, 창조주가 보고 싶은 거냐?"

"그야 당연하지. 나라는 존재를 만들고 나를 이 세상에 있을 수 있도록 해준 장본인이다. 너는 너라는 정체성을 만들어준 존재가 있다고 한다면 그와 만나보고 싶다고는 생각하지 않은가?"

파일로스는 저렇게 말하지만 어쩐지 말투는 부모와 오래 떨어져 있는 자식이 부모를 다시 만나고 싶어 하는 것처럼 들렸다.

그야말로 정상적인 가정처럼 말이다.

"하지만 창조주는 네 존재를 부정했는데?"

"…거짓말이다."

"나를 보고 너를 해치울 운명이라고 했는데."

아니, 가만히 생각해보면 시우가 이곳에 넘어와서 이뤄야만 하는 운명이 있다는 식으로 말한 것 같은 기분도 들었지만 시우는 굳이 수정하지 않았다.

"…네 운명이 그것이라고? 말도 되지 않는다! 나를, 파괴신인 나 파일로스를 해치운다고?! 그것을 아버지가 원한다고 하는 말인가! 나는 파괴의 개념을 관장하는 신. 내 행동의 처음과 끝은 전부 아버지의 뜻대로 움직인다! 그런데 이런 나를 아버지가 원치 않는다고, 지금 네가 하는 소리는 그런 뜻이냐!"

파일로스의 몸을 중심으로 물질이 파괴되어갔다.

그것은 심술이었다.

아버지를 그리는 아이에게 너희 아버지가 너 보고 싶지 않대. 그런 소식을 전한 자에게 부리는 심술.

파일로스는 웃었다.

"하하. 재미있군. 그렇다면 어디 한 번 그 운명이라는 것을 이룰 수 있는지 지켜보도록 하지. 죽음의 개념이 존재하지 않는 이 육신을 상대로 얼마나 할 수 있는지!"

시우는 일단 이 일대의 사람들이 모두 대피했다는 사실을 확인하고 외쳤다.

"바라던 바! 네가 아무리 파괴의 신이라고 할지언정 파괴라는 개념을 파괴하지는 못하겠지. 파괴가 파괴된다면 앞서 죽음을 파괴했다는 현상조차도 파괴될 테니까. 즉 파일로스, 네 자신의 약점이야말로 파괴다."

선문답 같은 소리였지만 그것이야말로 파일로스의 근본을 이루는 로직이었다.

"하하! 과연? 너와 나, 누가 더 빨리 파괴할 수 있을까?"

파앙!

파일로스가 딛고 있던 땅이 무너져 내렸다.

파일로스가 파괴의 원마력을 끌어올려 바닥을 박차고 시우에게 접근해온 것이었다.

급이 달랐다. 단지 원마력을 끌어올리는 것만으로 그것과 맞닿는 모든 것이 스스로 파괴를 향해 내달렸다.

시우는 전신으로 원마력을 끌어올리며 파일로스에게 대항했다.

아무리 파일로스가 파괴의 신이라지만 시우는 몸을 쓰는 것으로 파일로스에게 질 생각이 없었다.

파일로스의 발이 시우의 상단을 노리고 날아왔다. 시우는 가볍게 그것을 막아내고 역공을 가하려 했지만 파일로스의 공격은 상상 이상으로 무겁고 파괴적이었다.

공격을 막은 왼팔이 산산조각 났다.

시우의 의지가 일어나자 현상이 따라왔다.

아무 말도 하지 않았는데 아이템창이 열리고 아이콘을 터치하지 않아도 포션이 사용되었다.

팔이 회복되었다.

"호오? 아버지의 능력이군? 아무리 아버지의 도움을 받아도 그 정도 능력으로 과연 나를 대적할 수 있을 거라고 생각하나?"

시우는 이를 악물었다.

대답할 생각은 없었다.

만약 대답한다고 해도 그것은 주먹과 발로 해야 했다.

시우도 원마력을 양껏 끌어올리며 땅을 박찼다.

파일로스만큼은 아니었지만 넓은 대지에 실금이 생기며 무너져 내렸다.

파일로스의 눈에 이채가 어렸지만 그것은 생겨난 것보다도 빠르게 사라졌다. 파일로스는 시우의 공격을 막을 생각도 하지 않고 이미 공격 태세에 들어가 있었다. 파괴신이라는 이름에 어울리게 오로지 파괴에만 힘을 쏟는 전투 스타일이었다.

그러나 시우는 파일로스의 공격 범위에 들어가기 직전 자신의 몸에만 적용되는 시간 동결 마법을 잠시 걸었다. 그것은 파일로스가 시우를 공격하기 위해 휘두른 다리를 회피한 뒤에 풀려 시우는 체감 상 아무런 시간지연도 없이 자연스럽게 공격을 꽂아 넣을 수 있었다.

"시간 동결 마법이라고? 재미있는 수를 쓰는구나."

시우의 발차기에 부러진 왼팔이 뿌득 소리를 내며 원상태로 돌아갔다.

"과연 그 여유가 전신이 원자단위로 산산조각 나도 나올
수 있을까?"

시우와 파일로스의 육박전이 계속되었다.

육체와 육체가 부딪히는 소리가 번개가 내리 꽂히는 듯 크
게 울려 퍼졌다. 육박전으로 일어나는 충격으로 지진과 유사
한 진동이 일어날 정도였다.

"인간은 대단해. 나는 너희 인간을 제법 인정하고 있어.
아마 신계에 있는 그 어떤 신보다도 내가 인간들을 인정하고
있을 거야. 세계에서 가장 큰 파괴 행위, 전쟁. 그것을 가장
훌륭히 수행할 수 있는 생물은 오로지 인간밖에 없으니까."

파일로스는 싸우는 와중에도 여유가 남아도는지 그렇게
말문을 열었다.

시우는 싸우는 내내 열세에 빠져있었다. 그렇다고 파일로
스의 육체에 데미지를 못 넣는 것은 아니었지만 의미가 없었
다. 애초에 파일로스의 육체에는 죽음의 개념이 없었으니까.

파일로스를 상대로 한 승리 조건은 그의 육체를 더 이상
움직일 수 없을 정도로 산산조각을 내는 것뿐이었다.

반면에 시우는 포션으로 견디고는 있었지만 하마터면 죽
을 뻔한 위험이 한 두번이 아니었다. 파괴의 원마력이 깃든
권각이 눈앞을 스칠 때마다 그 눈에 공포가 깃들었다.

"특히 육체를 파괴하기 위한 기술. 무기술, 권각술, 박투
술은 그야말로 감탄이 절로 흘러. 나도 신계에서 지상을 내
려다보며 곁다리로 흉내를 내보곤 하지만 이 기술에 끝이 보

이지 않더군."

파일로스가 갑자기 눈앞에서 사라졌다. 시우는 몸을 앞으로 던졌다. 등 뒤에서 나타난 파일로스가 시우의 목을 꺾으려 들었다. 간신히 회피한 시우를 바라보면서 파일로스는 아쉬운 눈치였다.

"왜 그래. 너도 분명 아버지에게 전투의 재능을 받았을 텐데? 그게 너의 한계인가? 고작 그 정도로 나 파괴신 파일로스를 해치우겠다고 선언한 거야?"

갑자기 파일로스의 태도가 바뀌었다.

"불쾌하군."

원마력이 급격히 고양되었다. 파일로스의 다리가 높게 치솟더니 시우의 어깨를 찍어 눌렀다.

시우가 딛고 있던 땅이 무너져 내렸다.

전신이 파괴되는 감각이었다.

시우는 피를 토했지만 그 다음 순간에는 멀쩡해져 있었다.

지금의 상태로는 도저히 파일로스의 상대가 될 수 없었다. 그렇다고 다음을 기약할 수도 없는 일이었다. 애초에 이토록 저돌적인 파괴신으로부터 도주할 자신도 없었다.

이 전투 속에서 실마리를 얻어야 했다.

파일로스의 원마력은 딱히 시우보다 많은 것이 아니었다.

그는 온전한 상태가 아니었고 아마 양으로 따지자면 그의 원마력은 시우의 그것과 크게 차이가 없을 것이다.

하지만 질 적으로 너무나 달랐다.

그의 원마력은 시종 파괴의 기운을 품고 있었고 평범한 시우의 원마력으로는 도저히 거기에 대항할 수 없었다.

시우는 전투의 와중에 파일로스의 원마력에 조금 더 주의를 기울였다. 대뜸 중상을 입었다. 순간이라고 할 수도 없는 짧은 사이 상처는 회복되었지만 데미지를 입는 횟수가 크게 늘어나 있었다. 하지만 파일로스도 시우를 처치할 결정적인 일격은 넣지 못하고 있었다.

시우는 아슬아슬한 줄타기를 했다. 간신히 목숨을 부지할 정도의 안전만 챙기면서 나머지 여력을 전부 파일로스의 원마력을 해석하는데 사용했다.

시우의 기운이 약간 변했다.

파일로스는 그것을 알아볼 수 있었다.

그리고 경악했다.

시우는 이제 신으로서 각성한 지 반년도 되지 않은 인간이었다.

애초에 인간 출신 신도 전무한 실정인데 그 유일한 인간 출신의 신이 벌써 원마력으로 신의 권능을 발휘하고 있었다.

심지어 건방지게도 놈은 지금 파일로스의 원마력을 카피하고 있었다.

"내 자리를 넘보겠다는 것이냐!"

분노한 파일로스가 더욱 격정적으로 공격을 가했지만 파괴의 기운을 담기 시작한 시우의 원마력은 이제 더욱 수월하게 파일로스를 상대하고 있었다.

시우는 파일로스의 공격이 시우에게 피해를 입히지 못하게 되었다. 어느새 파일로스의 육체에 상처가 하나둘 늘기 시작했고 그것은 점점 가속화되어 파일로스의 회복이 따라가지 못하는 수준에 이르렀다.

"이럴 리가 없다! 이럴 리가! 아버지! 나를 버리시나이까!"

파일로스의 절규도 더 이상 시우의 귀에는 들리지 않았다.

파일로스의 왼팔이 박살나고, 오른 다리가 뜯겨나갔다. 갈비뼈를 잡아 뽑고, 내장이 허공에 흩어졌다. 그리고 이내 남은 것은 한 덩이 육편뿐이었다. 더 이상 반격은 돌아오지 않는다. 하지만 시우는 격정적인 원마력의 분출을 그치지 않았다.

오로지 파괴! 그것 하나에만 집중했다.

파일로스의 육편을 향해 시우의 원마력이, 파괴의 원마력이 쏟아졌다. 그것은 물질의 근본을 무너트리는 힘을 가지고 있었고 시우는 결국 파일로스의 육신을 완전히 파괴시킬 수 있었다.

파일로스의 원마력이 허공에 흩어지며 조금씩 소멸되어 갔다. 육체를 잃은 파일로스의 조각이 신계로 돌아가는 것이었다.

하지만 시우는 그조차 용납하지 않았다.

"어딜."

파일로스의 원마력은 이제 완벽히 이해했다. 시우는 파일로스의 원마력을 붙잡아 신계에서 끌어내렸다.

'안 돼! 그만 둬!'

신체가 된 파일로스가 외쳤지만 시우는 거침이 없었다.

한 번에 모든 원마력을 끌어내리면 아무리 지금의 시우라도 파일로스를 감당할 수 없었다. 시우는 그 자리에 털썩 주저앉았다. 그리고 신계에서 파일로스의 원마력을 조금씩 조금씩 끌어내리며 그가 지닌 파괴의 힘을 흡수해 나갔다.

페르시온 제국군이 일제히 공격하려 했던 땅은 그로부터 1년 동안 파괴의 땅이라고 불렸다. 그 땅에 접근하는 것은 그것이 무엇이든 간에 파괴를 향해 달렸기 때문이었다.

그리고 그 파괴의 기운에 노출된 알덴브룩 제국은 결국 멸망의 길을 걷게 되었다.

그리고 헤카테리아 대륙 통일전쟁의 막을 내린 그 날로부터 1년 정도가 지난 어느 날, 추레한 차림새를 한 흑발흑안의 청년이 파괴의 땅에서 멀쩡히 걸어 나왔다.

그는 구 제페스령을 향해 마냥 걷기 시작했다.

가족을 만날 기대로 가슴이 부푼 청년은 해맑은 미소를 짓고 있었다.

쏟아지는 햇살이 따사로웠다.

Respawn

NEO FUSION FANTASY STORY & ADVENTURE

에필로그

리스폰

　대륙은 평화를 되찾았다.

　페르시온 제국의 황제, 아펠란튜르 라피스와 검은 머리의 영웅, 체슈의 업적이었다.

　마룡 베네모스를 처치했을 뿐 아니라 마신 파일로스를 처치한 체슈의 성취는 그야말로 신화에 오르내릴 만한 일이었다.

　라피스 황제는 그런 체슈의 기세를 등에 업고 능력주의체계, 민주주의 사상의 전파에 온 힘을 다했다.

　전에 없이 귀족들은 항의했지만 체슈의 적이 되는 길은 아무리 그들이라도 선택할 수 없었다. 그의 적이 된다는 소리는 죽는 것보다도 끔찍한 길을 걷게 된다는 의미였으니까.

비단 시우를 두려워하는 것은 귀족들만이 아니었다.

드래곤들.

한바탕 마룡 베네모스의 바람이 분 헤카테리아 대륙에는 사실상 드래곤이 힘을 쓰지 못하는 땅이 되었다. 이미 광룡 수아제트의 거름이 되어 사라진 드래곤의 수도 많았고 그나마 남아있던 드래곤들은 베네모스와 함께 몰락했거나 아카리나 대륙으로 피신을 갔다.

시우는 그것을 가만 두지 않았다.

황제의 협력을 얻어 군대를 조직하고 원정대를 꾸렸다. 배를 타고 떠나는 여정은 무척 길고 험난한 것이었다.

드넓은 바다에는 책에는 적혀있지 않은 전설적인 몬스터나 현상들이 가득했다.

체슈의 동생들 체루리와 체로이가 순간이동 마법을 사용하면 금방 갈 수 있는 것이 아니냐며 투덜거렸지만 그래서는 로망이 없지 않느냐는 말로 일축했다는 이야기는 어찌 되든 상관없는 이야기였다.

헤카테리아 대륙에서 생존해 도망쳐온 드래곤들로부터 체슈에 대한 소문을 전해들은 아카리나 대륙의 드래곤들은 초비상 사태에 돌입했다.

그들은 그들만의 평화연합을 맺었다.

어디까지나 평화연합이다. 이미 드래곤들끼리 연합을 맺어 실패한 바가 있는 베네모스의 뒤를 따를 생각은 없었다.

평화연합이라는 이름으로 인간들의 경계심을 누그러트린

그들은 드래곤 로드를 중심으로 모여 자신들을 사냥하려는 자들에게만 한정적으로 공격을 취하고, 정 안되면 그들이 그러모은 마석이나 보물, 심지어는 드래곤 하트의 일부까지 조공으로 바쳐가면서 목숨을 부지하겠다는 약정을 맺었다.

드래곤의 위신이 땅에 떨어지는 순간이었다.

그럼에도 불구하고 만족하지 못했다는 듯 체슈가 원정대를 꾸렸다는 소식에 드래곤들은 자신들의 탑 안에서 두려움에 떨어야만 했다.

소문으로만 듣던 드래곤 로드의 탑을 찾아 단숨에 오른 시우는 그의 안방을 뻥하니 걷어차고 들어갔다.

"사, 살려만 주십시오! 말씀만 하신다면 무엇이든 하겠습니다!"

비굴한 태도의 드래곤 로드를 보면서 시우는 그게 무슨 헛소리냐는 둥 쳐다보며 말했다.

"너 내 밑으로 들어와라. 내가 드래곤이라는 이유로 사냥당하지 않을, 차별 없는 세상을 만들어줄게."

〈fin〉

권능의 반지

김종혁 현대판타지 장편소설

NEO MODERN FANTASY STORY

2 권능의 반지

1 권능의 반지

권능의 반지

1

권능의 반지로 인해 변화되는 지훈의 인생역전기!

'권능을 당신의 손 안에!'

차원 왜곡으로 이세계와 지구가 연결 된 세상.
종족 전쟁 후 서로의 존재를 이해하며 교류가 시작됐고,
인류는 언제 터질지 모르는 폭탄을 안은 채
불안전한 황금기를 맞이한다.
꿈과 희망 그리고 신세계 개척이 가득한 이세계!

하지만 모든 사람이 그런 것은 아니었으니!
"꿈, 희망? 지랄하고 앉아있네. 좆이나 까잡숴."
그게 바로 김지훈이다.

암울한 생활 속에 우연히 얻게 된 권능의 반지.
'권능을 당신의 손 안에!'
반지에 새겨진 문구처럼

로또보다 더한 행운을 가져다 준 반지로 인해
그의 인생 역전이 시작된다!